CHRISTIAN KLIER

Klotz, der Tod und das Absurde

FRANKEN KRIMI

emons:

FSC
www.fsc.org
MIX
Papier aus verantwortungsvollen Quellen
FSC® C083411

Umschlagzeichnung: Heribert Stragholz
Umschlaggestaltung: Tobias Doetsch
Druck und Bindung: CPI – Clausen & Bosse, Leck
Printed in Germany 2010
ISBN 978-3-89705-783-8
Franken Krimi
Originalausgabe

Für meinen Bruder Holger

Die Vergangenheit ist nie tot.
Sie ist nicht einmal vergangen.
(William Faulkner)

1988

Prolog

23. Juni

Der Lange stand da und schlotterte. Mit seinen billigen C&A-Jeans und den schmalen Schultern hatte er irgendwie etwas von Stan Laurel, nachdem ihm Ollie ein paar heruntergehauen hatte.

Wie leicht das gegangen war. Das würde er später denken, in fünf Minuten würde er das denken, jetzt nicht. Jetzt schrie er auf, als er sah, was sein Kumpel da tat.

»Verdammt noch mal, was machst du da? Bist du noch ganz dicht?«

»Stell dich nicht so an! Du wolltest es doch auch, oder? Wer A sagt, muss auch B sagen! Oder willst du, dass wir erwischt werden?«, schrie der Gutaussehende zurück.

Der Lange wandte sich ab, sah hinüber zu der Bundesstraße, auf der die kalten Lichter der Autos vorbeischossen, und wusste, dass dies ein historischer Tag war. Dass nichts mehr so sein würde wie zuvor. Nie mehr, nicht eine Sekunde lang, nicht einen Moment, einen Lidschlag lang würde sein Leben so sein dürfen, wie es vor diesem Tag war. Alles verloren. Verloren, vernichtet, umsonst. Umsonst all die Anstrengungen, Hoffnungen, Ziele, Ideen, Visionen, Gedanken und Pläne. Kaputt, zerstört, unwiderruflich zerronnen.

Er sah hinüber zu den Wohnhäusern, zu den Büros und bunten Werbeleuchten, die jenseits der Straße und des angrenzenden Kanals lagen. Sah die dunklen Silhouetten in den erleuchteten Fenstern, sah sie gestikulieren, vorbeihuschen oder einfach nur unbeweglich dasitzen oder -stehen und spürte die Mauer, die Trennwand, die sich plötzlich und unerwartet zwischen ihn und die Welt geschoben hatte. Und er begann zu weinen.

»Hey, Patrick, kümmer dich mal um den Langen. Ich glaub, der dreht durch«, befahl der Gutaussehende, während er die Messerklinge aus dem leblosen Körper zog. Ein paar Sekunden später quoll das Blut aus der Wunde.

Der Dicke stand abseits, hatte eine Hand an einem Betonpfeiler des Rohbaus und die andere am Bauch. Sein Oberkörper zuckte rhythmisch nach vorn. Er musste sich übergeben.

»Mist, verdammter! Das krieg ich doch nie mehr raus!«, fluchte der Gutaussehende.

Als er das Messer herausgezogen hatte, war Blut auf den Ärmel gespritzt. Wütend sah er hoch, zur Spitze der Pyramide, dann auf die tropfende Klinge, als sei sie daran schuld, dass sein Hemd jetzt schmutzig war. Dann sah er rüber zum Dicken, der immer noch vornübergebeugt wie ein Häufchen Elend dastand und konvulsivische Bewegungen vollführte, obwohl schon längst nichts mehr kam.

»Das war's, Leute, Abmarsch! Mir reicht's! Was ist los, Patrick? Was ist mit dem Langen?«

Er sah nichts mehr, keine Lichter mehr und auch keine Silhouetten an den Fenstern. Alles war verschwommen. Alles wollte versenkt sein, in Vergessenheit geraten, für immer, für ewig. In die Geschichte würde er eingehen, dieser 23. Juni 1988. In seine persönliche, intimste Geschichte. Als der Tag der Niederlage, der *point of no return*, der ultimative *breaking point.* Und mit einem Mal war alles klar, und die Tränen waren weg, als er wieder auf die Straße blickte und die schnellen Lichter sah. Der rettende Gedanke, wie ein Blitzschlag, der plötzlich durch das marode Gehirn zuckt und noch einmal alle Lebensgeister zurückruft.

»Mach keinen Blödsinn, Langer! Reiß dich zusammen, Mann! Wenn ich das gewusst hätte. Wärst besser zu Hause geblieben!«, herrschte ihn der Gutaussehende an.

Patricks Hand hatte sich fest um seinen Oberarm gelegt. Warum, warum nur? Warum gerade jetzt, wo alles so glasklar, so eindeutig war und er hatte loslaufen wollen?

Das Leben war nicht ungerecht. Das Leben war schlimmer. Nur fünf Minuten, Gott. Gib mir nur fünf Minuten. Die letzten. Dreh sie zurück. Bitte, bitte, bitte! Nur fünf Minuten zurück! Bitte.

Fünf

Die Nacht war lau. Eine wunderbare Nacht, die einen wunderbaren Sommer verhieß. Deshalb war sie nach draußen gegangen, die Hauptstraße entlang, dann hinunter zum Fluss, der eigentlich ein Kanal war. Als sie über die Bundesstraße hinweg das Wasser erblickt hatte, das ruhig und mondglitzernd dahinfloss, hatte der Junge an ihrer Hand zu quengeln begonnen. *Ich muss aufs Klo, Mama. Pipi, sofort.* Komm, geh da rüber, geh zu dem Baum. *Nein, nein! Da kann mich doch der Mann im Mond sehen.* Na gut. Guck. Da drüben ist ein Haus. Da kannst du reingehen. *Aber das ist dunkel, ganz dunkel. Und in dem Haus ist kein Klo.* Das ist schon okay. Das Haus ist noch nicht fertig gebaut. Und da kann auch der Mann im Mond nicht reingucken. *Gut. Aber Mama, du wartest?* Natürlich.

Und sie hatte gewartet. Hatte gewartet, bis sie gekommen waren. Hatte sie gleich erkannt, an ihrem Gang und an ihren Stimmen. Der eine, der Gutaussehende, der wegen ihr das Schuljahr nicht schaffen würde, war gleich auf sie zugekommen, hatte sie gepackt, gegen den Bagger geworfen und den anderen befohlen, sie festzuhalten.

Sie hatte ihren Atem gerochen, der nach Bier und Zigaretten stank, hatte sich die Kleider vom Leib reißen und schmutzige Zähne in ihren weißen Hals beißen lassen.

Jetzt war es vorbei. Endlich vorbei. Gleich würden sie ihre Arme loslassen und gehen.

Vier

Alles ist dunkel. Wo ist Mama? Mama? Wo bist du? Mein Fuß tut weh. Ich kann nicht laufen. Ich habe in die Hose gemacht. Mama, wo bist du? Bist du böse? Alles so dunkel. Mama, wo bist du? Mama, bist du das? Mama, weinst du? Mama, bist du das? Wo, wo bist du? Mama. Wo bist du?

Drei

»Und? War doch gut, oder?«

Die andern sagten nichts.

»War doch gut, oder?«, wiederholte der Gutaussehende lauter.

»Lass uns abhauen. Komm.«

»Wie, abhauen? Ist dir klar, was das hier ist? Das eben war kein Kindergeburtstag, Mann. Du weißt wohl, was abgeht, wenn das rauskommt!«

»Und was willst du dagegen tun, Mann?«

»Na, ganz einfach!«

Zuerst konnte man es nur hören. Das Geräusch hatte irgendwie etwas Trockenes, Staubiges an sich. Es klang hell und stumpf. Als die Wolken das Licht wieder freigegeben hatten, traf es auf den blanken Stahl einer Messerklinge.

Zwei

Sie hatten die Arme losgelassen, aber gegangen waren sie nicht. Der mit den teuren Kleidern, der mit dem vielen Geld, der mit dem Porsche. Der Durchfaller. Der Gutaussehende. Der, der von der Schule gehen musste, weil er nicht gelernt, weil er lieber Drogen genommen und Mädchen verführt hatte.

Zuerst war es nur warm. Angenehm warm und wohlig war dieses Gefühl in ihrem Bauch. Keine Schmerzen mehr. Kein Reißen, kein Poltern, kein Drücken. Keine Schmerzen mehr. Eine Explosion von Wärme und Glück. Und dann.

Dann folgte der Gang auf die Spitze, schwebend und leicht. An der Schräge hinauf, an der Seite der Pyramide nach oben, denn da war das Licht, da war der Stern. Und der Stern war so weiß und so weich und so golden. Und als sie oben war, auf der Spitze, auf dem Zenit, und hinabsah, da sah sie sich schwimmen. In einem Sommer, der verloren war. Und um sie herum die Wellen, auf denen der Mond Kapriolen schlug. Und ihre Hände, ihre Arme und Hände wollten das Wasser zerteilen, wollten bewegen, wollten voran. Doch dann sah sie, dass das Wasser kein Wasser war, sondern Blut. Und sie wandte sich ab und ging weiter durch eine Hülle von Licht, die sie nach oben zog. Durch das All, durch tiefhelle Luft. Und der Geruch dieser Luft pumpte sich bis in die letzte Pore ihrer Lungen hinein und sagte, dass er sie liebe. Und ihr Gesicht war in die Erde gepresst. Die Erde des Gartens. Und es war der letzte Moment vor dem Kippen in den Herbst, der letzte Moment, nach dem Fallen aus dem Frühling. Und da war die Schwelle, und sie wusste, dass es die Schwelle war.

Es geht nicht. Ich kann nicht. Mein Junge, mein Baby, mein Kind. *Doch, es geht.* Nein. *Doch, es geht.* Es geht.

Eins

Berufskraftfahrer Bodo Kramer war aufgewacht. Er sah auf die dunkelroten Ziffern seines Radioweckers und fluchte leise. Als er den Oberkörper anhob und sich dabei den Kopf an der viel zu engen Koje des Führerhäuschens stieß, fluchte er noch mal, aber diesmal doppelt so laut, wie er es sonst zu tun pflegte. Ihm schmerzte nämlich nicht nur der Kopf, sondern auch das Gehör: Die unnatürlich gut gelaunte Stimme des Radiomoderators wünschte allen Frühaufstehern einen wunderschönen Morgen und einen guten Start in den Tag. Zu allem Überfluss begann France Gall die ersten Takte von »Ella, elle l'a« loszufiepsen. Bodos Faust flog zielsicher dem On/Off-Schalter entgegen und traf. Das Einzige, was er jetzt noch hören konnte, war das Knistern der Bildzeitung unter seinem Hintern. Aber da war noch was. Es kam von draußen. Bodo zog das windige Vorhängelchen zurück und sah zu dem Rohbau, dem gegenüber er gestern geparkt hatte. Er hörte einen Schrei, der alles in den Schatten stellte, was er bisher gehört hatte. Er war hellwach, und sein Instinkt sagte ihm, dass da eben etwas Fürchterliches geschehen sein musste. Dann sah er Schatten, die sich vor dem Rohbau aufgeregt bewegten. Einer der Schatten brüllte irgendetwas von Aufbruch. Ein anderer riss einen Typen von der Böschung weg, die zur Bundesstraße hin abfiel.

Bodo überlegte kurz, ob er nach draußen gehen und nachsehen sollte. Dann schaltete er das Autotelefon ein und wählte eins eins

Null

Die Schatten liefen davon. Vier. Drei oder vier. Bodo hatte sie deutlich erkennen können, als sie hinter dem Bagger hervorgekommen waren. Na ja, er hatte sie auf jeden Fall in ihrer Anzahl erfasst, in ihrer ungefähren Anzahl. Das war schon was. Immerhin. Und dass der eine kleiner und dicker und der andere länger und dünner war. Und ein anderer war besser gekleidet. Sah zumindest irgendwie so aus. Und dass sie alle noch jünger waren, auf jeden Fall jünger als er selbst. Das hatte er deutlich gesehen. Irgendwie.

Bleiben Sie, wo Sie sind. Wir schicken einen Streifenwagen raus.

2006

17. Dezember

Klotz stand oben am Burgberg und starrte hinunter auf den Weg, den er gerade vom Hauptmarkt her nach oben genommen hatte. In Zukunft würde er häufiger hierherkommen, dachte er, und gleichzeitig ärgerte er sich über seine Kurzatmigkeit und dass er schon wieder schwitzte. Was war das überhaupt, verdammt noch mal, für ein Winter? Außer dass seine Uhr eine Tageszeit von sieben Uhr achtundfünfzig anzeigte, gab sie vor, dass es sich bei dem anbrechenden Tag um den 17. Dezember handelte. Und das bei sechs Grad plus! So hatte es die digitale Temperaturanzeige auf dem Hauptmarkt zumindest angegeben. Kein Frost, kein Bibbern, nicht eine einzige Eisblume irgendwo. Sie sollte sich schämen, diese bescheuerte Temperaturanzeige, und das Wetter gleich mit!

Er blickte auf und schnaufte. Vor ihm lag ein unregelmäßiger, von Wind und Wetter gezeichneter Sandsteinblock, und über diesem Fels thronte die Nürnberger Burg. Rechts konnte er den Luginsland erkennen, einen viereckigen Turm, von dessen Erkern aus man im Spätmittelalter das umliegende Land beobachtet hatte und herannahende Feinde hatte ausmachen können. Links führte der Weg an Mauern und Felsen vorbei zum Eingangsportal der Kaiserburg. Und wäre er diesen Weg gegangen, durch den gotischen Bogen hindurch und weiter, nach rechts, über eine kleine Treppe hinauf, vorbei am Sinwellturm, dem Bergfried der Burg, und wäre er durch ein zweites Portal getreten, dann wäre er schließlich an einer Aussichtsplattform angelangt, von der aus man ganz Nürnberg und das umliegende Land hätte betrachten können. Wahrscheinlich hätte er sich an die steinerne Brüstung gelehnt und hinabgesehen. Hätte die steil aufragenden Türme der beiden Kirchen Sebald und Lorenz unterschieden. Sich wieder einmal über die hohen, stark ansteigenden Dächer über den Chorgewölben gewundert. Bei deren Anblick musste er irgendwie immer an die Höcker von Kamelen denken oder an die stark ausladenden Hinterteile zweier betagter Damen, die sich noch einmal in Schale geworfen hatten, um wie auf einer letzten Feier jüngere Gäste zu beeindrucken und für sich einzunehmen. Zwischen den kamelhaften Damen ragte etwas auf, was diesen beiden fehlte, etwas Rundes, was ihn irgendwie an eine weibliche Brust erinnerte: Die mächtige Kuppel von Sankt Elisabeth.

Und wäre er auf das Plateau gegangen und hätte er weiter geschaut, dann hätte er den modernen Rundturm der Nürnberger Versicherung nicht übersehen können, ebenso wenig den massigen Bau der Bundesagentur für Arbeit, von dem aus meist weniger gute Nachrichten in das gesamte Bundesgebiet entsandt wurden. Irgendwie lustig, hätte er vermutlich gedacht, dass die Symbole von Sicherheit und Vertrauen und die von Unwägbarkeit und Angst so nahe beieinanderlagen.

Vielleicht hätte er weiter nach rechts gesehen und den steil aufragenden Fernsehturm wahrgenommen, der in der Ferne wie eine Rakete dastand und verheißungsvoll in regelmäßigen Abständen aufblinkte. Und obwohl er diese Stadt, *seine* Stadt so sehr liebte, hätte er angesichts ihrer architektonischen Zerrissenheit vielleicht Lust bekommen, in diese Rakete einzusteigen, um sich in die Leere des Weltalls katapultieren zu lassen, um die vielen Bombenlücken zu vergessen, die der letzte Krieg gerissen hatte, und dieses Durcheinander aus Moderne, Gotik und Barock.

Doch all dies tat er nicht. Tatsächlich nahm er die Zeitung, die er sich eben auf dem Weg zur Burg aus einem der Zeitungsspender genommen hatte, und legte sie in die verwaschene Kuhle eines Felsvorsprungs, der einer Begrenzungsmauer der Burganlage vorgelagert war. Wie gemacht für mein geschundenes Gesäß, dachte er kurz, indem er das Arrangement durch einen dampfenden Pappbecher komplettierte. Nachdem er sich den speckigen Mantelkragen hochgeschlagen hatte, brachte er sein Hinterteil auf der Schlagzeile »Kommt die Klimakatastrophe?«

in Stellung. Ein gestresster Schließmuskel entspannte sich, und während er sich gerade eine Zigarette drehte, transformierte ein ordentlicher Furz das Fragezeichen der Schlagzeile in ein Ausrufezeichen und jonglierte ansonsten ein wenig mit dem Satzbau.

»Die Mischung macht's!« War das nicht einer dieser schwachsinnigen Werbeslogans? Er wusste nicht mehr genau, wo er den Spruch gehört hatte, aber er musste an ihn denken, als sich der Rauch der brennenden Zigarette, der Kaffeeduft aus dem Pappbecher und der Zeitungsfurz für einige Sekunden unter seiner Nase versammelten. So riecht das Leben, dachte er und war ein wenig angewidert von seinem hochphilosophischen Gedanken. Dann sog er an der Zigarette, um den ekelhaften Geruch zu vertreiben.

Werner Paul Klotz war einundvierzig Jahre alt, leicht übergewichtig und seit fünf Jahren geschieden. Und wenn man es ihm selbst überlassen hätte, seine hervorstechendsten Eigenschaften seinen Mitmenschen mitzuteilen, dann hätte er sich sicher unrecht getan. Seiner Meinung nach wurde das, was ihn ausmachte, durch Begriffe wie Chaos, Krise, Katastrophe recht treffend zusammengefasst. Ganz falsch lag er mit dieser Einschätzung nicht. Schließlich hatte er in seinem bisherigen Leben so einige Rollen ausgefüllt, auf die diese Begriffe ziemlich gut zutrafen. Da war zum Beispiel die gescheiterte Karriere als Ehemann und Vater. Zweifellos zwei Projekte, die er völlig vermurkst hatte. Aber das ergab ein nur unvollständiges Bild. Denn es gab einen Bereich in Klotz' Leben, der vollkommen in Ordnung war, mehr als in Ordnung, ein Gebiet, das er aufs Beste aus- und erfüllte. Und es ihn selbst auch. Kriminalhauptkommissar Werner Paul Klotz war ein hervorragender Ermittler. Ob er sich selbst so eingeschätzt hätte? Dafür war er vielleicht zu bescheiden oder irgendwie zu kritisch, zu pessimistisch. Sei's drum. Ansonsten war er auf jeden Fall ein Loser, wie er im Bilderbuch steht. Doch zum Glück gab es da den Beruf, der – wie für viele moderne Männer mit steinzeitlichem Bewusstsein – so etwas wie einen letzten Rettungsanker für Klotz bedeutete.

Für einen kurzen Moment fielen ihm die wenigen Minuten ein, während derer er heute Nacht in einen unruhigen Halbschlaf gefallen war. Er hatte sich wieder in diesem Krankenzimmer befunden, das so hell, gleißend und aseptisch gewirkt hatte. Auf einem weißen Kissen hatte das Gesicht seines Vaters gelegen, und er hatte in diese toten Augen gesehen. Vater war tot, und doch bewegten sich seine Lippen. Und nachdem er das Wort abgelesen hatte, das diese trockenen, wortlosen Lippen sagten, war er aufgeschreckt.

»Versager!«

Im ersten Augenblick hatte er Schuld empfunden. Dann hatte er sich auf seine Verliereridentität zurückgeworfen gefühlt. Das bekam man einfach nicht los, das ging einfach nicht abzuschütteln. Wie ein Scheiß-Kaugummi an der Schuhsohle, das einen am Boden halten will, sobald man losgeht. Und wenn man dann geht, dann schmatzt es die ganze Zeit und will nicht mehr runter vom Schuh.

Vielleicht war dieses diffuse Gefühl aus Schuld und Verlorensein ja deshalb so stark, weil Weihnachten vor der Tür stand und an jeder Ecke ein fröhlich dreinblickender weiß-roter Plüschmantel herumlungerte und doch irgendwie so etwas verhieß wie Harmonie und Geborgenheit. »Kling, Glöckchen, klingelingeling«.

Harmonie und Geborgenheit. Das war eine Aufgabe. Das war *seine* Aufgabe. Nicht die von irgendwelchen betrügerischen Weihnachtsmännern, die sich und den anderen die Welt schönredeten. Harmonie und Geborgenheit, das war *sein* Ding! *Er* musste kämpfen. Gegen Mord und Totschlag, gegen Verbrechen, gegen die Widerlichkeiten und Abgründe einer kriminellen Welt.

Harmonie und Geborgenheit. Klotz bemühte sich, die soeben durchlebte Geruchserfahrung der besonderen Art aus seinem olfaktorischen Gedächtnis zu streichen, indem er an seinem Kaffee nippte. Ein elendigliches Gesöff! Schmeckt irgendwie nach Müll, dachte er und nahm erneut einen Schluck. Er sah an einem kahlen Baum vorbei hinunter in die Burgstraße. An einer Hausecke konnte er ein Plakat erkennen, auf dem die Faschingsgesellschaft »Narhalla« eine Prunksitzung für das neue Jahr ankündigte. Komisch, dachte er, irgendwie unpassend, so vor Weihnachten, aber was war schon noch passend in dieser Welt. Hauptsache, die Brille passte. Und die Schiesser-Feinripp-Unterhosen.

Während er einen Zug nahm, befühlte er mit Daumen und Ringfinger die Stoppeln an seinem Kinn. Eine Rasur wäre mal wieder angebracht. Okay. Heute ist Sonntag. Da kann man so was schon mal bewerkstelligen.

***

»Verdammt noch mal! Warum geht der nicht ran? Der wird doch nicht vergessen haben, dass wir Bereitschaft haben?«

Genervt ließ Kriminalkommissar Peter Escherlich das Handy auf den fleckigen Beifahrersitz des blauen Opel Omega fallen. Gleichzeitig stieg er aufs Gas. Irgendwo musste man seine Wut ja rauslassen. Verflucht noch mal! Wo trieb sich der Kerl bloß wieder rum? Irgendwie stimmte da doch was nicht. So kannte er Klotz gar nicht.

Es war fünf nach acht, und der erste Sonnenstrahl hatte gerade die neubarocke Kuppel des Opernhauses getroffen, an dem Escherlich in Richtung Bahnhof vorbeiraste.

Seine Kleidung roch nach Schweiß und Zigaretten, das schwarze Haar war leidlich nach hinten gekämmt. Nach den sieben Bier und den zwei Klaren, die er gestern Abend getrunken hatte, war er froh gewesen, dass er sich noch halbwegs hatte orientieren können. Man bedankt sich bei der letzten noch aktiven Gehirnzelle, die einen treu ins richtige Haus, in den richtigen Stock, zur richtigen Tür geleitet hat, und verabschiedet sich. Klamotten ausziehen? Waschen? Zähne putzen? Egal! Sofa. Schlafplatz. Lospennen!

Scheiß-Einsatz am Sonntagmorgen. Was hieß hier Morgen? Eigentlich war es ja noch mitten in der Nacht. Die Ampel, war die rot? Egal!

Die Reifen des Opel quietschten geräuschvoll. Escherlich riss die Wagentür auf und lief vor das Auto. Am Boden lag ein Betrunkener, dessen mürrische Miene und hochroter Kopf nichts Gutes verhießen.

»Du, mai Liäwa! Hosd du kaane Aung im Kuubf?«

Escherlich beugte sich zu dem Mann, um ihm aufzuhelfen. Statt eines Dankes erntete der Freund und Helfer einen Schwall mittelfränkischer Freundschaftsbekundungen.

»Riär mi net oh! Herst mi! Freindla, dier zeich iech's! Dir werd iech glaih anä neihauä, du Saachbeidl, du verregder! Hundsgäider, dreggerder!«

»Jetzt stellen Sie sich nicht so an, kommen Sie schon. Tut Ihnen was weh? Haben Sie Schmerzen?«

»Du Droddl, elendicher! Iech foddz di her! Iech schmeiß di an die Wänd, dassd babbm bleibsd! Ungschbizd hau i diech nai, in Buudn, du Hornoggs!«

»Edz steh scho aaf, versuffns Luuch!«

Das brauchte Escherlich nicht zweimal zu sagen. Mit einem Mal stand der Kerl vor ihm und traf Anstalten, seine Faust gegen den Kommissar zu erheben. Escherlich wandte routinemäßig einen Polizeigriff an und schob den Mann auf den Gehweg, wo er ihn in einen großen Pflanzenkübel drückte. Escherlich sah sich nach allen Seiten um. Keine Menschenseele. Dann ließ er den Arm des Betrunkenen los, lief schnell zu seinem Wagen und brauste davon.

Drei Minuten später hatte er Klotz endlich am Telefon.

»Warum gehst du nicht ran, Mann? … Wie bitte? Du genießt den Sonnenaufgang und willst nicht gestört werden? Ich dachte, deine Wohnung geht nach Westen raus, wo die Sonne untergeht … Was? Wo bist du? Wir haben einen Einsatz! Da geht der spazieren, schlappt so mir nichts, dir nichts zur Burg hoch! Alter Romantiker! Schau, dass du da runterkommst. Wir müssen los. Die Haevernick und der Neue sind schon vor 'ner halben Stunde zum Tatort. Willst du, dass die das alleine in die Hand nehmen? … Na also. Ich hol dich in zehn Minuten am Hallertor ab. … Gut. Bis gleich.«

***

Die Stoßdämpfer des Opel Omega quietschten wie die Sprungfedern einer alten Puffgaleere, als Klotz sein Hinterquartier auf dem Beifahrersitz positionierte. Klotz schlug die Tür zu, und Escherlich wendete den Wagen wie einer, der als Kind zu oft »Die Straßen von San Francisco« angesehen hatte.

Escherlich klärte den Hauptkommissar über die bisherige Sachlage auf: Auf einem Waldweg nahe einer Ortschaft namens Göring stand ein Auto, in dem eine männliche Leiche saß. Oberkommissarin Haevernick und Anwärter Zebisch waren bereits vor Ort, um die Situation in Augenschein zu nehmen.

»Göring?«, fragte Klotz ungläubig nach und sah seinem Kollegen dabei zu, wie er den Wagen in die Fürther Straße lenkte.

»Ja, komisch irgendwie, nicht?«

»Und wo liegt das?«

»Nahe Hiltpoltstein, an der B 2.«

Klotz sah die hohen Schweifgiebel des Gerichtsgebäudes auftauchen, in dem 1945 die Nürnberger Prozesse begonnen hatten, durch die die Stadt weltweit zu Berühmtheit gelangt war.

»Ja, aber«, begann Klotz unsicher, »dieses Hiltpoltstein, dieses Göring, das gehört doch gar nicht zu unserem Einsatzgebiet. Ist das nicht schon Oberfranken?«

»Vor zwei Monaten eingemeindet worden. Gehört jetzt zum Kreis Nürnberger Land.«

»Warum das denn?«

Klotz bekam keine Antwort. Er sah die Sandsteinfassade des Gerichtsgebäudes näher kommen und murmelte: »Aha. Es wächst zusammen, was zusammengehört.«

Schließlich hakte er nach: »Göring, soso. Und du glaubst, dass wir da richtig sind?«

»Äh, ja, wieso?«

»Wenn du auf die B 2 willst, dann musst du doch Richtung Bayreuth. Das ist genau in der anderen Richtung! Ich glaube, du verwechselst da was!«

Klotz deutete energisch nach rechts, auf das Gerichtsgebäude, an dem sie gerade vorbeifuhren. Escherlich lief für einen

Moment rot an und wendete den Wagen bei nächster Gelegenheit.

Als Klotz aus dem Wagen stieg, bemerkte er sofort, dass der Boden hier nicht besonders fest war. Noch immer schien die Sonne, aber es hatte leicht zu nieseln begonnen. Schlecht. Das war immer schlecht für einen Tatort. Versaute die Spurenlage. Mit seiner Linken klammerte er sich an die Oberkante der geöffneten Beifahrertür, um nicht auszurutschen, und mit der Rechten drückte er in Höhe der inneren Brusttasche leicht gegen seinen Lodenmantel. Alles in Ordnung. Das Diktiergerät war mit dabei.

Er sah in die Senke, von der sie gekommen waren, sah die Krähen durchs Feld wippen, eingehüllt in Nebelschwaden, sah den Feldweg hinunter, der weiter unten, beim Ausfall auf die Teerstraße, zu einem Kiesweg wurde. Zuseiten dieses kleinen Wegabschnitts standen ein altes, dunkles Backsteinhaus und ein Trafohäuschen, dessen grauer Rauputz rissig war und an nicht wenigen Stellen das dahinterliegende Mauerwerk freigegeben hatte. Klotz fühlte sich irgendwie an seine Kindheit erinnert.

»Kommst du jetzt, oder was? Wir sind eh viel zu spat!«, riss ihn Escherlich unsanft aus seinen Betrachtungen.

Escherlich ließ eine halb aufgerauchte Zigarette auf den angefeuchteten Boden fallen. Kurzes Zischen, aus.

»Heb das sofort auf! Das ist ein Tatort, du Ei!«, raunzte Klotz seinen Kollegen an.

Schuldbewusst hob Escherlich die Kippe auf und steckte sie in den Aschenbecher des Opel. Währenddessen hatte Klotz sein Diktiergerät aus der Mantelinnentasche geholt.

»Eins. Zwei. Test. Test.«

»Riecht irgendwie nach Baustelle hier. Findest du nicht?«, unterbrach Escherlich die Probeaufnahme.

»Ja. Jetzt, wo du's sagst. Siehst du eine?«

Klotz drehte sich um und sondierte das Terrain. Noch mal blieb sein Blick bei dem kleinen Stück Kiesweg hängen, auf dem zwei schnauzbärtige Dorfpolizisten, deren Bekanntschaft sie eben hatten machen dürfen, ihren Einsatzwagen geparkt hatten.

Die beiden hatten die Aufgabe, das herbeiströmende Volk davon abzuhalten, den Weg Richtung Tatort zu beschreiten. Einer der Schnauzbärte hatte Block und Schreiber gezückt. Vermutlich protokollierte er irgendwelche Phantasiegeschichten, die sich als Zeugenaussagen getarnt hatten. War denen doch tatsächlich eingefallen, das Blaulicht anzuschalten, um die Schaulustigen abzuhalten. Auf welcher Polizeischule lernte man denn so was? Klotz hatte ihnen ordentlich den Marsch geblasen: Dienstaufsichtsbeschwerde und Versetzung in die Oberpfalz, tschechische Grenze, wenn sie nicht umgehend dieses unsinnige blaue Feuerwerk abschalten würden. Trotzdem standen sich da unten immer noch etwa ein Dutzend Leute die Füße platt.

Kriminalkommissaranwärter Zebisch war gerade dabei, das weiß-rote Absperrband um einen Baum zu wickeln, um es dann über den Weg ziehen zu können. Letzte Woche hatten sie ihn aus Fürstenfeldbruck hier runtergeschickt. Außer dass er etwas wortkarg war, zeichnete er sich durch ein kantig-maskulines Gesicht aus. Irgendwie fühlte Klotz sich an einen alten englischen Lord erinnert, wenn er den Anwärter sah, obwohl dieser naturgemäß ja eigentlich noch recht jung war.

»Guten Morgen, Herr Hauptkommissar«, begrüßte Zebisch den Vorgesetzten, der mit schwerem Schritt heranstapfte.

»Krawatte, Zebisch. Die Krawatte sitzt nicht richtig«, war die lapidare Antwort.

Sichtlich pikiert zurrte Zebisch den Krawattenknoten nach oben, während die beiden Kommissare sich weiter in Richtung Tatort auf den Weg machten. Klotz zückte das Diktiergerät: »Tatortbegehung Göring Strich Hiltpoltstein, 17. Dezember 2006, Uhrzeit neun Uhr achtundzwanzig.«

Nachdem sie an dem Krankenwagen vorbei waren, konnten sie am rechten Wegrand, zwischen den Bäumen, einen roten Golf älteren Baujahrs erkennen. Dahinter, mitten auf dem Weg, parkte ein hellgrüner Betonmischer. Trotz des aufgeweichten, rutschigen Bodens erhöhte sich die Schrittgeschwindigkeit der beiden Ermittler. Der Baustellengeruch nahm zu.

»Sag mal, ist der tiefergelegt?«, fragte Escherlich seinen Kollegen.

Statt zu antworten, ging Klotz etwas in die Knie, um durch das heruntergelassene Seitenfenster in den Wagen sehen zu können. Und was er da sah, ließ ihn plötzlich ziemlich überrascht ausschauen. Er sah nämlich eine gleichmäßige, graue, ebene Fläche, die bündig auf Höhe der Linie abschloss, an der die Seitenfenster begannen. Die Heckscheibe war eingeschlagen. Durch sie ragte das Ende der Führungsrinne, durch die der Beton aus dem Mischer geflossen war.

»Nee, mein Lieber. Der ist nicht tiefergelegt. Der ist voll. Voll mit Beton«, stammelte Klotz. Escherlich setzte verdutzt hinzu:

»Ach du Scheiße. Das gibt's nicht wirklich. Da sitzt ja einer drin!«

Escherlich ging über den Weg auf die andere Seite, zu einem braunen Klappstuhl, auf dessen Sitzfläche ein geöffneter, blitzblanker Stahlkoffer lag. Auf dem Kofferdeckel konnte man drei auf dem Kopf stehende schwarze Buchstaben lesen: KTU. Außerdem stand da neben Koffer und Stuhl ein mittelgroßer Mann, der den für die Spurensicherung typischen weißen Anzug trug und gerade dabei war, sich mit einer Hand über seine fettige, glänzende Vollglatze zu fahren. Rudi Laanschaf wirkte wie ein netter, lustiger Kerl mit einem Kopf, der die Form einer Bowlingkugel hatte. Doch wenn man seinen Gesichtsausdruck sah, musste man unweigerlich an ein Begräbnis denken.

»Und? Wisst ihr schon was?«, wandte sich Escherlich dem Kriminaltechniker zu.

Rudi hantierte gerade mit dem Gipsabdruck eines Schuhprofils herum.

»Zweiundvierzig. Vielleicht auch dreiundvierzig. Der Druck verlagert sich beim Gehen nach außen. Also leichte O-Beine. Vielleicht Fußballer.«

»Der Täter?«

»Kann auch von dem Jogger sein, der ihn gefunden hat. Was denkst du, wer so alles über einen Waldweg trampelt, wenn der Tag lang ist?«

Escherlich blickte in Laanschafs Bestattermiene und beschloss, für heute keine weiteren Fragen zu stellen.

Klotz war inzwischen um den Wagen herumgegangen und stand jetzt neben Ron Lackner, dessen hochprozentige Fahne er deutlich wahrnahm. Trotzdem eine ruhige Hand. Sie hätte nicht ruhiger sein können, wunderte sich Klotz. Na ja, vielleicht gerade deshalb.

Lackner hatte eine Pinzette in der Hand, mit der er im Ohr der Leiche, die im Beton steckend hinter dem Steuer saß, herumstöberte. Klotz fand es ein wenig widerwärtig, dass der alkoholisierte Rechtsmediziner bei seiner Tätigkeit wie ein Honigkuchenpferd grinste. Plötzlich wurde Lackners Grinsen noch breiter. Beinahe spitzbübisch feixend. Als hätte er jemanden übers Ohr gehauen, einen Streich gespielt, einen seiner Schulkameraden ausgetrickst. Der Grund war die die zappelnde Made, die der Chefpathologe jetzt aus dem Gehörgang des Toten herauszog. Klotz wunderte sich über den Fliegenmadenbefall. Schließlich war es Dezember. Dann fiel ihm das ungewöhnlich warme Wetter wieder ein und dass es bis jetzt noch keinen Frost gegeben hatte.

Der Hauptkommissar führte das Diktiergerät zum Mund und drückte die Aufnahmetaste: »Männliche Leiche. Circa fünfunddreißig bis vierzig Jahre alt. Haarfarbe dunkelblond, Augen grau. Die Leiche sitzt auf dem Fahrersitz eines Wagens der Marke Volkswagen, Golf, dunkelrot, älteres Modell, und wurde augenscheinlich bis zu den Schultern in Beton eingegossen.«

Dass einem die Scheiße sprichwörtlich bis zum Hals stehen konnte, das hatte er ja schon öfter gehört und auch selbst schon am eigenen Leibe erfahren, aber Beton? Mein lieber Mann! Wer kam denn auf so eine absurde Idee? Wo war da der Sinn? Außer dass das Ganze reichlich abgefahren war. Mit welcher Art von Täter hatten sie es hier zu tun? Dass diese Sache hier nicht einfach werden würde, spürte er jetzt schon. Klotz sprach weiter in seinen Apparat: »Todeszeitpunkt?«

Ohne aufzusehen, gab Lackner Antwort: »Mitternacht. Ziemlich genau Mitternacht, eine Viertelstunde rauf oder runter.«

Lackner freute sich wie ein Kind über die sich windende Made. Mit seiner freien Hand hatte er eine Streichholzschachtel aus seiner Jackentasche geholt und geöffnet.

»Nach Aussage des Gerichtsmediziners Doktor Lackner vor Ort ist der Tod zwischen dreiundzwanzig Uhr fünfundvierzig und null Uhr fünfzehn eingetreten. Dies ist am Stadium des Fliegenmadenbefalls klar ablesbar.«

Gerade als Lackner die Pinzette geöffnet hatte und die Made Richtung Schachtel fiel, fiel das Diktiergerät. Klotz, in der Hoffnung, den Apparat auffangen zu können, führte eine hastige Bewegung aus, rutschte auf dem weichen Waldboden aus und fiel. Fiel auf Lackner, der seinerseits wiederum fiel. Mit ausgestrecktem Ellenbogen in das geöffnete Fenster auf der Fahrerseite.

Klotz sah verwirrt auf. Dieses Geräusch hatte er schon mal gehört. Letztes Jahr im August, kurz bevor er nach Italien in den Urlaub hatte fahren wollen. Das Taxi hatte unten gewartet. Und dieser Scheiß-Koffer. Nur noch zwanzig Minuten, bis der Zug abfuhr. Die Treppe, das Taxi, der Koffer, der Fuß. Knacks. Das war's. Sechs Wochen Gips. Kein Urlaub, kein Meer, keine Sonne, kein gar nichts. – Aber das Geräusch, dieses eigenartige knacksende Geräusch, das hatte er sich gemerkt. Es bestand kein Zweifel: Irgendwo hier in unmittelbarer Nähe war gerade ein Knochen gebrochen.

Escherlich starrte durch das Beifahrerfenster des Golf. Dort, wo er vorhin noch das Gesicht der Leiche im Profil hatte erkennen können, sah er jetzt auf deren dunkelblondes Haupthaar, das im hinteren Bereich ansatzweise schon Spuren eines altersbedingten Haarausfalls aufwies. Laanschaf, der die Veränderung ebenfalls bemerkt hatte, fasste sich instinktiv an sein öliges Haupt. Als ob da noch was wachsen würde!

Lackner tobte. Und Klotz, der im Dreck lag, untersuchte, ob sein Diktiergerät noch funktionierte. Wie sollte er dieses Malheur der Staatsanwältin verklickern? Und Huber, dem Polizeipräsidenten? Ob es eine Möglichkeit gab, diesen postmortalen Genickbruch irgendwie zu vertuschen? Aus den noch nicht geschriebenen Protokollen zu löschen? Andererseits war es nicht er gewesen, dem dieses überaus peinliche Missgeschick unterlaufen war. Er war nur ausgerutscht und hingefallen. Seinem Diktiergerät nachgesprungen, das er jetzt irgendeinem Mülleimer überantworten konnte. Warum fällt dieser Lackner auch so blöd, dass er mit seinem Ellenbogen in das Fahrerfenster stößt und dem Toten das Genick bricht? Wär doch gar nicht mehr nötig gewesen. So ein Eumel, dieser Lackner!

Escherlich versuchte, den wütenden Gerichtsmediziner zu besänftigen: »Jetzt beruhig dich mal, Lackner. Das bringen wir schon wieder ins Lot. Weißt du schon etwas über die Identität des Toten?«

»Guck doch im Handschuhfach nach, du Arsch! Vielleicht hat er da seine Brieftasche reingeschmissen, bevor er in den Beton gesprungen ist!«

Dr. Ron Lackner, erster Pathologe des gerichtsmedizinischen Instituts in Nürnberg, stapfte wutentbrannt aus dem Waldstück in Richtung Krankenwagen.

Ganze zwei Sekunden lang sah ihm Klotz nach und fühlte einen Anflug von Schuldbewusstsein. Na, die würden ihm schon was geben, die Sanis. Die hatten immer was dabei für solche Fälle, so schöne rosa Pillen. Plötzlich kitzelte es Klotz in der Nase. Er musste niesen. Als er wieder aufblickte, sah er eine Fliegenmade, die auf seinem Diktiergerät zappelte, genau da, wo *Counter Reset* stand.

»Was ist denn hier los?«, hörte man plötzlich eine weibliche Stimme.

Laanschaf und Escherlich drehten sich gleichzeitig um. Beinahe wäre Escherlich mit Laanschafs schmieriger Birne zusammengestoßen.

»Hallo, Astrid. Und, alles klar? Wie läuft's? Schon was rausgefunden?«

Escherlich lächelte. Laanschaf wandte sich ab, nahm irgendwelche Utensilien aus seinem Agentenkoffer und ging rüber zum Golf.

Oberkommissarin Astrid Haevernick sah Escherlich kurz mit dem ihr eigenen wachen Blick an, der aus mandelförmigen grünen Augen strahlte. Neigte den blonden Kopf, der sich durch seine klaren, geraden Züge und eine strenge Pferdeschwanzfrisur auszeichnete. Kramte einen Zettel hervor und erstattete Bericht.

»Also. Okay. Um sieben Uhr dreißig hat ein Jogger den Golf mit der Leiche entdeckt. Ich hab ihm gesagt, er soll sich für euch zur Verfügung halten. Die Sanis kümmern sich noch um ihn. Die Überprüfung des Autos hat ergeben, dass die Autonummer behördlicherseits nicht erfasst ist.«

»Falsche Kennzeichen?«

»Scheint so.«

»Und der Lkw?«

»Der Lkw ist auf einen gewissen Breslauer zugelassen, der hier in der Fränkischen Schweiz ein Betonwerk betreibt.«

Klotz hatte seine Mannschaft zusammengerufen, um eine kleine Lagebesprechung abzuhalten. Nachdem ihm der vorläufige Stand der Ermittlungen bekannt war, gab er Anweisungen. Escherlich sollte zu dem Betonwerk rausfahren. Haevernick durfte die Staatsanwältin informieren. Die würde sowieso schon im Dreieck springen, wenn sie erfuhr, dass ihre Ermittler eine Stunde an einem frischen Tatort zugebracht hatten, ohne sie über den Stand der Ermittlungen in Kenntnis zu setzen. Außerdem musste ein Abschleppwagen bestellt werden, der den Golf samt Insassen in die Gerichtsmedizin bringen würde. (Vielleicht konnte sich die Leiche ja während des Transports irgendwie das Genick brechen.) Er selbst würde sich noch mal mit dem Jogger unterhalten und eine Zusammenfassung der bisherigen Ergebnisse in Angriff nehmen. Schriftlich, versteht sich. Und notgedrungen.

Es war genau elf Uhr dreiundzwanzig, als Escherlich wieder am Tatort erschien.

Klotz stand in seinem erdbraun verdreckten Mantel bei den Sanis herum und sah irgendwie verwaschen aus. Dass er rauchte, unterstrich diesen Eindruck noch zusätzlich. Den Jogger hatte er inzwischen nach Hause geschickt. Außer dass der Sportsfreund die Leiche entdeckt hatte, brachten seine Aussagen nichts. Escherlich hatte hier schon mehr vorzuweisen: Der Name des

Toten war Thorsten Gummler. Er arbeitete seit dreizehn Jahren als Betonfahrer bei diesem Breslauer. Gestern Abend hatte er noch eine Fuhre zu erledigen gehabt, deshalb hatte er auch den Betonlaster mitgenommen.

»Du willst doch nicht sagen, dass sich dieser Gummler gestern nach seiner Arbeit einen Lkw geschnappt hat, in das Waldstück hier gefahren ist und sich selbst in den Beton gegossen hat?«, fragte Klotz ungläubig nach.

»Vielleicht. Ich hab keine Ahnung«, erwiderte Escherlich und fuhr mit seinem Bericht fort.

Gummler wohnte bei seinem Vater, einem gewissen Erwin Gummler, auf einem Aussiedlerhof namens Eichenbühl. Einem Ort zwischen Erlastrut und Winterstein, gerade mal einen Kilometer vom Tatort entfernt.

»Dann fahren wir da doch mal hin«, schlug Klotz vor, »und überbringen die frohe Botschaft.«

Man war sich für nichts zu schade.

Die beiden Ermittler begaben sich zu ihrem Wagen. Bevor Escherlich einstieg, öffnete er seine Jacke. Offensichtlich war ihm warm. Klotz konnte auf dem darunter befindlichen Shirt eine Aufschrift lesen, die sich bis dato unter der Jacke versteckt gehalten hatte: *Too Old To Die Young*. Wie treffend – und wie geschmacklos.

Der Nieselregen hatte aufgehört, und eine tief stehende Wintersonne, die auf die Süd-Ost-Ecke des Schweinekobens traf, bewirkte, dass der wellige Kopfsteinpflasterboden des Hofes von einer Diagonale in zwei Hälften geteilt wurde. Rechts Schatten und links, wo der verdreckte Mengele-Dungstreuer stand, wärmten die Sonnenstrahlen den am Boden angetrockneten Kuhmist auf. Es roch, wenn auch etwas abgeschwächt, nach Rindviehpisse und Schweinedreck.

Klotz hasste es, die Angehörigen über das plötzliche Ableben eines Familienmitglieds zu informieren. Aber das war Teil einer jeden Todesermittlung. Ob Unfall, Suizid, Totschlag oder Mord. Während der kurzen Fahrt hierher hatte er darüber nachgedacht, ob es sich bei dem Fall überhaupt um Mord handelte. Angesichts der Umstände schien ihm Selbstmord aber unwahrscheinlich.

Jemand setzt sich in einen Wagen und lässt ihn mit Beton volllaufen. Außerdem hat man vorher noch die Seitenfenster runtergekurbelt, damit der Kopf schön im Freien liegen und weiteratmen kann, während der wohlig warme Beton die Wanne des Wagens langsam ausfüllt und mit der Aushärtung beginnen kann. War *das* krank!

Und ein völliger Unsinn noch dazu. Auch das nicht registrierte Kennzeichen des Golf sprach für einen kriminellen Hintergrund, für einen Täter, der das ganze makabere Schauspiel inszeniert hatte. Dennoch. So absurd die Theorie eines möglichen Selbstmords auch sein mochte, so wollte Klotz sie doch ausgeschlossen wissen. Falls es wirklich Selbstmord war, dann musste das Psychogramm von Thorsten Gummler nicht nur zwei oder drei Defekte aufweisen. Aber vielleicht war er ja ein völlig durchgeknallter Typ gewesen, dessen Seelen- und Gedankenwelt sich jenseits von Gut und Böse befunden hatte. Genau das wollte er jetzt herausfinden. Nicht nur für Mord, auch für den Selbstmord, *besonders* für Selbstmord, gab es immer ein Motiv. Und deshalb hatte er sich vorgenommen, bei der Vernehmung von Vater Gummler zunächst einmal nur von einem tragischen Unfall zu sprechen.

Er war ausgestiegen. Stand jetzt neben dem Wagen, den er mitten auf der Grenze zwischen Licht und Schatten geparkt hatte, und wunderte sich, dass Escherlich immer noch im Wagen saß.

»Was ist los, Peter? An die Arbeit!«

»Äh, entschuldige Werner. Aber mir ist irgendwie schlecht.«

Escherlich sah wirklich nicht besonders gut aus. Irgendwie müde, übernächtigt. Doch Klotz wusste genau, dass der Grund für die plötzliche Übelkeit seines Kollegen ganz woanders zu suchen war. Er beschloss, Escherlich im Wagen sitzen zu lassen und die Sache selbst in die Hand zu nehmen.

Klotz betrachtete das Wohnhaus. Zwischen den Holzbalken des fränkischen Fachwerks fehlte an nicht wenigen Stellen der Putz. Darunter blickte ein verwahrlostes Geflecht aus Stroh und Bast hervor. Ein großes Fenster gab durch ein paar schäbige gelbe

Gardinen den Blick auf eine Spüle, Tisch und Stühle frei. Er klopfte, erhielt aber keine Antwort. Er ging rüber zur Scheune. Auch dort kein Anzeichen für menschliches Leben. Zwischen ihr und dem Wohnhaus befand sich ein Durchgang, ein Trampelpfad, der in einen hinteren, nicht einsehbaren Bereich führte.

Klotz, der beschlossen hatte, es mal mit diesem Weg zu versuchen, zog seine eben fertig gedrehte Zigarette wieder aus dem Mund, da es ihm nicht passend erschien, eine Todesnachricht rauchend zu überbringen. Merkwürdig: Er hatte die Zigarette nicht angezündet, und trotzdem roch es nach Rauch. Er ging an dem Wohnhaus entlang, an einem Rechen und einer Mistgabel vorbei, blickte nach vorn, hinüber zu einem verrosteten VW-Käfer, der von Gras und Brennnesseln überwuchert unter einem kahlen Obstbaum vor sich hin dümpelte, und sah, nachdem er die Hausecke hinter sich gelassen hatte, auf den spärlich befiederten Hinterkopf eines Mannes, der in einem Klappstuhl saß und von schwer qualmenden Rauchschwaden umgeben war. Eine dürre, sehnige Hand nahm ein Scheit von einem kleinen Holzhaufen und warf das Stück in das Feuer.

»Na, mai Bou? Bissd endli dou? Hob scho auf di gward. Alles Goude zum Geburdsdooch, mai Klaaner!«, brummte der Alte das Feuer an.

In der anderen Hand hatte er eine Flasche Forchheimer Kellerbier, aus der er einen kräftigen Schluck nahm. Der Mann starrte in das Feuer, aus dem ein paar frische Funken stoben.

»Entschuldigung, wenn ich störe.«

Mit einem Ruck sprang der Mann auf und sah verdutzt in Klotz' nicht minder erschrockene Miene.

»Wer san Sie? Wos mochn Sie in meim Gardn? Schau zou, dassd verschwindsd!«

»Ich bin nicht freiwillig hier, Herr Gummler. Klotz, mein Name. Kriminalpolizei Nürnberg.«

Das Gesicht des Mannes entspannte sich etwas, um sogleich einen leicht nachdenklichen Ausdruck anzunehmen.

»Däi Kribbo? Is wos middn Dorstn? Hodd er wos oogschdelld?«

»Nein, nein. Beiben Sie ruhig. Setzen Sie sich wieder hin.«

Der Klappstuhl, auf dem sich Klotz unaufgefordert niedergelassen hatte, war mit der gleichen blumenmusterbedruckten Kunstfaser überzogen wie der, auf dem der alte Gummler hockte. Wortlos bekam Klotz eine Flasche von dem Kellerbier gereicht. Er wusste nicht recht, was er mit ihr anfangen sollte, so ganz ohne Öffner, und schaute sich um. Gummler nahm sie ihm wieder ab, setzte ein Holzscheit unter den Verschluss und ließ den Deckel in die Luft schnalzen. Aus dem Feuer hörte man ein blechernes Geräusch.

»Hat Ihr Sohn ein Auto?«, fragte Klotz und nahm das Bier in Empfang.

Es hatte ihn ein wenig Überwindung gekostet, das Präsens zu benutzen und nicht das Präteritum.

»Naa, der hodd kaa Audo. Den Käfer dou driem, den wolld er widder herrichdn. Iss ober nix draus worn.«

»Soso. Hm.«

Klotz war aufgestanden und zu dem Käfer hinübergegangen. Durch die beschlagenen Scheiben konnte er in den Wagen sehen, in dem orientierungslose Fliegenschwärme eine sinnlose Flugshow veranstalteten. So ein verkackter Winter! Nicht mal die Fliegen wollen krepieren!

»Ist ja noch ein ganz alter«, stellte Klotz fest.

»Baujoar neinafuzgg. Der hodd amool mieä ghärt.«

Klotz glotzte auf einen Haufen Pornohefte, der auf der Rückbank lag. Der Geruch, wenn man die Wagentür öffnete. Der würde mich mal interessieren, dachte er und schauderte.

»Und Ihr Sohn hat kein Auto? Vielleicht einen Golf?«

»Naa, hob i doch gsachd! Äan Golf? Hodd er ämol ghabd, des iss ober scho a Zaid her.«

Gummler setzte das Bier an und trank. Der Gerstensaft gluckerte in einem Tempo aus der Flasche, dass Klotz nur Klötze staunen konnte. Als Gummler fertig war, sah er den Hauptkommissar mit unbestimmtem Blick an, rülpste laut und ließ, wie um das Ritual abzurunden, die Hose kräftig knattern.

»Und edz gemmer nai! Des Bier iss alle!«, schloss er in einem beinahe andächtig klingendem Tonfall.

Die Tapete musste mal weiß gewesen sein. Vor vielen Jahren. Überall schien ein schmieriger, fettiger Film auf den Möbeln zu haften. Sogar am gekachelten Fußboden spürte er diese speckige Schmutzschicht. Gummler bot ihm einen Platz auf der Eckbank an, direkt unter einem schweren hölzernen Kruzifix.

Auf dem Tisch stand eine Buttercremetorte, die jetzt keinen Adressaten mehr hatte. Mit Sprühsahne war eine Siebenunddreißig obendrauf geschrieben. Klotz fühlte so etwas wie Mitleid in sich aufsteigen, und nachdem er zu Erwin Gummler, der gerade dabei war, sich den zweiten Obstler einzuschenken, hinübergesehen hatte, fühlte er sich vollends elend.

»Herr Gummler, ich muss Ihnen etwas mitteilen.«

Der alte Mann lehnte unbeeindruckt an der Küchenzeile und stürzte den Obstler hinunter. Klotz betrachtete den schweren Aschenbecher aus Braunglas, der auf dem Wachstischtuch klebte, und zündete sich eine Zigarette an.

»Ihr Sohn, Herr Gummler …«

»Joo?«

»Ihr Sohn …«

Gummler sah Klotz aus weit aufgerissenen Augen an. Er hatte das Obstlerglas weggestellt und stattdessen die frisch angebrochene Flasche in die Hand genommen.

»… lebt nicht mehr.«

Die Flasche war nicht mehr ganz halb voll, als er sie wieder abgesetzt hatte. Klotz war aufgestanden, hatte einen Stuhl vom Tisch weggezogen und bedeutete Gummler, dass er sich doch bitte setzen möge.

»Naa, naa. Es geiht schoo. Songs, woars a Unfall?«

Schweigen, drei Sekunden lang.

»So genau …«

»Midm Mischer?«

»Ja.«

Klotz fühlte sich etwas erleichtert. Er hatte die Hiobsbotschaft überbringen können, ohne irgendwelche Details preisgeben zu müssen. Die ganze Sache war doch ganz gut und vor allem ergebnisorientiert abgelaufen.

»Sagen Sie, Herr Gummler, die Mutter?«

»Vuur drei Joar is gschdorm.«

Der Alte nahm einen Schluck und Klotz einen Zug. Als er den Rauch ausblies, setzte Gummler hinzu:

»Lungäkrebs.«

So etwas Ähnliches wie ein Lächeln machte sich auf dem zerfurchten, wettergegerbten Gesicht des Alten breit, und Klotz musste husten. Er hatte sich verschluckt.

Als Klotz sich wieder erholt hatte und aufblicken konnte, sah er Gummler, der der Länge nach auf dem Küchenboden lag. Von der Obstlerflasche, die sich langsam in eine Ecke bewegte, kam ein kullerndes Geräusch.

Klotz sprang sofort auf und überprüfte Atmung und Puls. Dann überlegte er, ob er einen Krankenwagen verständigen sollte. Andererseits. Heutzutage wurde bei jedem Wehwehchen ja gleich der Notarzt gerufen. Also entschied er, dass der Alte das schon schaffen würde. Brachte ihn in die stabile Seitenlage und ging aus dem Zimmer.

Thorsten Gummlers Wohnräume, wenn man sie denn so bezeichnen wollte, lagen im ersten Stock. Über einen Tapeziertisch hinweg, der eine komplette Seite des Zimmers ausfüllte, warf Klotz einen Blick aus dem Fenster, betrachtete die Reste des Feuers, die Klappstühle, die leeren Bierflaschen und den verwichsten Käfer.

Dieser Gummler musste ein ziemlicher Freak gewesen sein, ging es Klotz durch den Kopf, als er sich auf den Drehstuhl setzte, der an dem Tapeziertisch stand. Er sah sich um: Soweit er es beurteilen konnte, gehörten die Dinge, die da herumlagen, in den Bereich Militär-Modellbau: Zwischen einem Chaos von Farbtöpfchen, Pinseln, Drahtspulen, Klemmen, Klammern, Pinzetten und Pipetten purzelten halb fertige Soldaten in grauen Tarnanzügen herum. Oft nur mit einem Arm oder ohne Kopf und Beine. Panzerwannen, Maschinengewehre, Räder, Reifen, Geschützrohre und -türme, die hie und da aus dem Schlachtfeld ragten, rundeten das Arrangement auf gelungene Art und Weise ab. Was für ein realistisches Bild des Krieges, dachte sich Klotz und drehte den Stuhl auf die andere Seite.

Neben einem Bett, das von der hygienischen Seite her eher an ein Hundelager erinnerte, stapelten sich eine Reihe von Modellbausätzen, die sich noch in ihrer Verpackung befanden: Stuka, Spitfire, Jagdtiger, Hetzer, T-34, Stalingrad, Götterdämmerung – na prima!

Zwischen dem Bett und dem Tapeziertisch stand eine Vitrine, in der sich außer einigen Büchern ein einziges fertiggestelltes Produkt aus Gummlers Waffenschmiede präsentierte. Klotz rollte mit seinem Sessel heran. Er sah eine Wüstenlandschaft, auf der ein paar Soldaten herumstanden. Die Figuren waren ohne irgendeinen erkennbaren Bezug zueinander angeordnet. Sie trugen irgendwelche Gewehre oder sonstigen Utensilien, wie Eimer oder Benzinkanister, durch die Gegend. Wohin sie gingen und zu welchem Zweck, blieb ein Rätsel. Im Vordergrund war ein ausgebrannter Panzer drapiert, und weiter hinten konnte man eine Figur sehen, die entfernt an Rommel erinnerte. Dieser marschierte gerade die Stufen der Cheopspyramide hoch. Die Cheopspyramide? Na ja, ob es jetzt genau die war, da war sich Klotz nicht sicher. Aber es war eine Pyramide. So ein Schwachsinn! Was macht das Afrikakorps da in Gizeh? Die Szenerie, die hier aufgebaut war, sollte vielleicht an »Indiana Jones – Jäger des verlorenen Schatzes« erinnern, war aber weit davon entfernt, irgendwie witzig oder auch nur im Entferntesten historisch korrekt zu wirken.

Klotz schob sich in die Mitte des Raumes und stieß den Stuhl leicht an, damit er sich drehte. Gummlers verranzte Bude zog an ihm vorbei, und er versuchte sich für einen Moment in den Menschen, der hier gelebt hatte, einzufühlen. Ihm wurde himmelangst. Doch ein Selbstmörder?

Er fuhr in eine Ecke, in der ein Bierkasten stand, und nahm sich eine Flasche. Ah, Schlenkerla Rauchbier! Warum nicht? Wieder kein Öffner da. Was war das nur für ein verwahrloster Haushalt? Klotz setzte den Deckel an die Kante des Tapeziertisches und schlug mit dem Handballen zu.

Die verstümmelten Soldaten und das schwere Kriegsgerät wurden von einem kurzen Erdbeben durchgeschüttelt. Klotz setzte die Flasche schnell an, da der aufsteigende Schaum herauszuquellen drohte, und tat ein paar tiefe Züge. Plötzlich klapperte es auf dem Boden. Klotz nahm das Bier vom Mund und sah hinunter. Eine Spritze. Gebraucht, mit Nadel. Drogen? Auch das noch! Oder vielleicht doch nur Modellbau?

Er beeilte sich, die Spritze in einen Plastikbeutel zu stecken. Aus dem unteren Stockwerk drang ein Lallen an sein Ohr. Klotz stürzte die Treppe hinunter.

Er öffnete die Tür des Omega und sah seinem Kollegen Escherlich dabei zu, wie dieser seelenruhig auf dem Beifahrersitz schlief.

Durch eine abschließende Befragung hatte Klotz erfahren, dass Thorsten Gummler einen besten Freund hatte, Charlie Schmidt. Dieser Schmidt war angeblich ein abgestürzter Junkie, der sein Leben in der Nähe des Nürnberger Hauptbahnhofs fristete. Es würde vermutlich nicht so einfach sein, den Kerl aufzuspüren.

Während Klotz von dem Grundstück fuhr, warf er über den Rückspiegel einen letzten Blick zurück auf den einsamen alten Mann, der auf seinem schmuddeligen Hof stand und einen ziemlich verlorenen Eindruck machte. Irgendwie fühlte Klotz sich unwohl, schließlich hatte er ja nicht die ganze Wahrheit gesagt. Wie ein skrupelloser Versicherungsvertreter fühlte er sich, der einem debilen Rentner gerade eine völlig überteuerte und unnötige Police angedreht hatte.

Egal. Manchmal erforderte es eine gute Ermittlungsarbeit einfach, dass man nicht gleich alle Karten auf den Tisch legte. Und die Instanz, die das entschied, war letztlich nur sein Bauch allein, der seit den letzten anderthalb Minuten fortlaufend knurrte. Einen echten Hunger konnten halt auch ein oder zwei Bier nicht nachhaltig stillen.

Das Handy wählte. Der Mann, dessen Name jetzt auf dem Display erschien, würde entscheiden, wie sich die nächsten neunzig Minuten gestalteten.

Das Gespräch dauerte nicht einmal zwei Minuten. Karl-Ernst Biro war von jeher ein unprätentiöser Charakter, dem ein klarer Informationsaustausch wichtiger war als endloses Gewäsch. Biro war halt keine Labertasche. Zumindest wusste Klotz jetzt, dass Karl-Ernst gerade eine ordentliche Glut angefacht hatte und kurz davor war, zwei kleine marinierte Steaks auf den Grill zu werfen. Natürlich könne Klotz vorbeikommen, die Kühltruhe sei schließlich voll. Pfeffersteaks, Holzfällersteaks, Wildlachssteaks, Steak fromage, Grillfackeln, Grillspieße und Grillwolfsbarsch, alles da. Gut. Bis dann.

Klotz konnte es kaum glauben: Biro grillte. Am 17. Dezember um zwölf Uhr siebenundfünfzig, bei einer Außentemperatur von neun Grad Celsius. Das war wohl seine Art, sich über einen schlechten Winter lustig zu machen.

Escherlich schlief wie ein Baby, und Klotz lenkte den dunkelblauen Wagen durch die unverwechselbare Landschaft der Fränkischen Schweiz, an steilen Felswänden entlang, zwischen hohen Hügeln hindurch, vorbei an Wäldern, die Dunkelheit und Geheimnis ausstrahlten. Die Pinien am Fahrbahnrand zerstückelten das Sonnenlicht. Wie aus einem dieser Maschinengewehre, mit denen Thorsten Gummler jetzt nicht mehr spielen konnte, schlugen die hellen Lichtsalven in das wache Auge des Hauptkommissars.

Er parkte den Wagen vor dem Haus in der Franz-Wittmann-Gasse in Pottenstein, stieg aus und warf einen Blick auf die mittelalterliche Burganlage, die drohend auf einem abschüssigen Felsen über der Stadt thronte. Ihm fielen die Fensterläden auf, die in den Farben Rot und Weiß gehalten waren und so deutlich machten, in welcher Region man sich hier befand.

Einen Augenblick lang überlegte er, ob er Escherlich wecken sollte. Dann, als er durch eine smaragdgrüne Thujahecke den Duft frisch gegrillten Fleisches wahrnahm, entschied er, dass sein Kollege seinen Schlaf unbedingt brauche, und öffnete das Gartentürchen.

Der Mann, der da vor dem Grill saß und die Steaks wendete, wirkte irgendwie deplatziert. So stellte man sich keinen Grillmeister vor. Er trug einen karierten Flanellanzug, aus dem eine tadellose Krawatte hervorblickte, die durch eine silberfarbene Nadel an einem hellblauen Hemd fixiert war. Die Brille mit ihren großflächigen Gläsern in einer der Mode der achtziger Jahre nachempfundenen Tropfenform erinnerte an Derrick. Doch Biros Gesichtsausdruck wirkte weniger verhärmt, weniger kühl und rational als der des Fernsehkommissars.

Biro lachte herzlich, als Klotz durch die Pergola in den hinteren Teil des Gartens kam. Und Klotz fühlte sich wie damals, als er von längeren Schulausflügen oder Zeltlagern wieder nach Hause gekommen war.

»Na, mein Klötzchen, setz dich erst mal. Wie geht's?«

»Geht so. Den Umständen entsprechend. Und selbst?«

Biro bot Klotz ein Bier an, das dieser dankend ablehnte. Im Moment wäre ein Wasser doch irgendwie angebrachter.

Klotz sah den Kois im Teich bei ihren Schwimmübungen zu. Bedächtig zogen sie ihre Bahnen, tauchten ab und an kurz auf, machten einen runden Mund, um irgendetwas Essbares von der Wasseroberfläche zu holen, und sanken dann wieder hinab. Das beruhigte. Das und das Geräusch der vor sich hin brutzelnden Steaks.

Biro hatte das fertige Fleisch auf einen großen Teller gelegt, kam gerade wieder aus der Laube mit zwei Schüsseln, eine mit Gurken-, die andere mit Nudelsalat. Ein Koi platschte, und Klotz sah durch die ockerfarbenen Binsen an einer steil ansteigenden Feldwand hoch, in den Himmel. Ein Idyll. Doch irgendwie fröstelte ihn, zum ersten Mal an diesem Tag.

»Da, nimm!«, forderte Biro seinen Gast auf.

Klotz nahm die Wolldecke dankend in Empfang.

»Das kommt von der Felswand. Die kühlt immer, winters wie sommers. Eine feuchte, unangenehm schneidende Kühle«, fügte der Gastgeber hinzu.

Nachdem sich Klotz die Decke um die Beine geschlagen hatte, berichtete er von dem aktuellen Fall. Kriminalhauptkommissar a. D. Karl-Ernst Biro hörte aufmerksam zu. Als er sich mit einer Papierserviette den Mund abgewischt hatte, begann er zu erzählen. Von einem Fall, der sich Ende der Siebziger ereignet hatte.

Der siebzehnjährige Sohn einer Familie hatte morgens tot im Bett gelegen. Um beide Handgelenke waren zwei fest verdrillte

Kabelstränge gebunden. Die Kabel waren an eine über vier Meter entfernte Steckdose angeschlossen. Die Situation war absurd: Der Jugendliche konnte sich unmöglich die Kabel um die Arme gelegt, dann die Enden in die Stromdose gesteckt haben und zum Bett zurückgegangen sein. Zunächst war man also von Mord oder Tötung auf Verlangen ausgegangen. Jemand musste ja die Kabelenden in die Steckdose geführt haben, während das Opfer im Bett gelegen war. Es folgte eine Vielzahl von Befragungen und Verhören. Kein Ergebnis. Alles für die Katz. Drei Tage später war Biro noch einmal zum Tatort gefahren, die Sache ließ ihm keine Ruhe. Er hatte sich schon über eine Stunde in dem Zimmer des Toten aufgehalten und war immer noch genauso ratlos und unwissend wie zu Beginn der Ermittlungen. Da hatte er im einsetzenden Licht der Dämmerung plötzlich eine Unregelmäßigkeit im Mauerwerk oberhalb der besagten Steckdose bemerkt. Er hatte sich die Stelle genauer angesehen. Die Wand musste dort geöffnet und wieder zugegipst worden sein. Biro war schnell zu seinem Wagen gegangen, hatte sich einen großen Schraubenzieher und einen Hammer aus dem Werkzeugkasten geschnappt und war schnurstracks wieder zum Tatort gelaufen. Nachdem er die Stelle aufgestemmt hatte, war der Fall gelöst. In akribischer Kleinarbeit hatte der Jugendliche den Kabelstrang vom Hauptstrom zur Steckdose gekappt und eine batteriebetriebene Zeitschaltuhr dazwischen montiert. Ein paar Schlaftabletten hatten ihr Übriges getan. Und zu festgesetzter Stunde war dann der tödliche Strom geflossen.

Das Motiv? Der Siebzehnjährige wollte, dass es so aussah, als hätten seine Eltern ihn umgebracht. So perfide können Selbstmörder denken. Rache durch und über den eigenen Tod hinaus.

Klotz wusste nicht so recht, was er mit der Geschichte anfangen sollte, und schwieg deshalb. Besser nichts sagen, bevor man etwas Dummes sagt. Dies war eine Lebensregel, die er durch jahrelanges Training verinnerlicht hatte, doch Biro hakte nach.

»Und? Was lernen wir daraus?«

»Dass es bei unserem aktuellen Fall überhaupt kein Mord war. Also doch Suizid«, antwortete Klotz unsicher.

»Das weiß ich nicht. Aber ich weiß, dass wir oft sehen und doch nicht sehen. Lerne, die Perspektive zu wechseln. Guck hinter die Kulissen. Die Welt ist nicht nur ein- oder zweidimensional. Verliere nie die anderen, vielen Dimensionen aus den Augen. Und ein bisschen Glück musst du natürlich auch haben. Hätte ich mir den Tatort damals nicht bei einsetzender Dämmerung angesehen, dann wäre der Fall vermutlich bis heute ungelöst.«

Biro hatte zwar abgelehnt, aber Klotz half ihm doch, das Geschirr in die Laube zu bringen. Er mochte den warmen Ton der Holzpaneele, mit denen das Gartenhaus ausgeschlagen war. Er hatte die Teller mit dem Besteck auf den Tisch gestellt, und sein Blick fiel auf eine Vitrine, die in einer Ecke stand. Klotz musste sich unweigerlich an Thorsten Gummler erinnern. Die aufgebaute Szenerie stellte Soldaten aus dem achtzehnten oder neunzehnten Jahrhundert dar, so viel konnte Klotz erkennen.

»Siebenjähriger Krieg, Schlacht von Roßbach, 5. November 1757. Die Berittenen mit den gezückten Säbeln sind die Franzosen, die Fußsoldaten in den blauen Röcken sind Preußen. Infanterieregiment Nummer fünf Alt-Braunschweig«, erläuterte Biro.

Die Hüte einiger dieser Preußen, fand Klotz, sahen wie nach vorn gebogene Schultüten aus. Irgendwie lächerlich.

»Und? Wer hat die Schlacht gewonnen?«, fragte Klotz nach.

Doch Biro, der schon wieder auf dem Weg nach draußen war, hatte ihn nicht richtig verstanden.

»Wie bitte? Die hab ich noch mit deinem Vater gemacht. Du weißt ja. Er hat die Figuren gegossen, ich hab sie bemalt.«

Für einen kurzen Moment sah Klotz seinen Vater vor sich, wie er in seiner Werkstatt heißes Zinn in diese Metallformen goss. »Nürnberger Meisterzinn«, hatte auf ihnen gestanden, glaubte sich Klotz zu erinnern. Dann, mit einem Mal, schob sich ein anderes Bild über diese beschauliche Szene: Sein Vater auf der Intensivstation, bleich, zitternd, schwitzend. So ganz ohne Kraft und Willen. So wie er ihn noch nie gesehen hatte. So machtlos, so ohne Hoffnung. So hatte er ihn das letzte Mal gesehen.

»Und abgesehen davon, dass mir unser gemeinsames Hobby einen Heidenspaß bereitet hat, war dein Vater ein hervorragender Gerichtsmediziner«, führte Biro weiter aus.

Klotz fiel wieder der Alptraum von letzter Nacht ein, den sein Bewusstsein schon beinahe verdrängt hatte. Er sah wieder diese vertrockneten, leblosen Lippen ihr Urteil sprechen. Das letzte Wort des hervorragenden Gerichtsmediziners, der sich für seinen Vater ausgab. *Versager!*

Er fühlte sich plötzlich unwohl. Er wollte gehen. Warf einen geübten, leicht vorwurfsvollen Blick auf seine Armbanduhr, der seinem Gegenüber ein schlechtes Gewissen machen sollte.

Es war kurz nach drei, als er Biro verließ.

***

Astrid Haevernick war auf dem Weg zum Hauptbahnhof. Dass ihre Unternehmung viel Erfolg haben würde, bezweifelte sie stark. Das einzig Sichere, was Klotz ihr am Telefon hatte mitteilen können, war, dass der Mann, den sie suchten, Charlie Schmidt hieß. Die Ortsangabe war eher diffus, irgendwo um den Hauptbahnhof herum *könnte* sich dieser Typ aufhalten. Haevernick liebte die Präzision, mit der ihr Vorgesetzter arbeitete.

Sie betrat die Eingangshalle. Ein Lautsprecher verkündete, dass sich irgendwer bitte umgehend am Service-Point einfinden sollte. Auf der großen Anzeigetafel klappten Buchstaben und Zahlen um.

Sie schloss den Kragen der dunkelblauen Steppjacke und überprüfte kurz den Sitz ihres Haargummis. Dann ging sie auf die beiden DB-Sicherheitskräfte zu, die sie an deren knallroten Baretten erkannt hatte. Nachdem sie ihr Anliegen vorgebracht hatte, riefen die beiden über Funk die Kollegen von der Bahnpolizei.

Während sie wartete, holte sie sich einen Kaffee. Betrachtete die herumwuselnden Menschen, die mal mehr, mal weniger Gepäck durch die Bahnhofshalle schleppten.

Es dauerte nicht lange, und die beiden Rotkappen wurden

von zwei Grün-Weißen ersetzt. Den Polizisten war Charlie Schmidt ein Begriff.

»Du, aufgmergd, Günder, die Frau Kommissarin maand woardscheins den Dscharlie, der immer undn bei dä U-Bohn rumhängt. Dou vuur dä Schboorkassn.«

Während sie die Rolltreppe Richtung U-Bahn hinunterfuhren, erklärten die beiden Polizisten, dass Charlie Schmidt alles andere als ein unbeschriebenes Blatt sei: Charlie nahm schlichtweg alles an Rauschmitteln, was er kriegen konnte. Die ganze Bandbreite von Bier und Wodka bis hin zu Heroin und LSD wurde von ihm bedenkenlos konsumiert. Es konnte also gut sein, dass Charlie irgendeinen Film schob, wenn sie ihn antreffen würden, und das konnte gefährlich werden.

Die Beamten verließen die Rolltreppe und sahen sich um. Haevernick nippte an ihrem Pappbecher. Plötzlich stieß einer der Polizisten aus: »Dou schau her, dou isser doch!«

Der Vorwand, eine simple Ausweiskontrolle durchzuführen, sollte garantieren, dass Charlie ruhig blieb. Falls er irgendetwas an illegalen Rauschmitteln dabeigehabt hätte, dann wäre es jetzt schon längst weg, das wussten sie. Dafür waren sie viel zu langsam auf ihn zugekommen. Sie hatten ihm bewusst Zeit gelassen. Die Oberkommissarin sollte sich erst mal im Hintergrund halten. Nach ein paar Minuten gab einer der Bahnpolizisten das verabredete Zeichen. Haevernick ging los.

Als sie sah, wie der Mann mit der hellbraunen, heruntergekommenen Kunstlederjacke sein fettiges schwarzes Haar hinter seine Ohren schmierte, mischte sich in ihr Mitleid ein Gefühl des Angewidertseins.

»Horch, Dscharlie, des iss ä Kollechin vo der Kribbo. Däi mechd dier edzerdla a boar Froung schdelln.«

Sie fixierte zwei riesige, von Angst getränkte Pupillen und war im ersten Moment ganz perplex. Den zweiten Moment nutzte Charlie Schmidt, um abzuhauen.

Die Kollegen von der Bahnpolizei schalteten sofort und nahmen die Verfolgung auf. Haevernick hinterher. Etwa fünfzehn Meter vor sich sah sie das flatternde, strähnige Haar Charlie

Schmidts in einem U-Bahn-Schacht verschwinden. Sein schwarzer Rucksack baumelte hin und her. Das Geräusch rhythmisch aneinanderschlagender Flaschen drang an ihr Ohr.

Im U-Bahn-Schacht machten ein paar Leute ihrem Ärger darüber Luft, dass man sie einfach grob zur Seite schubste. Als sie kurz darauf von den beiden Grün-Weißen und der Oberkommissarin gestreift wurden, ließ sie ihr Erstaunen wieder ruhiger werden. Am Gleis stand eine Bahn abfahrbereit.

Kurz bevor Haevernick bei der Bahn ankam, hatte sie noch die Durchsage gehört. *Zurücktreten bitte!* Jetzt sah sie, wie Charlie Schmidt zwischen die beiden Triebwagen des anfahrenden Zuges fiel. Haevernick kniete sich auf den Boden und streckte Charlie ihre Hand hin.

»Los, gib mir deine Hand!«

Ein lauter, angsterfüllter Schrei. Das war alles. Die rettende Hand hatte er nicht ergreifen wollen. Charlie Schmidt steckte fest. Man hörte das rhythmische Schlagen der Glasflaschen aus seinem Rucksack. Der Körper wurde immer schneller in den Gleiskanal gezogen, bis der Zug endlich im Tunnel verschwunden war.

Haevernick sank in sich zusammen. Der Schrei, den sie ausstieß, war lautlos.

***

Leonie Zangenberg blickte aus dem Fenster ihres Büros im zweiten Stock des Polizeipräsidiums und sah, dass von der Sonne nicht mehr viel übrig war. Vor der Kirche Sankt Jakob saßen zwei Mädchen, die sich einen Lebkuchen teilten. In weniger als drei Minuten würde die Sonne ganz verschwunden sein, und die Mädchen würden aufstehen. Sie drehte sich um und ging über den Korridor des Dezernats in den Aufenthaltsraum. Sie überlegte, wie viel Kaffee sie noch machen sollte. Außerdem fragte sie sich, warum sie überhaupt noch hier war. Sie hatte alle Telefonate bis auf eines erfolgreich getätigt, sogar die Staatsanwältin war informiert, doch Polizeipräsident Huber wollte, dass sie noch blieb.

Während sie sich zum wiederholten Male über den sonntäglichen Bereitschaftsdienst ärgerte, entschied sie sich dafür, noch eine halbe Kanne Kaffee zu machen. Nachdem sie den Apparat in Gang gesetzt hatte, drückte sie ihre Kippe aus und steckte sich gleich eine neue »Reyno White 100« an. Dann setzte sie sich an den Tisch und zog die Infobroschüre aus ihrer schwarzen Überschlagtasche. Sie sah sich noch einmal die beiden Querschnittzeichnungen an. Es war möglich, das Implantat unter oder über dem Brustmuskel einpflanzen zu lassen. Sie hatte sich für die Version entschieden, wo das Silikonkissen auf den Brustmuskel kommt. Sah einfach besser aus.

Sie steckte den Prospekt wieder zurück in die Tasche. Als sie zur Tür sah, erblickte sie einen unrasierten, verschwitzten Mann in einem total verdreckten Mantel. Hätte sie nicht gewusst, um wen es sich handelte, sie hätte geglaubt, ein verwirrter Penner hätte sich ins Polizeipräsidium verirrt.

»Was ist denn mit Ihnen passiert, Herr Klotz?«

Klotz antwortete der Sekretärin nicht. Wischte sich stattdessen mit einem zerfledderten Tempo den Schweiß von der Stirn. Leonie Zangenberg setzte Klotz davon in Kenntnis, dass der Polizeipräsident mit ihm sprechen wollte.

***

Huber wies Klotz einen Sitzplatz an und warf einen kurzen, irritierten Blick auf die zerstörte Erscheinung seines Beamten. Dann berichtete er von dem unglücklichen Zwischenfall, der Oberkommissarin Haevernick widerfahren war.

Klotz fühlte sich unwohl. Im Moment konnte er alles gebrauchen, aber keine überforderte Mitarbeiterin, die durch einen tragischen Unfall möglicherweise seelischen Schaden genommen hatte. Er umriss kurz den Stand der Ermittlungen. Die beiden Beamten waren sich einig, dass die ganze Sache ziemliche Rätsel aufgab. Letztendlich war eine Beurteilung der Sachlage ohne ausreichende Kenntnis der kriminaltechnischen und gerichtsmedizinischen Fakten nicht möglich. Deshalb hatte Huber im Einvernehmen mit der Staatsanwältin eine Besprechung für morgen anberaumt, an der alle ermittelnden Beamten und die Chefs von Pathologie und Spurensicherung teilnehmen würden. Er selbst würde nicht anwesend sein können, da er nach München zur Verabschiedung einer leitenden Medizinaldirektorin geladen war. Staatsanwältin Gulden würde selbstverständlich erscheinen. Da Klotz die Sitzung leiten sollte, empfahl Huber, dass er sich noch einmal Zeit nehmen möge, eine geordnete Aufbereitung der bisherigen Gesamtsituation vorzunehmen.

Nachdem das weitere Vorgehen im Wesentlichen abgestimmt worden war, verabschiedete sich Huber. Klotz tat dem Einsdreiundsechzig-Mann einen Gefallen und stand nicht auf, bevor dieser gegangen war. Dann erhob er sich und nahm der Sekretärin den Kaffee ab. Als Leonie Zangenberg den Raum verließ, stierte er ihr hinterher und dachte: Was für eine Granate! Aber wie kann man nur so einen Wahnsinnshintern haben und vorn so was von flach sein. Irgendwie hat die Schöpfung da doch geschlafen. Er war ein bisschen erschrocken über seinen misogynen Gedanken und beschloss, zur Beruhigung eine Zigarette zu drehen. Als er fertig war, prostete er mit der Kaffeetasse seinem Spiegelbild zu, das in einem Fenster zu erkennen war, und rauchte gemächlich seine Zigarette, obwohl oder gerade weil das Rauchen im Besprechungszimmer strengstens untersagt war.

Der »Goldene Stern« war wie immer gut besucht. Trotzdem hatte Klotz heute Glück. Er hatte gerade einen freien Tisch ergattert. Warf seinen verdreckten Mantel auf einen Stuhl und bestellte sechs Nürnberger mit Kraut, dazu ein Tucher Urfränkisch Dunkel.

Früher war er immer mit Diana, seiner Exfrau, hier gewesen. Das war über fünf Jahre her. Letztes Jahr erst hatte er sich wieder hier hineingetraut. Zu viele Erinnerungen waren mit dem Lokal verbunden, und er war froh, dass er jetzt ohne irgendeinen nachtrauernden Gedanken hier sitzen konnte. Mit seinen Gefühlen für Diana hatte Klotz abgeschlossen. Manchmal war er ganz erstaunt darüber, wie sehr starke Gefühle verblassen und schließlich ganz ausgelöscht werden konnten. Das Einzige, was ihm von seiner missglückten Ehe geblieben war, war sein Sohn Frederik, den er viel zu selten sah.

Er sah hinaus auf die Straße. Dort waren hell erleuchtete Bogen zu erkennen, mit Sternen und künstlichen Tannenzweigen. Die Werbung, die auf den Linienbussen klebte, war von Schneeflocken, Rentieren und Christbaumkugeln dominiert. Offensichtlich ließ sich ein neues Handy im Augenblick besser verkaufen, wenn es von einer dunkelhaarigen Frau mit rot-weißer Mütze auf dem Kopf angepriesen wurde. Irgendwie kam ihm dieser ganze Weihnachtsrummel wie eine Grippe vor, die es auszustehen galt. Plötzlich musste er niesen.

Zwei Stunden später war er zurück in seiner Wohnung am Norikus. Er spürte mit einem Mal, wie müde er war. Den Mantel gab er auf einen Bügel und hängte ihn an der Schranktür auf. Der musste morgen gleich in die Reinigung. Dann ging er in den Wohnraum und legte etwas von U 2 ein, zog sich aus und begab sich unter die Dusche.

Als er mit Duschen fertig war und Bono und seine Bandkollegen mit Gitarre, Glockenspiel, Percussion und Schlagzeug einen staubigen Klangteppich aus Melancholie, Wut, Liebe und Religion ins Zimmer legten, spülte Klotz das gesamte Geschirr der letzten Woche ab. Dabei ärgerte er sich jedes Mal, wenn er vergaß, dass man mit nassen Fingern besser keine Zigarette anfasste.

Er lag auf dem Bett und hatte seine Hände hinter dem Kopf verschränkt. Ob er die Glotze anmachen sollte? Er konnte sich zu keiner Entscheidung durchringen und starrte stattdessen auf das einzige Bild, das er in seinem Zimmer hängen hatte. Einen Kunstdruck von Millais, den Titel hatte er vergessen. Er wusste gar nicht, wie er dazu gekommen war, den Druck behalten zu dürfen, er als Kunst- und Kulturbanause. Da hatte Diana sicher einen Fehler gemacht. Oder das Ding war gänzlich ohne Wert. Er betrachtete das Bild, das helle grün-gelb-braune Feld, auf dem irgendwelche Vögel herumlatschten. Weiter im Hintergrund konnte man vereinzelt Schafe erkennen, die scheinbar nicht so genau wussten, wo sie hingehörten, und im Himmel, der teils bedrohlich, teils hoffnungsvoll wirkte, leuchteten zwei Regenbogen, strahlenartig, von oben kommend, in den mit Bäumen, Sträuchern und Häusern bepflanzten Horizont. Oder waren es die Schweife zweier einschlagender Mittelstreckenraketen? Egal. Das Mädchen im Vordergrund mit dem Schifferklavier auf dem Schoß bemerkte von alldem jedenfalls nichts. Sie hatte die Augen geschlossen, blickte woanders hin.

But I know, oh no / Shadows and tall trees.

18. Dezember

Staatsanwältin Gulden saß am vorderen Tischende neben dem Overheadprojektor und machte einen angespannten Eindruck. Klotz, der sich heute Morgen rasiert und sein bestes Hemd angezogen hatte, gab der Staatsanwältin die Hand und glaubte »Chanel N° 5« wahrzunehmen. Sein Rasierwasser hieß »Prince« und war eine Création der Gebrüder Albrecht.

Frau Gulden erhob sich, um die Anwesenden zu begrüßen. Gerichtsmediziner Lackner würde noch eine Weile brauchen, man könne aber auch ohne ihn beginnen.

Das graue Kostüm, das die Staatsanwältin trug, passte farblich gut zu den blondierten Haaren. Es erinnerte ein wenig an die Ausgehuniform einer Luftwaffenhelferin der Wehrmacht.

Klotz stand auf und ging zur Tafel. In die Mitte schrieb er: »Thorsten Gummler«, darunter zwei Datumsangaben, »17.12.1969« und »17.12.2006«. Dann ordnete er den beiden Angaben ein Sternchen und ein Kreuz zu.

»Thorsten Gummler kam gestern auf unnatürliche Weise zu Tode. Wie unser Gerichtsmediziner Herr Lackner noch am Tatort feststellen konnte, trat der Tod des Opfers ziemlich exakt um null Uhr ein. Dass das Opfer beinahe exakt an seinem siebenunddreißigsten Geburtstag stirbt, kann kein Zufall sein. Der Täter ist bei der Planung seiner Tat ganz offensichtlich äußerst bewusst vorgegangen.«

Die Staatsanwältin begann mit ihren Zwischenfragen: »Sie sprechen von einem Täter. Sind Sie sicher, dass es sich um einen Einzeltäter handelt? Könnten es nicht mehrere gewesen sein?«

»Theoretisch kommen durchaus mehrere Täter in Frage. Die Auffindungssituation der Leiche sowie die Verhältnisse am Tatort lassen jedoch eher auf die Handschrift eines Einzeltäters schließen. Aufgrund des doch relativ hohen Kraftaufwands, der zur Ausführung der Tat notwendig war, gehe ich von einem männlichen Täter aus. Obwohl der Tod von Thorsten Gummler unblutig verlaufen ist, erscheint die Vorgehensweise doch sehr brutal, was ebenfalls für einen Mann als Täter spricht.«

Als keine weiteren Fragen kamen, wandte sich Klotz wieder der Tafel zu. Kreiste den Namen des Opfers ein und machte einen Pfeil nach oben, wo er die Wörter »Tatort/Auffindungssituation« anschrieb. Er legte eine vorgefertigte Tatortskizze auf den Projektor. Dann nahm er wieder den Filzstift in die Hand, machte einen Pfeil, schrieb »Spurenlage« an die Tafel und bat Laanschaf um dessen Statement.

Der Bericht der kriminaltechnischen Untersuchungskommission war leider noch nicht vollständig, allerdings gab es schon einige Ergebnisse. Die Schuhabdrücke, die am Tatort genommen wurden, gehörten insgesamt zu sieben verschiedenen Personen. Zwei davon erschienen interessant zu sein, da sie sich um den Golf und den Lkw konzentrierten. Da die Freilegung der Leiche noch nicht vollständig war, konnte ein Abgleich der Abdrücke mit den Schuhen des Opfers noch nicht vorgenommen werden. Könnte ein Abdruckpaar dem Opfer zugeordnet werden, dann wäre das andere mit ziemlich hoher Wahrscheinlichkeit dem Täter zugehörig. Außerdem konnten in beiden Fahrzeugen jeweils etwa ein halbes Dutzend Fingerabdrücke gesichert werden, wobei vier bis fünf Spuren als frisch eingestuft werden konnten. Allerdings wäre es auch möglich, dass der Täter Handschuhe getragen hatte. In diesem Fall wären die Schuhabdrücke das eindeutigere Indiz.

Nachdem Laanschaf seinen Vortrag beendet hatte, trat für einige Sekunden eine unangenehme Stille ein. Niemand wusste so genau, womit man weitermachen sollte, da jetzt eigentlich die Rechtsmedizin dran gewesen wäre. Der Pathologe Lackner glänzte allerdings weiterhin mit Abwesenheit, und Klotz glaubte, an den Blicken der anderen, die sich peinlich berührt abwendeten, sobald man ihnen zu begegnen versuchte, erkennen zu können, was der Grund für die Abwesenheit des Herrn Pathologen war. Der Hauptkommissar strich sich mit seiner Hand in den Nackenbereich. Irgendetwas hatte dort zu jucken angefangen.

Nachdem die Zangenberg Kaffee und Plätzchen gebracht und damit die Lage merklich entspannt hatte, beschloss Klotz fortzufahren. Er schrieb das Wort »Befragungssituation« an die Tafel und fasste die Resultate stichpunktartig zusammen. Trotz der unangenehmen Sache mit diesem Charlie Schmidt blieb festzuhalten, dass eine Spur ins Drogenmilieu führte. Ein weiterer Indikator hierfür war auch die Spritze, die Klotz gestern in der Wohnung Gummlers gefunden hatte und die zur Analyse bereits an die Kriminaltechnik weitergeleitet worden war. Das Ergebnis stand allerdings noch aus.

Fazit: Solange das Motiv für die Tat nicht klar war, musste jeder Spur nachgegangen werden. Direkte Zeugen hatten sich bisher nicht gemeldet. Vielleicht sollte ein entsprechender Zeugenaufruf über die Presse ins Auge gefasst werden.

Klotz schrieb einen neuen Punkt an: »Umfeld des Opfers/ Täter-Opfer-Beziehung?« Das Milieu des kontaktscheuen Sonderlings reduzierte sich auf einige wenige Personen. Da wären einmal der Vater und der Freund oder Bekannte Charlie Schmidt. Zu seinen Arbeitskollegen hatte Gummler nur oberflächlichen Kontakt. Der Typ war ein Einsiedler, der es vorzog, auf seinem Aussiedlerhof irgendwelche Panzer und Soldaten zusammenzukleben und sich dabei zu betrinken. Viel mehr hatte man nicht rauskriegen können. Gummler führte ein durchschnittliches, vielleicht sogar ein eher unterdurchschnittliches Leben. Seine Interessen waren nicht besonders weit gestreut, neben seinem Job als Betonfahrer hatte er im Prinzip nur zwei Hobbys: Alkohol und Krieg. Wer konnte ein Interesse daran haben, einem Subjekt wie Thorsten Gummler das Leben zu nehmen?

Plötzlich meldete sich Kommissaranwärter Zebisch zu Wort: »Inwiefern hat die Todesermittlung die Möglichkeit eines Suizids ausgeschlossen?«

»Wie Herr Laanschaf von der kriminaltechnischen Untersuchung deutlich gemacht hat, haben wir Spuren von *zwei* Leuten, die sich um den Betonmischer und den Golf bewegt haben. Das Opfer und der Täter.«

Klotz bemerkte, wie sich auf der Stirn der Staatsanwältin ein Fragezeichen auftat, dem gleich mehrere Gedankenstriche folgten. Als ihn dann noch ein stechender Blick aus den hellgrünen Augen traf, wusste er, dass die von ihm wortlos in den Raum gestellte Mordtheorie ins Wanken geraten würde. Und natürlich legte sie jetzt den Finger in die Wunde.

»Herr Laanschaf, Sie haben vorhin gesagt, dass das eine Paar der Schuhabdrücke vermutlich dem Opfer und das andere dem Täter zuzuordnen sei. Ist noch eine andere Interpretation denkbar?«

Laanschaf war im ersten Moment etwas irritiert. Er blickte auf das Klemmbrett, das vor ihm lag. Seine Leute hatten vergessen, Abdrücke von den Schuhen des Joggers zu nehmen, der die Leiche entdeckt hatte. Der Glanz seiner fettigen Platte wurde durch den Ausbruch kleiner Schweißperlen noch intensiver.

»Herr Laanschaf?«

»Bitte?«, antwortete dieser zerstreut, »Oh ja! Selbstverständlich gibt es noch eine andere Möglichkeit.«

»Und zwar welche?«

»Dass es sich bei der zweiten Person nicht um den Täter, sondern um jemanden handelt, der zufällig vorbeigekommenen ist.«

Der Kriminaltechniker erwartete, dass die Staatsanwältin nun auf den Jogger zu sprechen kommen würde, und atmete auf, als nichts dergleichen geschah.

Für die Aufrechterhaltung seiner Mordtheorie wies Klotz wiederholt auf die Tatsache hin, dass Gummler just an seinem Geburtstag gestorben war. Außerdem war die Tötung ja, wie schon erwähnt, spektakulär und planvoll verlaufen.

Staatsanwältin Gulden, deren Mann als Psychoanalytiker arbeitete, konterte, dass gerade unauffällige, vom Leben vergessene und verstoßene Typen wie dieser Gummler dazu neigten, ihren Tod als große Inszenierung erscheinen zu lassen. Diese Art von Leuten hatte eine notorische Sehnsucht nach der großen Tat, auf die möglichst die ganze Welt sehen sollte. Und da sie die große Tat im Guten nicht hinbringen würden, versuchten sie es irgendwann im Bösen. Sie liefen entweder Amok oder begingen, wie im vorliegenden Fall, einen minutiös und akribisch vorbereiteten Selbstmord, der sich durch seine Außergewöhnlichkeit, seine Exponiertheit auszeichnete. Ein planvolles Vorgehen widerspreche einem inszenierten Suizid in keiner Weise, ganz im Gegenteil.

Klotz musste an Biros Geschichte denken. Der vorgetäuschte Mord. Dann fiel ihm der Wagen wieder ein. Die Nummernschilder des Wagens waren nicht registriert. Man musste also davon ausgehen, dass der Golf gestohlen worden war. Betrieb ein Selbstmörder solch einen Aufwand? Fälschte der etwa Kennzeichen und klaute einen Wagen, den er dafür benutzte, um sich mit Beton einzugießen? Das wäre auch einfacher gegangen. Außerdem existierte kein Abschiedsbrief, und das war kein unerhebliches Detail.

Die Staatsanwältin kam an dieser Stelle ein wenig ins Wanken und hielt als Fazit fest:

»Möglicherweise war es Mord. Suizid kann zum jetzigen Zeitpunkt allerdings nicht ausgeschlossen werden.«

Klotz war wieder vor die Tafel getreten und hatte gerade zwei Buchstaben angeschrieben, als die Tür geöffnet wurde und ein von oben bis unten mit grauem Betonstaub überzogener Chefpathologe eintrat. Lackners Erscheinung stand im Gegensatz zu dem Lächeln, das sich auf dünnen Lippen abzeichnete. Als er sich neben Laanschaf auf den freien Platz setzte, staubte aus dem Arztkittel eine graue Wolke. Er entschuldigte sich, zog ein Tuch hervor, mit dem er Stirn, Nase und Wangen abtupfte, und sah mit leuchtenden Augen in die Runde.

Die Staatsanwältin schien erleichtert und ermunterte den Nachzügler, seinen Bericht darzulegen. Klotz zog zu der einzigen Lücke, die noch geblieben war, einen Pfeil: »Rechtsmedizinischer Befund«.

Lackner berichtete. Er beschrieb die Ermittlung des Todeszeitpunkts vor Ort, verschwieg einen postmortal eingetretenen Genickbruch, der über jeden Verdacht der Todesursächlichkeit erhaben war, und berichtete über die Freilegung der Leiche, die nur recht langsam vonstattenging, da man im Umkreis des Körpers nicht mit schwerem Gerät, wie Schlagbohrern oder Presslufthämmern, arbeiten konnte. Kleinere Stemmeisen kamen zum Einsatz, die von Laanschafs Kriminaltechnikern bedient wurden. Dennoch hatte man den Beton um die Leiche inzwischen bis auf Bauchhöhe entfernt, Arme und Hände lagen frei.

Das Interessanteste bis jetzt sei allerdings nicht die Leiche, sondern das Handschuhfach.

»Hast du den Ausweis gefunden?«, warf Escherlich ein und erntete für seine rhetorische Frage den wütenden Blick des Rechtsmediziners.

Lackner zog ein durch Klarsichtfolie geschütztes DIN-A4-Blatt hervor: Der Abschiedsbrief.

Sie hatten alle ihre Plätze verlassen und eine Traube um das Papier gebildet:

Lieber Vater,
es tut mir leid, aber ich kann nicht mehr. Dieses Leben hat es nicht gut gemeint mit mir, und deshalb glaube ich, dass es besser für mich ist, den Freitod zu wählen. Ich sterbe an meinem siebenunddreißigsten Geburtstag, weil der Tag meiner Geburt auch schon mein Ende bedeutet hat. Ich hoffe, du kannst mir verzeihen. Mama und ich werden da oben auf dich warten.
In Liebe
Dein Sohn Thorsten

»So, meine Damen und Herren. Ein starkes Indiz, das auf einen Suizid hindeutet«, stellte Staatsanwältin Gulden süffisant fest.

»Maschinengeschrieben. Mit dem Computer. Wer macht denn so was? Noch nicht mal eine eigenhändige Unterschrift. Und überhaupt. Meines Wissens hatte der gar keinen PC«, hielt Klotz entgegen.

Escherlich kam seinem Kollegen zu Hilfe: »Nichts, was diese bizarre Todesart rechtfertigen würde. Das veranstaltete Spektakel steht in keinem Verhältnis zu dem Inhalt des Briefes. Plattitüden, nichtssagende, banale Allgemeinplätze.«

Klotz verspürte plötzlich den Drang, das Besprechungszimmer zu verlassen. Er entschuldigte sich und ging. Als er am Aufenthaltsraum vorbeikam, sah er die Zangenberg, die schnell irgendein Papier in ihre Tasche steckte und ihre Zigarette hektisch in den Aschenbecher drückte. Er öffnete die gegenüberliegende Tür und betrat das Büro.

Klotz hatte Biros Nummer gewählt. Aus der Muschel ertönte das Freizeichen. Biro nahm ab.

»Woher hast du damals eigentlich gewusst, dass es nicht Mord sein konnte?«, fragte Klotz ohne irgendeine Einleitung. Kurze Stille am anderen Ende.

»Weißt du, wie man den Bereich zwischen Leistengegend und Brustkorb nennt?«, fragte Biro und lachte. Dann legte er auf.

Klotz blieb noch eine Weile sitzen, sah auf die Bäume, die sich vor seinem Fenster in einem Wind beugten, der immer stürmischer zu werden schien. Bevor er sich wieder in den Konferenzraum aufmachte, nahm er von seinem Schreibtisch einen Dartpfeil und warf ihn auf die Scheibe, die über dem Rollschrank hing, der die aktuellen Ermittlungsakten enthielt. *Das wäre doch gelacht!*

Es gab da noch eine Sache, die irgendwie rätselhaft war. Haevernick hatte sie als Erstes angesprochen. Am unteren Rand des Abschiedsbriefs war an zentrierter Position eine seltsame Skizze aufgedruckt. In einem Quadrat, etwa zwei auf zwei Zentimeter, kreuzten sich zwei Diagonalen. Hatte das etwas zu bedeuten? War es möglicherweise das Markenzeichen eines speziellen Briefpapiers? Handelte es sich um eine Art Symbol? Escherlich interpretierte das Zeichen als eine Botschaft des Mörders, die es irgendwie zu entschlüsseln galt. Vielleicht war es ein Hinweis. Vielleicht auch nicht. Doch wie sollten sie den Besitzer eines solchen besonderen Briefpapiers ermitteln? Klotz fühlte sich an Gummlers Cheopspyramide erinnert. Wohlweislich behielt er seine Assoziation für sich.

Jetzt saßen sie wieder in ihrem Büro. Escherlich zerrte gerade die Kaffeekanne aus der Maschine, und Klotz, der dabei war, sich eine Zigarette zu drehen, betrachtete das Poster, das auf der

Tür klebte. Rocky Balboa, der im Central Park einer Statue gegenüberstand und die boxbehandschuhten Arme in Siegerpose zum Himmel hob. *His whole life was a million-to-one shot.* So etwas würde er auch gerne mal über sein Leben sagen können, dachte er und ignorierte, dass sein Kollege beim Einschenken wieder einmal den Kaffee verschüttet hatte.

»Was meinst du? War es nun Mord oder nicht?«, fragte Escherlich, der sich an seinem Schreibtisch gegenüber niederließ.

»Ich dachte, du wärst dir genauso sicher wie ich?!«, antwortete Klotz irritiert.

»Na ja, die Gulden hat wohl nicht ganz unrecht.«

»Wie? Was meinst du?«

»Na ja, ich wollte dir den Rücken stärken, ist doch klar. Du bist schließlich mein Kollege, und du weißt, was du tust. Würdest du umgekehrt doch genauso machen, oder? Überhaupt müssen wir zusammenhalten gegen die da oben. Sind doch alles nur Theoretiker.«

Klotz schwieg. Nachdem er einen Schluck Kaffee und einen Zug genommen hatte, antwortete er:

»Im Moment ist das eigentlich egal, ob es Mord oder Selbstmord war. Wir müssen mit unserer Arbeit weitermachen. Immerhin hat die Gulden uns zwei Tage gegeben, um die Sache ordentlich unter die Lupe zu nehmen. Und auch von der Gerichtsmedizin und der Spurensicherung her ist das letzte Wort noch nicht gesprochen. Was wir haben, ist doch alles vorläufig und unvollständig. Letztendlich haben wir nichts. Null, *nada, niente*!«

»Oho. Der Herr spricht sieben Sprachen. Respekt, Respekt.«

Klotz nahm den Locher und warf ihn einem lachenden Escherlich hinterher.

Er hatte sie alle losgeschickt. Zuallererst Haevernick. Die Spuren, die unverarbeitete Schreckenserlebnisse im emotionalen Gedächtnis hinterlassen konnten, waren ihm nur allzu gut vertraut. Er kannte da eine Psychologin beim Sozialdienst der Polizei. Vor Jahren hatte auch er einmal ihre Hilfe in Anspruch nehmen müssen. Er gab Haevernick die Nummer und sagte ihr, dass sie in den nächsten Tagen ruhig zu Hause bleiben konnte.

Als Kommissaranwärter durfte Zebisch eigentlich nur Einsätze in Begleitung vornehmen. Auf der anderen Seite musste er etwas lernen. Klotz, der in manchen Fällen eine Friss-Vogel-oder-stirb-Pädagogik einer sanften Herangehensweise vorzog, hatte ihn zu Breslauers Betonfirma geschickt. Klotz wusste von vornherein, dass dies nichts bringen würde, schließlich war ja Escherlich gestern schon vor Ort gewesen, aber Strafe musste ja auch irgendwie sein. Hätte Zebisch die Gulden nicht auf die Suizidtheorie gebracht, dann hätte er heute vielleicht mit Escherlich zur Kfz-Stelle fahren dürfen, um die Geschichte mit dem Golf und den gefälschten Kennzeichen näher zu untersuchen. Aber so. *Selber schuld.*

Und er selbst? Erst mal sehen. Vielleicht würde er später noch mal zum alten Gummler rausfahren. Irgendwie hatte er den Eindruck, dass er etwas übersehen hatte.

Er setzte sich an seinen Schreibtisch: eine Computertastatur mit neuem Flachbildschirm. Das Foto, auf dem sein Sohn Frederik mit einer viel zu großen Schultüte zu sehen war. Das kleine Polizeimotorrad. Der Locher, den er wieder an seinen Platz gestellt hatte. Ein paar Kakteen und der Bonsai. Der Bonsai: *Na, der hat aber mal wieder frisches Wasser nötig.*

Klotz nahm die tönerne Schale, in der das Zwergenbäumchen gepflanzt war, ging rüber zum Waschbecken und wässerte die Pflanze. Kehrte zurück zum Schreibtisch. Setzte sich. Gedankenverloren griff er nach dem kleinen Polizeimotorrad und drehte es in seiner Hand hin und her. Jetzt fiel ihm wieder etwas ein. Gestern am Tatort, da war ihm aufgefallen, dass er seinen Dienstausweis nicht dabeigehabt hatte, und zu Hause war er auch nicht aufzufinden gewesen. *Also dann, machen wir uns mal auf die Suche.*

Er durchsuchte seinen Schreibtisch. Das Leben eines Menschen wird am Inhalt seiner Schreibtischschubladen offenbar. So etwas Ähnliches hatte er schon mal irgendwo gelesen. Vielleicht aber stammte der Gedanke sogar von ihm selbst.

Neben dem Üblichen, wie jede Menge von Stiften, Briefumschlägen, Folien, Heftern, Kladden und Karteikarten, förderte Klotz' archäologische Entdeckungsreise noch wertlosen Schund und einige interessante Fundstücke zutage. So kamen unter anderem eine ausgetrocknete Packung echte Nürnberger Elisenlebkuchen, deren Haltbarkeit vor zwei Jahren abgelaufen war, eine zertrümmerte Sonnenbrille, eine Drehmaschine für Zigaretten, das gealterte Gesicht von Tom Waits, das auf dem Cover eines Rolling-Stone-Magazins prangte, und ein gerahmtes Foto, das seine Mutter zeigte, zum Vorschein. Klotz war über all diese Exponate mehr oder weniger entzückt, nicht aber verwundert. Wie allerdings die Taschenuhr, die er von seinem Vater zur Konfirmation geschenkt bekommen hatte, den Weg hierher ins Präsidium gefunden hatte, war ihm ein absolutes Rätsel.

Klotz erhob sich und sah aus dem Fenster auf den Jakobsplatz hinunter. Umringt von hohen Gebäuden, die allesamt später errichtet worden waren, machte das mittelalterliche Gebäude der kleinen Kirche da unten einen verlorenen Eindruck.

Er sah einen kräftigen, dicklichen Mann aus der Kirche herauskommen und den Weg in die Ludwigstraße einschlagen. Nachdem er ein paar Schritte gegangen war, blieb er unvermittelt stehen und sah am Polizeigebäude hinauf. Wie er da stand, mit seinen halblangen, rötlichen Haaren, die von einem Wind, der nicht recht wusste, für welchen Kurs er sich entscheiden sollte, bald in diese, bald in jene Richtung gezerrt wurden, machte er einen fast ebenso verlorenen Eindruck wie die Kirche. Klotz wunderte sich ein wenig, dass der Mann nur mit einem Strickpullover bekleidet war. Die Temperaturen waren seit gestern merklich zurückgegangen.

Plötzlich bemerkte Klotz, dass der Mann ihn mit seinem Blick fixierte. Oder kam ihm das nur so vor? In einem Anflug von Angriffslust beschloss er dem Blick des Unbekannten standzuhalten. Langsam, aber sicher machte sich auf dem Gesicht des Unbekannten ein hämisches Grinsen breit. Klotz wurde wütend. Der Frechling begann zu lachen, steckte sich den kleinen Finger ins Ohr, pulte einige Sekunden darin herum, zog ihn wieder heraus und steckte ihn schließlich in den Mund. Warum Klotz in diesem Moment an Jogi Löw denken musste, wusste er selbst nicht. Der Mann hatte aufgehört zu lachen. Klotz' Geduld war am Ende. Er riss das Fenster auf und wollte dem Irren etwas zurufen. Gerade noch rechtzeitig wurde er sich der Lächerlichkeit der Situation bewusst, und er warf das Fenster wieder zu. *Also Leute gibt's, die gibt's gar nicht.*

Klotz ging zum Waschbecken, zum Bonsai, der noch im Wasser stand. Befreite ihn von seinem Wasserbad und trug ihn zum Fensterbrett. Komisch, dachte er, als er dort angekommen war. Da bestätigt er sich wieder, dieser alte Gedanke, dass, wenn man sich auf etwas konzentrierte und man es nicht fand, dass man dann einfach etwas ganz anderes tun sollte. Neben der Stelle, wo der Bonsai seinen Platz hatte, lag sein Dienstausweis. Warum hatte er den vorhin nicht gesehen, als er die Pflanze weggenommen hatte? Er stellte den Bonsai ab und steckte den Ausweis ein.

Plötzlich riss eine Sturmböe das Fenster auf. Es pfiff fürchterlich. Er hörte ein schwappendes, wässriges Geräusch, kurz darauf schepperte irgendetwas Glasiges und brach. An dem dumpfen, knirschenden Schlag erkannte er, dass eine Pflanze in ihrem tönernen Gefäß zu Boden gegangen sein musste. Aus dem Augenwinkel sah er Papier durch den Raum wirbeln.

Klotz warf das Fenster zu, drückte den Hebel nach unten und sah sich panisch im Zimmer um. Unter seinen Sohlen knirschten ein paar Scherben, die einmal zu einer Kaffeekanne gehört hatten. Er hob einen rotbraunen Topf auf, der in einer Lache aus Kaffee, Glasscherben und Erde schwamm. Das ganze Zimmer sah aus wie nach einem Bombenangriff.

Er atmete tief ein und seufzte. Jetzt würde er wohl etwas tun müssen, was sich kaum verhindern ließ: Schweren Schrittes ging er zu dem Schränkchen, auf dem die Kaffeemaschine stand, öffnete es und zog Handfeger und Schaufel hervor. Während er die Scherben zusammenkehrte, musste er an den rothaarigen Typen mit dem Strickpullover denken. Eigentlich müsste der jetzt hier aufräumen, dachte Klotz, letztlich war der doch dran schuld, dass ich vergessen habe, den Schließhebel des Fensters nach unten zu drücken.

Schließlich hatte Klotz auch noch die losen Blätter vom Boden aufgesammelt. Ordnen werde ich die aber nicht mehr, dachte er ärgerlich und warf den Packen auf den Schreibtisch. Und während er das tat, fiel ihm der dunkelgrüne Einband einer Ermittlungsakte auf, die da lag. Er setzte sich. Nahm die Akte. Schlug sie auf.

Klotz wunderte sich. Eigentlich hätte die Akte gar nicht hier sein dürfen. Sie stammte nämlich aus einer Zeit, als er hier noch gar nicht gearbeitet hatte. Doch der Fall war ihm vertraut. Vor sieben Jahren hatten Biro und er das Ding zu Ende gebracht.

Britta Lohofer, Aktenzeichen I/218/1988. Klotz las und erinnerte sich. Der Fall Kleinschraut. Eine harte Nuss, aber sie hatten sie schließlich geknackt. Eine Sache, die Biro siebzehn Jahre lang keine Ruhe gelassen hatte.

Robert Wilhelm Kleinschraut, der Besitzer eines Gutshofes bei Katzwang, hatte im Jahre 1982 damit begonnen, Gefallen daran zu finden, Prostituierte vom Straßenstrich in sein Auto zu locken, um mit ihnen zu sich nach Hause zu fahren. Kleinschraut war aber kein gewöhnlicher Freier. Um zum Höhepunkt zu gelangen, musste er seinen Opfern die Brust mit den Fäusten zerschlagen. Klotz hatte die schrecklichen Bilder von damals wieder klar vor Augen. Die Mädchen waren fürchterlich entstellt gewesen. Kleinschraut musste wie ein Wahnsinniger zugeschlagen haben. Immer und immer wieder, wie andere auf einen Sandsack dreschen. Doch dann war da noch diese völlig irrationale Komponente, die ihnen lange Zeit Kopfzerbrechen bereitet hatte. Die Auffindungssituation war jedes Mal unterschiedlich. Sie fanden die Leichen auf dem Rücken liegend, auf dem Bauch, verdreht an einem Hang. Auch der Ablageort schien für den Täter keine Rolle zu spielen. Aber neben einem völlig entstellten Brustbereich hatte es ein Merkmal gegeben, das alle Leichen gemeinsam aufwiesen und das Biro und er nicht hatten deuten können: Die Pulsadern an beiden Unterarmen waren aufgeschnitten worden, und zwar *post mortem*!

Schließlich konnte Kleinschraut eines Tages gefasst werden. Als er sein neuntes und letztes Opfer verschwinden lassen wollte, war er beobachtet und wenig später identifiziert worden. Die stundenlangen Verhöre mit dem Serienmörder brachten endlich Licht in das Dunkel. Die Lösung war allerdings ebenso absurd wie banal. Nachdem Kleinschrauts Rauschzustände abgeebbt waren und er die Tragweite dessen, was er angerichtet, annähernd erkannt hatte, schlitzte er den Frauen die Venen auf, um es wie Selbstmord aussehen zu lassen. Dass diese Vorgehensweise unglaublich dumm und fernab jedweder Logik lag, ahnte er durchaus, aber die Hoffnung, dass die Polizei von einem Suizid ausgehen könnte, war dennoch stärker.

Abgesehen von den bestialischen Scheußlichkeiten, mit denen Klotz während der Aufklärung des Falls konfrontiert worden war, hatte er damals auch etwas gelernt: Serientäter waren wie Tiere, sie waren sogar schlimmer als Tiere. Und dass sie ihre abartigen Triebe nicht kontrollieren konnten, hatte damit zu tun, dass sie dumm waren, unglaublich dumm. Nur dumm und sonst nichts. Der Mythos vom hochintelligenten, genial planenden Serientäter à la Hannibal Lecter war eine Mär, die das Hollywood-Kino verbrochen hatte.

Nachdem Klotz die letzte Seite der Akte überflogen hatte, entdeckte er auf der Innenseite des Einbands einen handschriftlichen Eintrag: Vergleiche Akte II/323/1988 Elisa Morvan!

Klotz war verwirrt. Was sollte dieser Vermerk? Und wie überhaupt war diese Akte auf seinem Schreibtisch gelandet? Irgendjemand musste sie ja dorthin gelegt haben. Escherlich? Nein, unmöglich. Der hatte ja keine Ahnung von diesem verflossenen Fall. Dafür war er einfach noch nicht lang genug da. – Eine vage Ahnung beschlich ihn.

»Suizid oder Mord?«, flüsterte er vor sich hin und beschloss, das Archiv aufzusuchen.

Er betrat den muffigen Saal. In nüchternen, unter rein pragmatischen Gesichtspunkten ausgewählten Stahlregalen standen die gesammelten Akten aller Abteilungen der Kriminalpolizei Nürnberg aus zwanzig Jahren. Alles, was älter war, wurde ausgelagert, ins Zentralarchiv, nach München.

»Walther?«

Durch das Fenster konnte er einen Überwachungswagen sehen, der gerade den Schlagbaum passierte.

»Walther? Jemand zu Hause?«

Vermutlich war Walther sich einen Kaffee holen. Dauerte immer ein bisschen für Kollegen, die im Archiv ihren Dienst schieben mussten. Der nächste Automat stand drüben im gegenüberliegenden Trakt, vor der Kantine.

Während Klotz über einen dämpfenden Bodenbelag aus Naturkautschuk ging, nahm er das nervöse Flackern einer defekten Neonröhre wahr, die ungefähr den Bereich anzeigte, wo das Jahr 1988 archiviert sein musste.

Endlich hatte er den richtigen Gang erreicht. Er suchte die Kennziffern auf den Einlegeböden ab. Als er fündig geworden war, nahm er Daumen und Zeigefinger, um die Akte, die sich zwischen 322 und 324 befand, zu greifen. Hatte die Kladde schon in der Hand, als er plötzlich durch einen heftigen Nieser aufgeschreckt wurde, der dem Trompeten eines Elefanten ebenbürtig gewesen wäre. Nur einen Gang weiter putzte sich Walther die Nase und murmelte ein kaum verständliches »Dschuldigung«. Klotz sparte sich ein wohlmeinendes »Gesundheit«, weil es nicht wohlmeinend gewesen wäre: Er fühlte vielmehr einen unüberwindlichen Drang in sich, den Kollegen ordentlich zusammenzuscheißen. Nach zwei bis drei Kraftausdrücken, die Klotz lediglich in Gedanken herausgerutscht waren, wandte er sich dem Chaos zu, das sich zu seinen Füßen befand: Ihm war vor Schreck nicht nur die Akte Lohofer heruntergefallen. Auch die andere, die er gerade noch in der Hand gehalten hatte, war ihm entglitten. Großartig! Zuerst diese Sturmböe im Büro und jetzt diese Bescherung hier! Überall Chaos, Krise, Katastrophe.

Klotz ging auf die Knie und fragte sich ernsthaft, ob da eine Himmelsmacht, von der er nur diffuse Vorstellungen hatte, der Meinung war, dass er irgendeine Schuld abzutragen hätte. Dann ergab er sich seinem Schicksal und fing an aufzuräumen.

Nachdem er das herumliegende Papier in die Mappen eingeordnet hatte, sammelte er die verstreuten Fotos auf. Klotz ärgerte sich darüber, dass er sich gezwungenermaßen die Bilder von diesem Kleinschraut-Fall ansehen musste. Anhand der auf der Rückseite angebrachten Kennung konnte er die Aufnahmen den verschiedenen Akten zuordnen. Schließlich hatte er zwei Stöße von Fotos. Nun musste er die Bilder nur noch in die richtige Reihenfolge bringen: Totale, Kopf, Torso, Unterleib, Gliedmaßen.

Irgendwie hatte Klotz plötzlich den Eindruck, dass er einige Fotos falsch zugeordnet haben musste. Er durchsuchte den Stapel Britta Lohofer, bis er zu den Ablichtungen der Unterarme gekommen war. Dann verglich er diese Fotos mit den entsprechenden aus der Akte Elisa Morvan. Da konnte etwas nicht stimmen. Er musste sich getäuscht haben. Jetzt nahm er jeweils das Foto, das den Bereich der Unterarme fokussierte, in dem der Schnitt an den Pulsadern zu sehen war. Auf beiden Fotos konnte man die linke Innenhand erkennen. Er schob die Aufnahme der Akte Lohofer und die der Akte Morvan übereinander. Entfernte das eine Foto etwa einen Millimeter vom Randbereich des anderen, um Abstände zu vergleichen. Führte dieses Verfahren an den restlichen drei Kanten der beiden Fotos analog durch. Drehte die Aufnahmen schließlich um und schaute ungläubig auf die unterschiedlichen Kennziffern: I/218/1988 für die Akte Britta Lohofer, II/323/1988 für die Akte Elisa Morvan.

Im Prinzip war das unmöglich, doch Klotz hatte den Beweis in seinen Händen: Ein und dieselbe Ablichtung war verschiedenen Opfern zugeordnet worden.

Klotz warf einen Blick hinüber in den anderen Gang. Walther war nicht mehr zu sehen. Dann faltete er die beiden Akten zusammen, stopfte sie sich unter den Pullover und machte sich auf den Weg in sein Büro.

Als er wieder an seinem Schreibtisch saß, fand er einen Zettel vor, auf dem die vorläufigen Ermittlungsergebnisse vermerkt waren:

Über das Dezernat Eigentumskriminalität war die Meldung hereingekommen, dass der Golf, in dem Gummler gestorben war, am Samstagabend als gestohlen gemeldet worden war.

Escherlichs Nachforschungen hatten ergeben, dass eine perfekte Fälschung eines Autokennzeichens ein Kinderspiel war, wenn man unverfroren genug war, zur Kfz-Zulassungsstelle zu gehen, um dort in einem günstigen Moment druckfrische TÜV- und AU-Plaketten zu entwenden. Das Kennzeichen konnte man sich in einem der vielen Autoschildergeschäfte herstellen lassen, von denen sich eine Handvoll neben der Zulassungsstelle befand.

Wie Klotz erwartet hatte, waren die von Anwärter Zebisch durchgeführten Befragungen bei der Betonfirma Breslauer ergebnislos geblieben. Nichts, was man nicht schon wusste: Gummler sollte am Samstagabend auf eine Baustelle fahren, um dort noch eine Fuhre Beton anzuliefern. Die Fuhre kam allerdings nie an ihrem Bestimmungsort an.

Klotz war noch mal auf den Aussiedlerhof nach Eichenbühl rausgefahren.

Gerade als er aus dem Wagen stieg, brach die Dämmerung herein. Er war nicht gerade in Hochstimmung. Im Prinzip waren sie keinen Schritt weitergekommen. Und der einzige Zeuge, der vielleicht etwas gewusst haben könnte, war von der U-Bahn zermalmt worden. Irgendwie klebte das Pech an dieser Ermittlung. Es war zum Mäusemelken.

Klotz sah sich um, sah das Fachwerk, den Traktor, das Stroh und fand, dass es hier aussah wie in der guten alten Zeit. Wie der Schein doch trügen konnte! Ihm fiel auf, dass nirgendwo Licht brannte. Alles, die Scheune, der Dungstreuer, das Haus und der Schweinekoben, versank mit jeder Sekunde immer tiefer im Dunkel. Aus Richtung des Stalls hörte er ab und an ein scharrendes Geräusch, das immer wieder von kurzen Grunzern überlagert wurde.

Klotz ging zum Schweinestall. Die Tür stand offen.

»Hallo? Ist da jemand? Herr Gummler?«

Er tastete die Wände links und rechts der Türöffnung ab, bis seine rechte Hand einen Drehschalter identifizieren konnte, der bestimmt ein halbes Jahrhundert alt sein musste.

Gummler lag zwischen sechs oder sieben kleinen Ferkeln,

die emsig um ihren schlafenden Herrn herumstolperten. Klotz sah eine leere Glasflasche unter den Hufen der Ferkel aufblitzen. Er beugte sich über das Gatter, zog sie heraus und stellte sie an ein Fenster zu den anderen Flaschen.

Klotz hatte die Gunst der Stunde genutzt und war ins Wohnhaus rübergegangen. Als er die Treppe zu Thorsten Gummlers Wohnräumen hochging, merkte er, dass etwas nicht in Ordnung war. Links und rechts an den Wänden klebten Reste einer schmierigen gelben Masse. Nachdem er durch die offen stehende Tür eingetreten war, wusste er, warum.

Der alte Gummler hatte – wohl im Suff – die Geburtstagstorte für seinen Sohn nach oben gebracht und auf den Tapeziertisch geworfen. Der arme Mensch, der das wieder sauber machen muss, dachte Klotz und ging rüber zur Vitrine.

Ihm fiel auf, dass die Pyramide auf dem Wüstenszenario fehlte. Nur noch die herumirrenden Soldaten und der ausgebrannte Panzer waren übrig geblieben. Er ging wieder nach unten und sah nach dem alten Gummler, der immer noch tief und fest schlief.

Er hatte das Ganze wohl unterschätzt. Morgen würde er jemanden rausschicken, der sich um den alten Gummler kümmern würde. Sein Blick fiel wieder auf die Flaschen auf dem Fensterbrett. Vielleicht wäre eine Zwangseinweisung in eine Entzugsklinik doch das Gescheitere, dachte Klotz, als er nach draußen ging. Dann stieg er in den Wagen und fuhr nach Hause.

19. Dezember

Der weißliche Kleister troff an dem sonnengebräunten, cellulitefreien Hintern langsam hinunter. Sabberte sich an den perfekten Oberschenkeln entlang, weiter in Richtung Kniekehlen. Aber die konnte man nicht mehr sehen. Die waren von der Abschlussleiste kupiert worden, da sie offensichtlich nur gestört hätten. Der Mann, der das Plakat anbrachte, wischte seinen Pinsel über eine Abtropfvorrichtung, um den überflüssigen Kleister loszuwerden. Dann wedelte er noch einmal mit kräftigen Bewegungen auf dem Hintern herum, um den stehen gebliebenen Saft zu verteilen. Klotz musste niesen, und die Straßenbahn fuhr wieder an. Jetzt hatte er ganz vergessen zu gucken, für welches Produkt dieser eingesaute Hintern warb. Hustensaft, glaubte er sich zu erinnern, aber ganz sicher war er sich da nicht.

Keine Taschentücher dabei. Mist.

»Entschuldigung, haben Sie zufällig ein Tempo?«

Die Frau schaute ihn entgeistert an, gab aber keine Antwort. Was machte man in solchen Fällen? Er spürte, wie sich der Tropfen unter seiner Nase löste. Lass es raus! *Ejaculatio nasalis*.

Gestern Abend hatte das angefangen mit dieser Erkältung. Als er im Bett gelegen war und diese beiden Akten durchgesehen hatte. Lohofer und Morvan. Und er war zu folgendem Ergebnis gekommen: Abgesehen von den Detailaufnahmen der Unterarme waren alle Fotos unterschiedlich. Bei Britta Lohofer und Elisa Morvan handelte es sich um zwei unterschiedliche Frauen, das war klar. Doch diese Nahaufnahmen der Pulsaderschnitte waren das Problem. Wie konnte es sein, dass diese identisch waren? Zu welcher Leiche gehörten diese Abbildungen tatsächlich? Und vor allem blieb die Frage, warum überhaupt zwei unterschiedliche Akten gleiche Fotos enthielten. Ein Versehen? Eine Verwechslung? Klotz wusste keine Antwort. Alles in den Tatortbefundberichten war ordentlich gekennzeichnet und unterschrieben gewesen. Die rechtsmedizinischen Gutachten, die von seinem Vater, Dr. Reinhard Klotz, erstellt worden waren, wiesen keinerlei Besonderheiten auf. Der Mord an Britta Lohofer hatte eindeutig dem Serientäter Kleinschraut zugeordnet werden können. Der Tod Elisa Morvans war ohne Fremdeinwirkung eingetreten. Sie hatte sich in der Nähe einer Baustelle an der Südwesttangente die Pulsadern geöffnet und war verblutet. So stand es im Bericht. Und dem musste man glauben. Sollte man glauben können. Doch irgendetwas war faul an der Geschichte. Während der Durchsicht der Akte Morvan hatte ihn der Eindruck beschlichen, dass dort einige Seiten fehlten. Er nahm sich vor, die Akte am Abend genauer zu sichten. Jetzt musste er sich erst einmal auf den aktuellen Fall konzentrieren.

Die Straßenbahn der Linie fünf war in der Wendeschleife am Hauptbahnhof angekommen. Klotz sah auf die monumentale neubarocke Fassade des Bahnhofsgebäudes und nahm die reich gestalteten Plastiken wahr. Er musste an Haevernick denken.

Als er ausstieg, fiel das Grand Hotel in seinen Blick, das in einen Schleier aus hell glitzernden Weihnachtslichtern gehüllt war. Neben dem Eingangsportal hing ein Transparent, das für eine Hochzeitsmesse Werbung machte, die am Dreikönigstag beginnen sollte und den sinnigen Titel »Ja, ich will!« trug. In seinem Inneren sträubte sich alles. Klotz beeilte sich, rasch hinunter in den U-Bahn-Schacht zu kommen.

»Gesundheit!«

»Danke.«

Klotz sah auf Escherlichs Hinterteil, das in einer Jeans steckte, deren ausgefranste Hosenbeine bis auf den Boden reichten und einen ordentlichen Schlag hatten. Passt zu dem Typ, der drinsteckt, dachte Klotz und zwängte sich an seinem Kollegen vorbei, der den Gießkannenhals aus dem Ficus Benjamini gezogen hatte und sich jetzt der Yuccapalme zuwandte. Klotz musste für einen Moment wieder an diese bizarre Hustensaftwerbung denken.

Klotz war zu seinem Schreibtisch gegangen. Nervös zog er eine Schublade nach der anderen heraus.

»Was ist denn los mit dir? Was suchst du denn?«

»Verdammt! … Was?«

»Was du da suchst«, wiederholte Escherlich.

»Irgendwelche Scheiß-Taschentücher. Mir läuft die Nase.«

Escherlich ließ seinen Hintern auf seinen Bürostuhl klatschen. Dann warf er Klotz eine Packung Tempos zu.

Das nächste klatschende Geräusch, das dem von Escherlichs landendem Hintern sehr ähnlich war, stammte von einer Zeitung, die Polizeichef Huber den beiden Kommissaren wenige Minuten später auf den Schreibtisch knallte. Huber enthielt sich eines Kommentars. Der hochrote Kopf und die funkelnden Augen sprachen für sich.

»Unglaublich!«, entfuhr es Klotz.

Er hatte sich gerade selbst auf dem Titelfoto der Nürnberger Nachrichten wiedererkannt, wie er dastand, mit aufgerissenem Mund. Und Escherlich erst. In halb gebückter Haltung. Streckte seine Hand nach einer Kippe aus, die am Boden lag.

Neben dem Foto: »War es Mord?« Der Untertitel: »Spektakulärer Todesfall bei Hiltpoltstein – Kripo tappt im Dunkeln«.

Die beiden Kommissare überflogen den Artikel.

»Und, meine Herren? Was sagen Sie dazu?«, fragte Huber in vorwurfsvollem Ton.

Wenn er den in die Finger bekäme, dachte Klotz statt zu antworten. Diesen Haderlump! Ihm fiel unweigerlich Zebisch ein. Die Rache für die überflüssige Ermittlungsarbeit, die er dem Anwärter aufgebrummt hatte?

»Ein Leck? Eine undichte Stelle?«, unterbrach Escherlich die Gedanken seines Kollegen.

»Es scheint so, meine Herren. Ein Unding ist das. So etwas kann nicht sein. So etwas *darf* einfach nicht vorkommen. Unter keinen Umständen«, antwortete Huber ärgerlich.

»Wir könnten eine interne Untersuchung einleiten«, schlug der Hauptkommissar vor.

»Habe ich längst veranlasst. Aber jetzt ist das Kind nun mal in den Brunnen gefallen. Am besten, wir treten die Flucht nach vorne an.«

Der Polizeichef informierte die beiden darüber, dass er für den nächsten Tag, neun Uhr, eine Pressekonferenz anberaumt hatte. Staatsanwältin Gulden und Klotz sollten die Veranstaltung leiten.

Klotz dachte an die wunderbare Aussicht, mit Staatsanwältin Gulden ein Meeting vor der Presse abhalten zu dürfen, und wünschte sich schon einmal viel Spaß. Er nahm den Pfeil, den Huber während seiner Ausführungen aus der Dartscheibe gezogen und auf seinem Schreibtisch abgelegt hatte, und warf ihn auf die Pinnwand. Er blieb in der aufgeblähten Silikonbrust einer Frau stecken, die auf einer Postkarte aus Malle abgebildet war. Hubers Schädel schwoll an und wurde noch etwas röter, als er eh schon war. Wortlos verließ der Polizeichef das Büro.

Was nun? Escherlich meinte, dass sie ja erst mal ihre Protokolle schreiben konnten. Klotz warf seinem Kollegen einen missmutigen Blick zu. Stand auf. Nahm die Tüte, in der sich sein verdreckter Mantel befand, und ging.

Nachdem er die Reinigung verlassen hatte, ließ er sich eine Weile vom Gesang einer Gruppe von Männern ablenken, die zwischen Lorenzkirche und Nassauer Haus Weihnachtslieder aus Weißrussland zum Besten gaben. Dann betrat er den Karstadt.

Er ließ sich von den Rolltreppen so lang nach oben tragen, bis es nicht mehr weiterging. Die Sportabteilung. Glücklicherweise war in dieser Abteilung weniger los als auf den anderen Etagen.

Die Frau, die auf ihn zukam, hatte tiefschwarzes Haar und einen dunklen Teint. Klotz registrierte ihr Lächeln, das ihm unverstellt und ehrlich erschien.

»Koani Eana hüifa?«

Klotz brauchte einen Moment. Das war Bairisch. Tiefstes Bairisch sogar. Er war einigermaßen überrascht.

»Ja, äh … Meine Schwägerin hat sich zu Weihnachten so einen Schrittzähler gewünscht. Zum Laufen«, log Klotz, der sich seit einem halben Jahr schon vornahm, endlich Sport zu treiben und abzunehmen.

Diese rehbraunen Augen waren voller Wärme und Heiterkeit, dachte Klotz und sah verlegen zur Seite.

Frau Melanie Maus – er hatte auf ihr Namensschild gespitzt – präsentierte ihm verschiedene Arten von Schrittzählern. Klotz hörte geduldig zu und entschied sich schließlich für ein Pedometer in der mittleren Preisklasse.

Während sie zur Kasse gingen, fragte er sich, ob sie *ihn* meinte, oder ob sie jeden ihrer Kunden so ansah, mit diesen warmen Augen. Er überlegte, ob er es herausfinden sollte.

Als es ans Bezahlen ging, wollte er seine Ermittlernatur nicht länger verleugnen und ging der Sache auf den Grund.

»Sagen Sie, Sie sind nicht von hier, oder?«

»Mei, härt ma des net? I bin vo Erding.«

»Arbeiten Sie schon lange in Nürnberg?«

»No net lang. I bin etza groad drei Monat do.«

»Sagen Sie …«

»Ja?«

»Hätten Sie vielleicht Lust, mit mir mal einen Kaffee trinken zu gehen?«

»Freili, sehr gern.«

Klotz gestand sich ein, dass seine Anmache nicht sehr originell abgelaufen war. Aber manchmal funktionierte ein einfaches, direktes Vorgehen besser als so eine aufwendige Zauber-Kaninchen-aus-dem-Hut-Nummer. Von spektakulären Dingen hatte er in letzter Zeit sowieso genug.

Sie tauschten ihre Handynummern aus, und er versprach, sie am Abend anzurufen.

Seine Hochstimmung hatte ihn so weit gebracht, dass er beinahe alle Weihnachtsgeschenke eingekauft hatte, als er das Kaufhaus verließ.

Gerichtsmedizinerin Lilly Hammer legte gerade ein gebrauchtes Skalpell auf den Etagenwagen, als Klotz den weiß gekachelten Sektionsraum des Rechtsmedizinischen Instituts betrat.

»Herr Hauptkommissar. Kommen Sie ruhig. Ich beiße nicht«, ermunterte die Rechtsmedizinerin ihren schüchternen Gast.

Mit der einen Hand winkte sie Klotz, der aus irgendeinem Grund in der Nähe des Türrahmens stehen geblieben war, mit der anderen deutete sie auf den blau-violett schattierten Körper, der vor ihr auf dem stählernen Tisch lag, und fügte hinzu:

»Und der auch nicht mehr.«

Was für ein Weib, dachte Klotz nachdenklich. Für dich würde ich alles stehen und liegen lassen. Dich nur einmal berühren dürfen. Mit meinen Wurstfingern dein volles, kräftiges Haar öffnen und durch es hindurchfahren. Mit meinen zerschlissenen Lippen deinen Schönheitsfleck über dem Mundwinkel küssen. Und dann in deinen vollen, roten Lippen versinken. Und dann ... Scheiße! Was ist jetzt passiert?

Klotz stand wie angewurzelt da und konzentrierte sich darauf, dass seine Erektion nachließ. Jetzt winkte sie ihm auch noch! Lilly Hammer, du kannst alles von mir haben, aber ich kann jetzt nicht zu dir rüberkommen! Ich muss mir schnell was einfallen lassen. Sonst denkt die noch, ich bin bescheuert.

Frau Doktor Hammer deutete immer noch auf die Leiche.

»Wenn Sie nichts dagegen haben, beginne ich mit meinem Bericht.«

»Nur zu«, ermunterte Klotz die Pathologin und stellte erleichtert fest, dass die Erektion langsam nachließ.

»Wie man rein äußerlich unschwer erkennen kann, ist der Körper beinahe vollständig mit Hämatomen übersät. Diese Hämatome rühren von den im Beton befindlichen Kieselsteinen her, die gegen den Körper schlugen, als der Beton in den Wagen gefüllt wurde. Kopf, Hals und Körperflächen, welche am Sitz aufgelegen haben, sind unverletzt.«

Die Pathologin hob den Leichnam an der Hüfte an, damit der Hauptkommissar den Rückenbereich sehen konnte. Klotz fiel auf, dass der Kopf zur Seite abknickte, und ihn beschlich ein ungutes Gefühl. Mit der Erektion war es aus und vorbei.

»Lebte Gummler noch, als er in den Beton eingegossen wurde, oder war er schon tot?«

»Tja. Wir sind da auf eine interessante Sache gestoßen. Bei

der Freilegung der Leiche haben wir eine Spritze gefunden, die offensichtlich kurz vor der Tat ...«

Irgendwo klapperte etwas aus Blech. Klotz drehte sich um. Ein kurzes, geräuschvolles Husten. Zwischen zwei Labortischen erschien Chefpathologe Lackner, dessen Gesicht einen ernsthaften, beinahe boshaften Ausdruck annahm, als er Klotz erkannte.

»Was will der denn hier?«, fragte der Neuankömmling, ohne den Hauptkommissar eines Blickes zu würdigen.

Lackner stellte sich an das Kopfende des Sektionstisches und drückte mit dem Zeigefinger den abstehenden Schädel der Leiche in eine gerade Position. Hielt ihn ein paar Sekunden und ließ den Kopf dann wieder in seine abgeknickte Haltung fallen.

»Also, die Spritze. Ja. Wir haben die Spritze untersucht. Sie enthielt Heroin. Heroin war auch in Gummlers Blut nachweisbar«, fuhr Lilly Hammer währenddessen fort.

Klotz nahm den scharfen Alkoholgeruch wahr, der von Lackner ungeniert ausgedünstet wurde. Das wirkte ja fast schon desinfizierend. Wahrscheinlich hatte der mehr Alkoholmoleküle als rote Blutkörperchen in den Adern. Dann dachte Klotz an das Heroin.

»Der goldene Schuss?«

»Möglich. Sonderbar ist nur, dass Gummler nicht drogenabhängig war. Zumindest konsumierte er nicht regelmäßig Heroin«, mischte sich Lackner jetzt ein.

Klotz setzte ein fragendes Gesicht auf.

»Arme, Beine, Hals. Alles Stellen, wo man sich traditionellerweise eine Spritze reinstecken kann. Doch wir haben nur ein einziges Loch gefunden. In der Beuge des linken Arms. Ansonsten gibt keine einzige Einstichstelle«, beantwortete Lackner die ungestellte Frage des Hauptkommissars.

Klotz überlegte. »Das heißt, man hat ihm die Überdosis verpasst, ihn in den Golf hineingesetzt und dann den Beton in den Wagen gegossen«, sagte er nach einer kurzen Pause.

»Vielleicht. Vielleicht hat er sich den Schuss aber auch selber gesetzt.«

»Selbstmord? Ein Mörder kann ausgeschlossen werden?«

»Es gibt nichts, was auf einen Kampf hindeuten würde.«
»Keine Kampfspuren?«
Klotz war einigermaßen verblüfft.
Die rechtsmedizinische Untersuchung ließ schlussendlich offen, ob Gummler sich selbst umgebracht hatte oder ob er umgebracht worden war.
Klotz verabschiedete sich. Als er in der Tür stand, rief ihm Lackner hinterher:
»Da ist noch was, Werner.«
Klotz drehte sich um und bemerkte, dass seine Nase wieder zu laufen begonnen hatte.
»Gummler litt an Sinusitis im Anfangsstadium.«
»Was?«
»Er hatte einen Schnupfen, der im Begriff war, sich in Form einer Nasennebenhöhlen- beziehungsweise Stirnhöhlenentzündung auszubreiten. Ein ekelhafter Infekt, der ganz leicht durch Tröpfcheninfektion übertragen werden kann. Als Hauptkrankheitsüberträger gelten übrigens Fliegenlarven.«
Klotz warf Lackner einen erschrockenen Blick zu. Dieser setzte ein ironisches Lächeln auf, als er bemerkte, dass ihm der Hauptkommissar auf den Leim gegangen war.
Klotz begriff, dass dieses von aller Welt als so angenehm spitzbübisch empfundene Grinsen Lackners in Wirklichkeit Ausdruck purer Boshaftigkeit war. Mit dem Handrücken wischte er den Tropfen an seiner Nasenspitze weg und entfernte sich rasch.

Während Klotz auf dem Weg zum Essen war, rief ihn Kriminaltechniker Laanschaf auf dem Handy an. Er war mit seinen Leuten gerade auf dem Aussiedlerhof und nahm dort alles genauestens unter die Lupe. Außer dass er sich über eine Geburtstagstorte ärgerte, die völlig zermatscht und stinkend im Zimmer des Opfers lag, berichtete er über die bisherigen Untersuchungsergebnisse. Die Analyse der Spritze aus Gummlers Wohnung hatte ergeben, dass diese Spuren von Isopropylalkohol, einem gängigen Lösungsmittel, und verschiedene Acrylpigmente enthielt. Die Vermutung, dass das Opfer das

Gerät für seine Modellbauarbeiten gebraucht hatte, lag nahe. Jedenfalls konnten nirgendwo Drogenspuren sichergestellt werden.

Die in dunklem Gelb gehaltenen Wände und das gedämpfte Licht taten gut. Klotz saß im Kellergewölbe der Mauthalle, die im späten Mittelalter errichtet worden war und der Stadt Nürnberg in früherer Zeit als Kornspeicher gedient hatte. Heute lagen in dem Gewölbe keine Kornsäcke mehr herum. Stattdessen hatte sich hier die traditionelle Gastronomie eingerichtet.

»Ein Schäufele. Und noch einen Kloß extra«, gab Klotz seine Bestellung auf.

»Zum Trinken?«

»Ein Kellerbier.«

»Ein Zirndorfer?«

»Ja bitte.«

Der Kellner ging weiter. Klotz warf einen Blick nach oben, an die Decke des Gewölbes, betrachtete die herabhängenden Sterne und dachte sich, dass man nicht einmal hier, in diesem deftigen, traditionstriefenden Keller, dem Weihnachtstrubel entfliehen konnte. Nun ja. Was soll's. Den Leuten gefällt's.

Nachdem er sich geschnäuzt und eine Zigarette angesteckt hatte, wandte er sich wieder seiner Zeitung zu, die ihn mit ihren süßholzraspelnden Weihnachtsnachrichten schnell zu langweilen begann.

Zum Glück kam auch schon das Bier, und Klotz freute sich auf den Geschmack des Gerstensafts in seinem Mund, der durch den Rauch des halbschwarzen Tabaks noch veredelt werden würde.

Nachdem er ein paar kräftige Schlucke genommen hatte, zog er einen Notizblock aus der Jackentasche, klappte ihn auf, legte ihn auf den Tisch. Dann ließ er die Spitze des Kugelschreibers an der Spiralbindung hin und her fahren und lauschte dem ratternden Geräusch.

Im Mittelgang zog eine Familie mit zwei Kindern vorbei, die lautstark verkündeten, dass sie Pommes Frites mit viel Ketchup essen wollten. Er nahm noch einen Schluck, setzte den Stift an und zog in der Mitte eine Linie von oben nach unten. Über die erste Spalte setzte er die Überschrift »Suizid«, die andere überschrieb er mit dem Wort »Mord«.

Er starrte auf seine leere Tabelle und dachte nach. Er hatte den Kellner gar nicht bemerkt, da er von hinten angeschlichen kam. Schnell klappte er den Schreibblock zu.

»So, bitte. Ein Schäufele und ein Kloß extra.«

Der Kellner servierte Klotz die gebratene Schweineschulter.

Klotz wartete darauf, dass sich der Ober wieder entfernte. Er hatte den Blockdeckel schon zwischen Daumen und Zeigefinger, aber irgendwie wollte der Kerl nicht gehen.

»Haben Sie irgendein Problem?«, fragte Klotz nach.

»Entschuldigen Sie, ich habe gerade gesehen, was Sie da in Ihren Block geschrieben haben. Sagen Sie, schreiben Sie ein Buch? Einen Krimi vielleicht?«

Klotz setzte den garstigsten Gesichtsausdruck auf, zu dem er überhaupt fähig war.

Der Kellner bemerkte seinen Fauxpas und entfernte sich rasch.

Klotz überlegte. Erst essen und dann die Arbeit oder umgekehrt? Er entschied sich dafür, beide Angelegenheiten gleichzeitig zu erledigen.

Es war nicht besonders heiß in dem Keller. Trotzdem schwitzte er. Klotz wischte ein paar Soßenflecken von dem Schreibblock und sah auf einen halben Kloß, der irgendwie einen unappetitlichen Eindruck machte.

Er las seine Stichpunkte noch einmal durch und war unzufrieden. Das passte doch alles nicht zusammen. Egal, ob man nun von Mord oder Selbstmord ausging.

Er sah wieder auf den Teller, der vor ihm stand, und zwang sich dazu, ein neues Blatt anzufangen, um seine Gefühle des Zweifels in einer neuen Überschrift gipfeln zu lassen.

Offene Fragen – Unstimmigkeiten – logische Fehler (?)

1. Warum diese aufwendige Fälschung der Kennzeichen? Hätte man nicht einfach die Kennzeichen eines anderen Wagens entwenden können?

2. Warum das Heroin?
3. Was haben der Abschiedsbrief und das Zeichen auf dem Papier zu bedeuten? Handelt es sich um die symbolhafte Darstellung einer Pyramide? Besteht ein Zusammenhang mit der Modell-Pyramide in Gummlers Zimmer? Ein Hinweis?
4. Warum diese Inszenierung? Hat sie irgendeine Bedeutung? Was kann man aus ihr herauslesen? Kann man überhaupt etwas aus ihr herauslesen?

Hatte er irgendetwas vergessen? Gab es noch irgendwelche Ansatzpunkte? Er erinnerte sich an Biro. »Die Welt ist nicht nur ein- oder zweidimensional. Verliere nie die anderen, vielen Dimensionen aus den Augen.« Was zum Teufel sah er denn nicht?

Vielleicht war er ja einfach zu dumm, dachte er resigniert. Nach noch nicht einmal drei Tagen hatte ihn dieser Fall zur Verzweiflung gebracht.

Nachdem er sich die Nase geputzt hatte, zündete er eine Zigarette an. Sein Kopf war vom vielen Nachdenken leer.

Plötzlich kam ihm ein Gedanke. Ein Fachmann. Nur so einer konnte rausbekommen, was sich hinter dem Ganzen verbarg. Im Fernsehen nannte man sie »Profiler«. Der Terminus technicus lautete »Fallanalytiker«. So einen brauchten sie. Der würde das Kind schon schaukeln. Nur so konnte es jetzt vorangehen.

Klotz trat heraus auf die belebte Königstraße. Er wollte sich gerade auf den Rückweg zum Präsidium machen, als er einen alten Mann vor einem Kaufhaus gegenüber der Mauthalle liegen sah. Zwei Frauen kümmerten sich aufgeregt um den Alten. Klotz trat hinzu. Er verstand schnell, dass der Mann eben einen Herzinfarkt erlitten haben musste. Ein Krankenwagen bog um die Ecke und bahnte sich seinen Weg durch die Menschenmassen. Aus dem Kaufhaus drang Weihnachtsmusik auf die Straße. *We wish you a Merry Christmas and a Happy New Year.*

Die Rettungskräfte hatten mit der Versorgung begonnen. Klotz wandte sich ab. Für einen Moment fiel sein Blick auf die Menschentraube, die sich um den hilflosen Mann gebildet hatte. Klotz war schon viel zu ärgerlich, als dass ihn diese Schaulustigen noch hätten nerven können. Da sah er ihn plötzlich. Er trug denselben Strickpullover wie gestern, als er vor Sankt Jakob gestanden hatte. Der kräftige, dickliche Mann mit den halblangen, rötlichen Haaren, um dessentwillen Klotz gestern das Bürofenster aufgerissen hatte. Und wieder sah ihm der Mann direkt in die Augen.

Klotz schaute schnell zur Seite und machte sich auf die Socken.

Wenn nichts mehr weiterging, musste man irgendetwas tun, hatte er sich gedacht und war noch einmal raus zum Tatort gefahren. Der Weg war noch genauso lehmig wie vor zwei Tagen. Wie dunkel es in einem Gehölz sein konnte, wenn der Himmel grau und die Dämmerung nicht mehr weit war, dachte Klotz und warf einen Blick zurück. Durch die Bäume sah er eine sich langsam ausfransende Rauchsäule aufsteigen, die aus einem der Göringer Schornsteine kommen musste.

Als er vor den Markierungen stand, die die Umrisse des Lasters und des Pkws kennzeichneten, blieb er stehen. Blickte zu der Stelle, wo der Golf gestanden hatte. Erkannte die gerade verlaufenden Schmierer, die von seinem Sturz stammten.

Er lauschte in die Stille. Dann schloss er die Augen und versuchte sich das Lächeln des Dalai Lama vorzustellen. Vor Kurzem hatte er ein Interview mit dem exilierten Buddhistenführer gesehen, und dieses permanente Lächeln hatte ihn irgendwie fasziniert. Das Lächeln des Dalai Lama. Ja, das war's. Das brachte es wirklich, dachte Klotz.

Er war bestimmt fünf Minuten so dagestanden, mit geschlossenen Augen, einem dem Himmel zugewandten Gesicht, als sein Handy klingelte.

In Bruchteilen von Sekunden machte seine Rechte eine Klammerbewegung, riss das Mobiltelefon aus der Jackentasche. In seiner Nase kitzelte es. Das Handy entglitt ihm, überschlug sich in der Luft. Nach dem Geräusch eines dumpfen Aufschlags sah er zwei, drei verdreckte Grasbüschel vor sich. Von irgendwoher klingelte es, aber das war jetzt egal. Mit aller Kraft hielt er den

Atem an und blickte auf den Fingernagel, der an einem der verdreckten Grashalme klebte. Sollte er dem Dalai Lama danken? Vorsichtig zupfte er den Fingernagel von dem Büschel.

Hatschi!

Klotz parkte den Wagen in der Südlichen Stadtmauerstraße gegenüber dem Schwimmbad. Er dachte, dass es eigentlich nicht fair gewesen war, Zebisch so zusammenzustauchen. Also, in der Sache hatte er ja schon Recht gehabt, dass er den Anwärter wegen dieses Artikels in den Nürnberger Nachrichten zur Rede gestellt hatte. Aber ohne Zebischs Anruf im rechten Moment hätte er diesen abgekieften Fingernagel wahrscheinlich nie gefunden. Andererseits hätte er jetzt noch halbwegs saubere Klamotten, wenn dieser Doldi von Anwärter ihn nicht so unsanft aus seiner Kontemplation gerissen hätte. Das musste man auch mal sehen. Oder etwa nicht?

Zu der seltsamen Mischung aus Wut und Siegesgewissheit gesellte sich plötzlich das Gefühl der Unsicherheit und des schlechten Gewissens.

Als er aus dem Wagen gestiegen war, spürte er den leichten Nieselregen. Er versuchte tief einzuatmen, was nicht recht gelingen wollte. Seine Nase war einfach zu verstopft.

Er hatte bestimmt zwei Minuten lang Sturm geklingelt, bis sich endlich jemand an der Gegensprechanlage gemeldet hatte.

»Hallo?«, fragte eine gequälte Stimme.

»Ich bin's. Werner.«

»Wer?«

»Mein Name ist Klotz. Werner Klotz.«

»Dass du dich hierhertraust!«

Der Türöffner summte. Klotz betrat das Haus.

»Im Kühlschrank ist noch Bier.«

Klotz ging in die Küche und versuchte sich über den etwa anderthalb Meter hohen Stapel aus alten Pizzaschachteln, der hinter der Tür in der Ecke lehnte, nicht zu wundern. Ging zurück ins Wohnzimmer. Sah zu Lackner, der sich aufs Sofa gelegt hatte.

An der Decke ein Spiel aus hellblauem Licht, das wilde Kapriolen schlug.

Klotz überlegte kurz, ob er den Lichtschalter betätigen sollte, ließ den Gedanken nach einem Blick auf die verzückte Miene des Gerichtsmediziners dann aber fallen. Stattdessen ging er zu einem der Fenster und schaute hinüber zum Hallenbad, von dem diese Reflexion an der Wohnzimmerdecke herrührte. Er sah einen rüstigen alten Mann, der vom Dreimetersprungturm ins Wasser hüpfte, und nahm einen Schluck aus seiner Bierdose.

Lackner schwieg. Glotzte auf das Lichtspiel an seiner Decke. Klotz wusste nicht recht, wie er anfangen sollte.

»Und alles klar bei dir, Ron?«, suchte er unverbindlich das Gespräch.

Lackner machte keinerlei Anstalten, irgendetwas zu erwidern. Klotz nahm die ungewollte Pause zum Anlass, sich umzusehen. An den Wänden hingen gerahmte Poster von den Beatles, The Who, Steppenwolf und anderen Bands aus den Sechzigern und Siebzigern. In den Ecken und auf den Fensterbänken fristeten ein paar verstaubte Kunstpflanzen ihr Dasein, irgendwelche Farne und Kräutergewächsimitationen. Zuletzt fiel sein Blick auf die zur Hälfte ausgetrunkene Flasche Bacardi, die auf einem niedrigen Glastisch stand. Ihm fiel unweigerlich die Werbung zu diesem alkoholischen Produkt ein. Er sah tanzende, in den Hüften wippende Südamerikanerinnen vor sich und hatte diese Musik im Ohr. *What I'm feelin' it's never been so easy*. Dann sah er auf Lackner, der gerade trank. Klotz wusste nicht, ob er lachen oder weinen sollte.

»Nur deswegen«, sagte Lackner, als er das Glas abgesetzt hatte, »nur deswegen hab ich sie genommen, die Wohnung.«

Lackner deutete mit dem Flaschenhals in Richtung Decke.

»Wenn ich abends nach Hause komme, dann leg ich mich hierher und sehe stundenlang in dieses Blau, in dieses Licht, in dieses ferne Glück.«

Macht Sinn, dachte Klotz unbestimmt und strich den Staub von einem Blatt aus Kunststoff. Überlegte kurz, ob er es abreißen und hineinschnäuzen sollte.

»Jeden Tag diese Leichen, dieses Blut, dieser Siff aus Innereien und abgetrennten Gliedmaßen. Ich weiß nicht, ob du mich verstehen kannst«, sprach Lackner weiter.

Die beiden prosteten sich wortlos zu und nahmen einen Schluck.

Na klar konnte er ihn verstehen. Lackner war ein heilloser Eskapist. Aber waren sie das nicht alle irgendwie? Letztendlich kam es doch nur darauf an, wie man seine Realitätsflucht lebte. Lackner hatte sich für den Alkohol und eine hellblau flimmernde Decke entschieden. Klotz an seiner Stelle hätte dem Alkohol nicht ganz so exzessiv gefrönt und statt der Flasche Bacardi diese Sexbombe von Lilly Hammer auf den Tisch gestellt. *Lackner, Lackner. Was bist du bloß für ein Idiot!*

»Natürlich ist dein Job nicht leicht.«

Der sollte mal froh sein, dass er an der Seite einer attraktiven Blondine in Ruhe an seinen Leichen rumschnippeln konnte. Sie konnten ja mal eine Woche tauschen. Da würde er ihn sehen wollen.

Langsam ging ihm Lackners Selbstmitleid auf den Geist. Dennoch versuchte er den einfühlsamen Ton seiner Rede beizubehalten:

»Ich war noch mal am Tatort und hab etwas gefunden. Vielleicht könntest du …«

»Worum geht's?«, fragte Lackner nüchtern.

»Hier. Dieser Fingernagel. Wenn du einfach nur mal die DNA isolieren könntest.«

»Kann ich machen. Kein Thema.«

»Und noch eine Bitte. Häng das Ganze erst mal nicht an die große Glocke. Das bleibt unter uns.«

Lackner hatte seinen Kopf abgewandt und starrte wieder an die Decke. Klotz legte die Streichholzschachtel, in der sich der Fingernagel befand, auf den Tisch und ging. *Einen schönen Abend noch!*

Es war zehn nach sechs, als Klotz den Schlüssel im Schloss umdrehte. Im Aufzug hatte er überlegt, was sich noch an halbwegs Essbarem in seinem Kühlschrank befand. Gleich würde er ihn öffnen, eine Fertig-Currywurst rausholen und in die Mikrowelle schieben. Dann würde er die aus den letzten Tabakskrümeln gedrehte Zigarette anzünden und sich ein kühles Zirndorfer gönnen.

Seine Nase meldete sich wieder, und während er ein gebrauchtes Papiertaschentuch aus der verdreckten Jackentasche holte, bekam er plötzlich einen Hustenanfall. Das hörte sich gar nicht gut an. Na ja, vielleicht wären ein Dampfbad und ein heißer Tee besser als eine Zigarette.

Als er eingetreten war, fragte er sich im ersten Moment, ob er sich in der Tür geirrt hatte. Er erkannte die Wohnung nicht wieder. Der Teppich war gesaugt, auf dem Tisch kein einziger Krümel, das gespülte Geschirr befand sich in dem Hängeschrank über einer blitzblanken Spüle, von den Bodenfliesen hätte man essen können.

Schnurstracks ging er zum Telefon.

»Ja, Mutter. Ich finde es ja toll, dass du bei mir sauber gemacht hast, aber …«

»Das ist keine Selbstverständlichkeit! Andere Männer in deinem Alter haben sich längst eine ordentliche Frau gesucht, die das für sie erledigt. Also das nächste Mal, wenn ich wiederkommen und die Putzfrau für dich spielen soll, dann möchte ich, dass du darum bittest.«

»Mutter. So war das doch jetzt gar nicht gemeint.«

»Und wie das aussieht bei dir! Ohne mich wärst du ja schon längst untergegangen. Also wirklich asozial, man kann es nicht anders beschreiben. Weißt du eigentlich, was ich unter dem Sofa gefunden habe?«

»Nein, Mama! Ich habe dich übrigens mit gutem Grund nicht darum gebeten, bei mir sauber zu machen!«, äußerte Klotz jetzt in ärgerlichem Ton.

»Du bist unmöglich! Undank ist der Welten Lohn. Da sieht man es mal wieder. Und das vom eigenen Sohn.«

»Mama. Könntest du jetzt bitte mal aufhören? Ich muss dich was Wichtiges fragen!«

»So? Was denn?«

»Da waren zwei Akten. Die haben so einen dunkelgrünen Einband. Die müssen neben dem Bett gelegen haben.«

»So? Soll das heißen, dass ich wieder deine Sachen verräumt habe? Nur weil du nicht ordentlich haushalten kannst?«

»Mama! Wo sind diese Akten? Ich brauch die! Das ist wichtig!«

»Also, ich hab nichts weg. Wahrscheinlich weißt du selber nicht mehr, wo du sie zuletzt hingelegt hast. Aber ist ja mal wieder typisch, dass ich jetzt als Sündenbock herhalten muss.«

»Wo hast du diese Akten hingetan?«, fragte Klotz bestimmt.

»Da waren keine Akten. Ich frage mich, wer von uns beiden stärker verkalkt ist. Du oder ich? Du kannst dich wieder melden, wenn du dich wieder beruhigt hast.«

Verdammt noch mal! Das durfte doch nicht wahr sein! Sauber machen, schön und gut. Aber es war immer das Gleiche. Jedes Mal fehlte irgendetwas hinterher.

Klotz ging rüber zum Bücherregal und machte sich daran, nach den verschwundenen Akten zu suchen.

Nach fast einer Stunde gab er schließlich auf. Zum Schluss hatte er sogar noch den feuchten Grillkohlebeutel durchgesehen, der seit dem vergangenen Sommer ein trauriges Dasein auf dem Balkon fristete. Hatte sich durch verschmierte Pappteller und klebrige Becher aus billigem PVC gewühlt und registriert, dass so ein Stück Wurst ganz schön stinken konnte, wenn es nicht beizeiten gegessen oder entsorgt wurde. Wütend warf er die Plastikgabel, auf der das verrottete Fleisch steckte, zurück in den Holzkohlesack. Das war selbst seiner Mutter zu eklig gewesen.

Er traf die Entscheidung, seine privaten Ermittlungen in den Fällen Morvan und Lohofer ohne Akteneinsicht fortzuführen. Eines schönen Tages würde er diese Akten wiederfinden, an einem Ort, wo er sie niemals vermutet hätte, und seine Mutter würde behaupten, dass es keinen sinnvolleren Aufbewahrungsplatz gebe. Und wenn er ein bisschen nachgedacht hätte …

Es war jetzt Viertel vor acht. Er beschloss, sich erst der Arbeit zu widmen und dann das Vergnügen folgen zu lassen.

Bevor er die Staatsanwältin anrief, aß er aber erst noch seine Currywurst. So viel Zeit musste sein.

Als er den Hörer abgenommen hatte, wartete er noch einige

Sekunden, bis er die Nummer wählte. In seinem Geiste zwängte er sich in ein Korsett aus offizieller Selbstdisziplin und dienstlichem Gehabe.

Das Gespräch verlief doch besser als erwartet. Natürlich hatte die Gulden ihm vorgeworfen, dass er sie mal wieder nicht rechtzeitig über den Stand der Ermittlungen informiert habe. Außerdem erinnerte sie ihn an die Zweitagesfrist, die sie ihm für die Aufklärung des Falles gestern Morgen gestellt hatte. Sie waren sich aber beide klar darüber, dass sie vor der Presse morgen eine Linie fahren würden.

Bevor er bei Melanie anrufen würde, wollte er dieses angenehme Gefühl in der Magengegend noch ein wenig auskosten. Er warf die Stereoanlage an und setzte sich aufs Sofa. Wieder sah er auf das Bild von Millais. Sah auf die feinen Gesichtszüge des Mädchens, das seine Augen geschlossen hatte. Als er die Fernbedienung für den CD-Player in die Hand nahm, blickte er kurz auf den Boden. Irgendetwas war da im Augenwinkel gewesen: Er stand auf und ging zu der Tür, die in den Flur führte. Dann zog er das Foto unter der Tür hervor. Es musste während Mutters Aufräumaktion aus den Akten herausgefallen sein. Warum bloß hatte er es vorhin nicht gesehen?, fragte er sich, und ihm fiel wieder die Geschichte mit dem Dienstausweis ein, den er so panisch gesucht und ganz zufällig gefunden hatte.

Er ging zurück zum Sofa und legte das Foto auf den Couchtisch. Zappte »Losing Streak« von Eels an. Schloss die Augen und dachte an Melanie.

Was I wrong about the world? / It's a beautiful new place / Where else could a creep like me / Meet such a pretty face?

20. Dezember

»Sind Sie noch ganz bei Trost, Klotz? Was haben Sie sich eigentlich dabei gedacht? Denken! Wissen Sie überhaupt, wie das geht, denken?«

Klotz, der wie ein begossener Pudel vor dem wütend schnaubenden Polizeipräsidenten saß, blickte zur Wand. Er betrachtete das Foto eines lächelnden Innenministers und das große bayerische Staatswappen, das neben dem Politiker hing.

»Sehen Sie mich gefälligst an, wenn ich mit Ihnen rede!«

Klotz murmelte etwas, was so ähnlich wie »Entschuldigung« klang, und blickte in zwei rot unterlaufene Augen, umgeben von einem gut durchbluteten Gesicht.

Er konnte nicht gerade behaupten, dass es ihm leidtat, was da auf der Pressekonferenz geschehen war. Es war einfach zu verlockend gewesen, einen seiner bahnbrechenden Einfälle öffentlich zu machen. So öffentlich, dass es nicht mehr öffentlicher ging, um genau zu sein. Unter dienstlichen Gesichtspunkten hatte er natürlich grob fahrlässig gehandelt. Das musste er sich eingestehen. Und im Moment auch ausbaden. Hoffentlich kam es nicht zu einer vorläufigen Suspendierung.

Dabei hatte die Pressekonferenz so gut begonnen. Sie hatten zunächst die Ergebnisse der Kriminaltechnik, den rechtsmedizinischen Befund und die Vernehmungsprotokolle zusammenfassend vorgetragen. Bei der Darstellung des Tathergangs hatte er besonders auf die von der Staatsanwältin gewünschte Ergebnisorientiertheit geachtet. Täterwissen wurde verschwiegen. Doch als einer der Journalisten, es handelte sich dabei um den Reporter einer Lokalzeitung für das Nürnberger Umland, von der »Bizarrerie« der Tat sprach, konnte sich Klotz nicht zurückhalten, und er gab an, ein professioneller Fallanalytiker aus München sei bereits auf dem Weg hierher in die fränkische Landeshaupt… in das schöne Nürnberg, um eben diese »Bizarrerie« unter die Lupe zu nehmen.

Frau Staatsanwältin Gulden hatte das gar nicht gut gefunden. Außer einem zutiefst irritierten Seitenblick, den nur Klotz als einen solchen erkannte, hatte sie keine weiteren Signale ausgesendet und Haltung bewahrt. Sobald die Konferenz beendet war, hatte sie dann allerdings geradewegs den Polizeipräsidenten aufgesucht.

»Ist Ihnen eigentlich klar, was Ihr Handeln, Ihr dilettantisches Vorgepresche für Konsequenzen haben kann? Und zwar nicht nur für Sie!«, tobte Huber weiter.

»Es tut mir leid. Natürlich. Ich hätte das vorher mit der Frau Staatsanwältin abklären sollen. Aber ich …«

»Aber ich *was*? Sie hatten die Gelegenheit. Gestern Abend noch, als Sie mit Ihrer Vorgesetzten telefoniert haben. Ich sage Ihnen eines, Klotz, das war das letzte Mal, dass Sie so einen verdammten Alleingang unternommen haben. Die Konsequenzen werden Sie ganz alleine tragen. Ich werde es Frau Gulden überlassen, wie Sie mit Ihnen verfahren wird.«

»Gut. Ich sehe ja alles ein und bin durchaus bereit, für die Folgen geradezustehen. Ich hätte da aber noch eine kleine abschließende Frage.«

»Ja?«

»Was ist jetzt mit dem Fallanal…?«

»Raus!«

Klotz war unterwegs in den Südwesten, nach Stein, einem Städtchen, das übergangslos an Nürnberg grenzte. Diese Lohoferbeziehungsweise Morvangeschichte hatte ihm keine Ruhe gelassen. In der Hoffnung, dass sich Biro vielleicht an irgendetwas erinnern würde, hatte er diesen angerufen, und Biro hatte sich erinnert: Der damals im Fall Morvan ermittelnde Beamte hatte Jürgen Schulze geheißen. Ein guter, gewissenhafter Kollege, der während der laufenden Ermittlungen durch einen Autounfall ums Leben gekommen war.

Das Haus im Jagdweg stammte aus den Fünfzigern. Er wusste nicht genau, woran er das sah, ob es die hölzernen, traurig herabhängenden Lamellenfensterläden waren oder der graue Rauputz. Aber fünfziger Jahre, das sah man irgendwie.

Als er klingelte, fiel ihm das vermooste, fleckige Dach auf, auf dem schief ein verwitterter Wetterhahn stand.

»Grüß Gott. Mein Name ist Klotz. Kripo Nürnberg.«

Die hagere Frau mit dem aschfahlen Gesicht und der gestreiften Kittelschürze sagte nichts. Sie steckte einen Schlüssel in das schmiedeeiserne Gartentürchen und sah ihn aus zwei farblosen Augen an:

»Was wollen Sie?«

»Ich bin wegen Ihres Mannes hier.«

»Mein Mann? Aber der ist doch schon seit achtzehn Jahren tot.«

Über die Farblosigkeit ihrer Augen fiel ein Schleier. Sie drehte sich um. Klotz folgte. Er blickte auf ihr graublondes, dünnes Haar und den jämmerlichen Dutt, zu dem es gebunden war.

Der beigefarbene, durchgesessene Sessel fühlte sich weich an. Klotz' Blick folgte dem Pendel einer Wanduhr. Abgesehen von dem knackenden Geräusch, das von der Elektroheizung kam, war der einzige Laut in diesem Raum das regelmäßige Ticken der Uhr. Es roch muffig. Auf der Eichenholzkommode stand ein ausgeblichenes Foto, das auf einen Zinnteller aufgeklebt war. Es zeigte eine Luftaufnahme des Hauses.

Frau Schulzes Hände zitterten, als sie die Teekanne und die Plätzchen auf dem Tisch abstellte.

»Nach achtzehn Jahren«, sagte sie ungläubig.

Sie nahm ein Stück Gebäck aus der Schale, und Klotz bemerkte die vielen bläulichen Adern auf ihrem Handrücken.

»Nach achtzehn Jahren kommt ein Kommissar und möchte wissen, was damals geschehen ist. Ich habe damals schon gespürt, dass da irgendetwas nicht mit rechten Dingen zugegangen ist. Aber niemand hat mir geglaubt. Sie hätten mich beinahe für verrückt erklärt. – Nach achtzehn Jahren. Aber wenigstens *ist* jemand gekommen.«

Für einen Augenblick war der Schleier von ihren Augen gewichen, und so etwas wie Hoffnung flackerte auf.

Witwe Schulze erzählte, und Klotz hörte zu.

Sie erinnerte sich noch ganz genau an den Tag. Es war ein Mittwoch, der 13. Juli 1988. Eigentlich ein schöner, sonniger Tag. Ihr Mann Jürgen hatte vom Präsidium aus angerufen und ihr gesagt, dass es etwas später werden würde, wie so oft in den letzten Tagen. Sie solle mit dem Essen nicht auf ihn warten, er müsse noch ins rechtsmedizinische Institut. Die Besprechung dort würde wahrscheinlich etwas länger dauern. Was genau er dort wollte, wusste sie nicht. Ihr Mann nahm das mit der Verschwiegenheitspflicht sehr ernst, wie alles andere auch. Er war ein sehr pflichtbewusster und loyaler Mensch gewesen.

Über den Fall, den er damals bearbeitete, wusste sie nichts, rein gar nichts. Aber sie hatte bemerkt, dass seit einiger Zeit irgendetwas nicht mehr stimmte mit ihm. Ständig schien er mit seinen Gedanken woanders zu sein. Außerdem fiel es ihm plötzlich schwer, durchzuschlafen. Statt die Wochenenden mit gemeinsamen Ausflügen oder dem Angeln, seiner einzigen Leidenschaft, zu verbringen, schloss er sich in sein Arbeitszimmer ein. Sie war sich sicher, dass er vor irgendetwas Angst hatte.

Einmal, da hatte er gesagt, dass etwas Ungeheuerliches im Gange sei. Etwas, was jenseits aller Vorstellungskraft liege. Etwas, für das Unschuldige mit dem Leben bezahlen mussten. Und er war diesem Ungeheuerlichen auf der Spur, so glaubte sie. Und auch sie hatte Angst gehabt, dass er sich an dieser Sache die Finger verbrennen könnte. Deshalb hatte sie versucht, ihn zu einem längeren Urlaub zu überreden, wenn der Kollege, den er vertrat, wieder da wäre.

Und dann, am Abend dieses unseligen Mittwochs, hatte es an der Tür geklingelt, und sie hatte sofort gewusst, dass etwas Schlimmes geschehen war. Als sie dann die beiden uniformierten Polizeibeamten vor ihrer Gartentür sah, wusste sie, was los war.

»Seit diesem Augenblick, Herr Klotz, ist alles anders geworden. Ich habe etwas gespürt, was stärker war als das, was man allgemeinhin als Schmerz bezeichnet. Hier«, sie deutete auf ihr Herz, »und hier«, der Zeigefinger war auf den Kopf gerichtet.

»Vorne, an der Kreuzung, ist es passiert. Da, beim Schloss von diesem Faber-Castell, auf der Ansbacher Straße. Jürgen kam aus Richtung Nürnberg. Ein Lkw, der auf der Querstraße fuhr, erfasste ihn. Jürgen hatte Grün. Das haben alle Zeugen bestätigt. Grün. Verstehen Sie?«

»Und der Lkw-Fahrer?«

»Er wurde nie gefasst. Sehen Sie, das ist es eben. Und da gibt es noch eine andere Sache, die mich an der offiziellen Darstellung zweifeln lässt.«

»Was denn?«

»Die beiden Polizisten, die mir damals die Todesnachricht überbracht haben.«

»Was war mit denen?«

»Sie sagten, sie müssten noch Sachen aus Jürgens Arbeitszimmer holen. Wichtige Unterlagen, die mit den Fällen zu tun hätten, an denen er dran war.«

»Und?«

»Sie haben nicht nur Jürgens Arbeitszimmer durchsucht, sondern das ganze Haus auf den Kopf gestellt. Sogar die Gartenlaube und die Garage. Wenn Sie mich fragen, da ging es nicht nur um irgendwelche Arbeitsunterlagen.«

»Seltsam. Sagen Sie, haben die Polizisten gefunden, wonach sie gesucht haben?«

»Ich hatte nicht den Eindruck. Sie waren ziemlich ärgerlich, als sie gegangen sind. Zwei Wochen später sind sie dann wieder aufgetaucht. Haben davon gesprochen, dass sich in der Fahndung nach dem flüchtigen Lkw-Fahrer was getan hätte. Aber was Genaues wussten Sie auch nicht. Dann haben sie noch mal alles durchsucht und sich doppelt so viel Zeit gelassen wie beim ersten Mal. Aber auch diesmal offensichtlich ohne Erfolg.«

»Und Sie, Frau Schulze? Haben Sie etwas gefunden?«

»Nein. Und ich habe mir all die Jahre über immer wieder Gedanken darüber gemacht, was es wohl war, nach dem die beiden Beamten gesucht hatten.

»Und was glauben Sie?«

»Es muss mit dem Fall zu tun gehabt haben. Irgendwelche persönlichen, inoffiziellen Aufzeichnungen von Jürgen. Ich habe natürlich auch selber gesucht, aber da war nichts.«

»Können Sie sich an die Namen der zwei Polizisten erinnern?«

»Natürlich. Ich habe alles aufgeschrieben. Warten Sie einen Moment.«

Nachdem Klotz den Zettel mit den Angaben zu den beiden Beamten eingesteckt hatte, brachte Frau Schulze ihn zur Tür. Er bedankte sich und gab ihr seine Karte. Er versprach, sich um die Angelegenheit zu kümmern. Diesem schwachen Hoffnungsschimmer in den Augen dieser gebrochenen Frau fühlte er sich irgendwie verpflichtet.

Als er das Haus verließ, sah er noch mal hoch auf das Dach, zu diesem schrägen Wetterhahn. Der Wind hatte gedreht. Funktionierte also noch, der alte Bursche.

Die Rückfahrt gestaltete sich unwesentlich schneller als die Hinfahrt. Frau Schulze hatte gesagt, dass ihr Mann am bewussten Abend in die Gerichtsmedizin gegangen sei. Der untersuchende Pathologe im Fall Elisa Morvan war, das hatte er ja anhand des rechtsmedizinischen Befundberichts gesehen, sein Vater gewesen. Was hatte der mit der Sache zu tun gehabt? Und was, verdammt noch mal, hatten diese beiden Polizisten gesucht?

Klotz war gerade ins Büro gekommen und sah, wie ein zerknülltes Blatt in Richtung Papierkorb flog und auf dem Fußboden landete.

»Kann mir mal einer sagen, warum dieser Scheiß-Drucker schon wieder nicht richtig funktioniert? Die Zangenberg kümmert sich echt um gar nichts!«

Klotz nahm Escherlichs Wutausbruch gleichmütig zur Kenntnis. Irgendwie musste er ihm im Stillen sogar ein wenig recht geben, was seine Kritik an der Sekretärin betraf. Zumindest in der Sache, nicht in dem Ton, in dem Escherlich seine Beurteilung vortrug.

Der Hauptkommissar zog die beiden Strickjacken aus, die er sich als Ersatz für den verhunzten Mantel und die verdreckte orangefarbene Jacke übergezogen hatte, und ihm fiel ein, dass er vergessen hatte, bei der Reinigung vorbeizuschauen, um nach seinem Mantel zu fragen.

Er ging rüber zur Kaffeemaschine und wunderte sich.

»Du, sag mal, Peter, hast du irgendwo die Kaffeekanne gesehen?«

»Nee. Die ist schon seit gestern verschwunden. Möchte auch gerne wissen, welcher Depp uns das Ding geklaut hat.«

Escherlich hatte die Druckerklappe geöffnet und riss an irgendwelchen lebenswichtigen Organen des Apparates herum. Nahm den Drucker in beide Hände und rüttelte das Ding energisch hin und her.

»Mensch, hör auf damit!«, rief Klotz ihn zur Besinnung.

»Du verstehst ja wirklich gar nichts! Der Bericht muss um zwei auf dem Schreibtisch vom Huber liegen, sonst gibt's Ärger. Der macht Stress, Mann. Weiß auch nicht, was mit dem los ist.«

»Wenn du den Drucker zerstörst, geht's auch nicht schneller.«

Escherlich stellte das Gerät wieder ab, ging zu seinem Platz und griff sich die Zigarettenschachtel.

»Sag mal, was war da überhaupt los auf der Pressekonferenz? Irgendwas war da doch? Vorhin kam die Gulden rein. Hat gemeint, dass die Frist für die Ermittlungen im Fall Gummler heute Abend abgelaufen ist. Superoffiziell, in einem eiskalten Tonfall.«

»Die Pressekonferenz? War okay. Alles in Ordnung. Wieso?«, log Klotz.

»Du hast doch da wieder irgendeinen Mist gebaut.«

»Unsinn. Die Gulden hat wahrscheinlich ihre Tage. Mehr nicht.«

»Na ja, vielleicht hast du ja recht.«

»Klar hab ich recht. Was hat sie denn genau gesagt?«

»Dass wir Beweise bringen müssen, die deine Mordhypothese belegen. Wenn da nichts vorliegen sollte heute Abend, dann kannst du den Fall vergessen. Dann war's Selbstmord. Schluss, aus, Äpfel, Amen!«

Escherlich zündete sich eine Zigarette an. Klotz überlegte. Die ersten zweiundsiebzig Stunden in einer Todesermittlung waren die wichtigsten und mussten ermittlungstechnisch voll ausgeschöpft werden, das stand in jedem Anfängerlehrbuch für zukünftige Kriminalkommissare. Nach Ablauf dieser Zeitspanne standen die Chancen für eine schnelle Aufklärung sehr schlecht.

»Also los, Escherlich. Wir fahren!«, forderte Klotz seinen Kollegen kurzerhand auf.

»Wie bitte? Und was ist mit meinem Bericht?«

»Diese Gummler-Geschichte hat jetzt Vorrang. Du hast es ja selber gehört. Heute Abend ist die Frist abgelaufen.«

»Und was ist mit Huber?«

»Siehst du hier irgendeinen Huber? Ich bin hier dein Vorgesetzter, dem du Folge zu leisten hast, und zwar augenblicklich!«

»Okay. Aber meine Zigarette rauch ich noch auf.«

»Nichts da«, Klotz war in seine beiden Strickjacken geschlüpft und hatte die Türklinke in der Hand, »los geht's!«

»Wo soll's überhaupt hingehen?«

»Erfährst du schon noch früh genug.«

»Was machen wir denn *hier*?«, fragte Escherlich verwundert. Klotz gestand sich still und leise ein, dass ihm einfach nichts Besseres eingefallen war, als noch mal zum Tatort rauszufahren. Vielleicht war es Intuition, vielleicht war es Verlegenheit gewesen. Er war sich da nicht sicher. Es gab einfach Tage, wo einen alles im Stich ließ, sogar das eigene Bauchgefühl. Trotzdem musste es ja irgendwie vorangehen, und deshalb der Tatort.

Escherlich schmierte sich an einem Stein gerade den Lehm von den Schuhsohlen, als Klotz an ihm vorbeizog und in den Waldweg einbog.

Er war nur ein paar Schritte gegangen, als er plötzlich eine ungewöhnliche Bewegung wahrnahm.

»Ist jetzt wenigstens das Rauchen hier erlaubt, Herr Vorgesetzter?«

Escherlich stand hinter ihm und hatte eine Zigarette zwischen den Zähnen, die er gerade anzünden wollte.

»Ruhe!«, flüsterte Klotz aufgeregt und bedeutete seinem verdutzten Kollegen, sich ins Unterholz zu begeben.

Klotz suchte das Terrain zwischen den Baumstämmen ab. Da. Da war sie wieder. Diese huschende Bewegung. Er schritt rasch an das Absperrband heran.

»Hallo! Was machen Sie hier?«, rief er laut.

Der andere sah ihn kurz an. Dann begann er zu laufen. Klotz nahm sofort die Verfolgung auf.

Das Unterholz krachte. Wieder wäre er beinahe ausgerutscht.

»Polizei! Stehen bleiben! Sofort! Oder ich schieße!«

Der Flüchtige machte keinerlei Anstalten, stehen zu bleiben. Im Gegenteil. Jetzt lief er noch schneller. Klotz konnte kaum noch atmen. Seine verteerten Lungen und die Erkältung meldeten sich zu Wort, und er verfluchte sie beide.

Klotz zog seine Waffe aus dem Halfter und schoss in die Luft. Er konnte den Mann nicht mehr richtig sehen, nur noch ein paar hastige Bewegungen, die durch das Holz flatterten. Er schoss ein zweites Mal in den grauen Dezemberhimmel. Dann hörte er ein Geräusch, das von einem Schlag herrühren musste. Das gleiche Geräusch noch mal. Ein angestrengtes, lang gezogenes Ächzen. Dann ein kurzer, schriller Schrei.

»Du blödes Arschloch! Jetzt gib endlich auf! Sonst muss ich dich erschießen!«, schrie Escherlich wutentbrannt.

Klotz schleppte sich, so schnell es ging, über den kleinen Hügel. Der Mann hatte sich auf den Boden geschmissen und winselte wie ein angefahrener Hund. Escherlich stand mit gezogener Waffe vor ihm. Aus seiner Nase floss Blut, das er sich mit dem Ärmel aus dem Gesicht wischte.

»Du Sau, du blöde! Meine Nase! Ich glaub, meine Nase ist gebrochen.«

Klotz hatte seine Dienstwaffe weggesteckt und dafür die Handschellen hervorgeholt. Escherlich befühlte mit Daumen und Zeigefinger sein anschwellendes Nasenbein.

»Scheiße, Mann! Der Wichser hat mir meine Nase gebrochen!«

»Ist schon gut. Bleib ruhig, Peter!«

Plötzlich schoss Escherlich. Die Kugel schlug wenige Zentimeter neben dem winselnden Mann in den erdigen Boden. Klotz sprang zu seinem Kollegen.

»Bist du noch ganz dicht? Ich hau dir gleich links und rechts eine rein. Reiß dich zusammen, verdammt!«, brüllte Klotz, der jetzt seinerseits völlig aus dem Häuschen war.

Er riss Escherlich die Waffe aus der Hand und steckte sie ein. Dann hob er die Handschellen auf und legte sie dem Gefangenen an, der mit seinem Gewinsel aufgehört hatte.

Wütend blickte Klotz zu seinem Kollegen, der so aussah, als würde er jeden Moment anfangen zu heulen. Jetzt öffnete Escherlich seine Jacke. Anscheinend war ihm warm geworden. Klotz las die Aufschrift auf dem Shirt. *Tell me the meaning of irony*.

Eine Stunde später waren sie wieder auf dem Präsidium. Escherlich ließ sich notfallärztlich untersuchen. Klotz hatte begonnen, den Aufgegriffenen zu verhören.

»Also, Herr Müller. Ich meine es ja gut mit Ihnen. Bei meinem Kollegen bin ich mir da allerdings nicht so sicher. Wer weiß, was der mit Ihnen anstellt, wenn er wieder vom Arzt kommt, und Sie wissen ja, der fackelt nicht lange. Jetzt reden Sie endlich, oder wollen Sie diesen Part weiterhin nur mir überlassen?«

Klotz schlug auf den Tisch. In dem Lautsprecher hinter der Spiegelwand rumpelte es für einen kurzen Moment. Seit etwa einer Stunde versuchte der Hauptkommissar den Mann zum Reden zu bringen. Ohne Erfolg.

»Also. Helfen wir Ihrem Gedächtnis auf die Sprünge, zum wiederholten Male!«

Klotz beugte sich zu dem Gesicht des Mannes, der unentwegt auf die kratzfeste Kunststoffoberfläche des hellgrauen Tisches starrte.

»Am Montag, dem 18. Dezember, standen Sie um circa elf Uhr morgens auf dem Jakobsplatz vor dem Polizeipräsidium. Sie observierten die Büroräume der Kriminalpolizeidirektion.«

Er sah seinem Gegenüber auf die schwitzende Stirn und machte eine Kunstpause, während derer er sich darauf konzentrierte, mit lauter Stimme fortzufahren.

»Nur einen Tag später, also gestern, entdecke ich Sie um etwa dreizehn Uhr hier in Nürnberg in der Fußgängerzone während eines Einsatzes des Rettungsdienstes. Sie fixieren meinen Blick und geben mir auf diese Weise eindeutig zu verstehen, dass Sie nicht zufällig an Ort und Stelle sind.«

Klotz nahm seine Ellenbogen vom Tisch. Jetzt galt es, die erreichte Tonlage beizubehalten. Er drehte sich kurz um und warf seinem Spiegelbild einen selbstgefälligen Blick zu.

»So. Und heute erwischen mein Kollege und ich Sie direkt an der Stelle, wo vor wenigen Tagen Thorsten Gummler umgebracht wurde. Sie widersetzen sich nicht nur der Festnahme, sondern verletzen auf Ihrer Flucht auch noch meinen Kollegen. Die abgefeuerten Warnschüsse ignorieren Sie einfach. Ganz ehrlich: Die Chancen für Sie stehen denkbar schlecht. Besser, Sie packen aus. Das macht die ganze Sache leichter. Für Sie und für uns.«

Während seiner Rede war er immer mehr abgesackt in Tonlage und Lautstärke. Ganz ruhig und bedächtig hatte er geendet, beinahe einfühlsam waren seine Worte ausgeklungen. Jetzt wartete er. – Vergeblich!

»Himmel, Arsch und Zwirn! Wenn Sie glauben, uns verarschen zu können, dann müssen Sie früher aufstehen! Glauben Sie, ich hab meine Zeit im Lotto gewonnen, oder was? Raus mit der Sprache! Wie haben Sie Thorsten Gummler umgebracht? Und warum? Los jetzt! Sonst werden Sie eine Seite an mir kennenlernen, die … Verdammt!«

Klotz war auf hundertachtzig. In seiner Wut schleuderte er einen Stuhl gegen die Wand.

»Ach! Ich werde einfach meinen Kollegen darum bitten, dass er Sie erschießt!«

Er warf die Tür ins Schloss und wischte sich über die erhitzte Stirn. Den letzten Satz hätte er besser nicht sagen sollen, das war klar. Jetzt würde er sich von der Frau Staatsanwältin wieder was anhören dürfen. *Viel Spaß.*

Klotz nahm sich vor, erst mal gar nichts zu sagen. Sobald er den Raum betreten hatte und des betretenen Gesichtsausdrucks der Frau Staatsanwältin gewahr geworden war, fragte er nach so etwas Banalem wie Feuer für seine Zigarette. Während die Gulden ihm ihr Feuerzeug hinhielt, fragte sie:

»Herr Hauptkommissar. Eine Sache würde mich schon einmal interessieren.«

»Ja bitte?«

»Wo haben Sie eigentlich diesen eindrücklichen Befragungsstil erlernt? Bei der Stasi oder bei der Gestapo?«

Anstatt zu antworten, täuschte er einen Hustenanfall vor.

»Ich verbiete Ihnen hiermit in aller Form, Herrn Robert Müller in der Angelegenheit Thorsten Gummler auch nur noch ein einziges Mal zu verhören! Hören Sie? Schauen Sie mich gefälligst an, wenn ich mit Ihnen rede!«

Es klopfte. Lackners knochiger Schädel schob sich zwischen Zarge und Tür, und er machte ein fragendes Gesicht. Nach einem »Herein!« von der Frau Staatsanwältin erschien in einem gestärkten weißen Kittel der Rest des Chefpathologen.

Es sah nicht gut aus. Von Laanschaf ließ er ausrichten, dass die Schuhabdrücke des Verdächtigen nicht zu den sichergestellten Spuren am unmittelbaren Tatort passten. Auch der Abgleich der Fingerabdrücke hatte nichts gebracht.

»Egal. Entscheidend ist der DNA-Vergleich. Ich mach eben meinen Abstrich, und morgen wissen wir mehr«, sagte der Rechtsmediziner.

»DNA-Vergleich? Konnte überhaupt Genmaterial vom Täter gesichert werden? Mir liegt kein Bericht vor, der das erwähnt«, wunderte sich Gulden.

Als sie den Rechtsmediziner in den Verhörraum treten und ein Stäbchen, an dessen Ende sich ein Wattebausch befand, aus der Tasche holen sah, konnte sie sich nicht mehr zurückhalten:

»Klotz! Verdammt! Sie verheimlichen mir doch irgendetwas! Was geht hier vor?«

»Nichts, gar nichts, Frau Staatsanwältin. Nur Routine. Damit wir das Genmaterial von diesem Müller speichern können. Für Wiesbaden. Die große Datenbank beim BKA. Sie verstehen?«

Klotz bereute es jetzt schon wieder, dass er Lackner gestern diesen Fingernagel gegeben hatte. Man sollte einen Alkoholiker niemals um Verschwiegenheit bitten, ging es ihm durch den Kopf, das hat eh keinen Zweck.

»Nein, Klotz! Ich verstehe gar nichts. *Vor* einer rechtskräftigen Verurteilung wegen Mordes wird nämlich *gar nichts* ans BKA geschickt!«

Gulden war aufgestanden und rückte ihren Blazer zurecht. Klotz hörte das Klappern ihrer Schuhe.

»Ich warne Sie, Klotz! Sie haben den Bogen längst überspannt. Wenn Sie bis heute Abend nicht endlich alle Karten auf den Tisch gelegt haben, entziehe ich Ihnen den Fall!«

Ja, meine gestrenge Herrin, dachte Klotz.

Er wollte gerade nach den Beamten rufen, die den Verdächtigen in seine Zelle bringen sollten, da erschienen Haevernick und Zebisch.

Die Ausbeute ihrer fast sechsstündigen Befragung in Göring war mehr als dürftig. Insgesamt hatten sie alle neunzehn Dorfbewohner befragt, abgesehen von Alten, Kranken und Kindern.

Außer dem morgendlichen Krähen des Hahns auf dem Mist oder dem Schnarchen des Nachbarn wollte niemand etwas gesehen oder gehört haben. Ein neunundachtzigjähriges Weiblein hatte ihnen eine geheime Botschaft offenbart. Ihr Nachbar sei Mitglied der afghanischen Taliban. Wahrscheinlich hatte sie der Trachtenhut des Mannes auf diese Idee gebracht. Vielleicht war sie auch einfach nur verrückt.

Klotz bat die beiden Kollegen, mit ins Hinterzimmer des Verhörraums zu kommen.

Müller saß unverändert vor dem unberührten Glas Wasser.

»Also. Das ist er. Escherlich und ich haben uns schon an dem Kerl versucht. Kein Sterbenswörtchen aus dem rauszukriegen. Ein harter Brocken. Hoffentlich beißen wir uns an dem nicht die Zähne aus.«

Haevernick hatte sich hingesetzt. Zebisch stand an der Spiegelwand und blickte interessiert auf den Verdächtigen.

»Na, Zebisch. Was ist mit Ihnen? Jetzt zeigen Sie mal, was

Sie auf der Polizeischule so gelernt haben. Wie schätzen Sie die Lage ein?«

»Hm. Schwierig. Ich würde sagen, der Täter verweigert sich einer Konfrontation mit der Tat. Dadurch, dass er schweigt, möchte er das Geschehene ungeschehen machen, völlig ausblenden sozusagen. Wenn er den Mord abstreiten würde, dann würde er ihn schon als existent wahrnehmen. Komplette Verweigerungshaltung. Dazu passt auch, dass er nichts von dem Wasser trinkt, dass er es nicht mal anrührt oder anschaut. Trotzdem, er kann sein Gewissen nicht unterdrücken. Er ist nicht cool genug. Erkennbar an seiner unbeweglichen Haltung und dem Schwitzen. Früher oder später wird er gestehen.«

Klotz war verblüfft, was in dem Kopf des Anwärters so alles steckte. Er bemühte sich um einen lässig wirkenden, phlegmatischen Applaus, der sein Erstaunen überspielen sollte.

»Bravo, Herr Zebisch. Und das im zweiten Semester. Da konnte ich einen Tatort noch nicht mal von einer Klorolle unterscheiden. Sie werden es noch weit bringen«

»Danke, Herr Hauptkommissar.«

»Haben Sie vielleicht eine Zigarette, Anwärter?«

»Bedaure, aber ich rauche nicht.«

»Gut. Ist vielleicht auch besser so. Dann haben Sie vielleicht ein Taschentuch?«

»Ja, hier. Bitte.«

»Danke. Also. Da das Ihr erstes Praktikum ist, kann ich davon ausgehen, dass Sie bisher noch keine Zeugenvernehmung vorgenommen haben?«

»So ist es.«

»Dann würde ich mal vorschlagen …«

»Aber Herr Hauptkommissar. Zeugenvernehmungen sind erst ab dem dritten Studienjahr erlaubt. Und dann auch nur in Anwesenheit eines zweiten, bereits etablierten Beamten«, warf Haevernick ungefragt ein.

»Jetzt stellen Sie sich mal nicht so an. Es gibt Vorschriften, und es gibt die Realität. Merken Sie sich das. Das ist ein Schlüsselsatz für das richtige Selbstverständnis bei unserer Arbeit. Überhaupt biete ich Anwärter Zebisch hier eine einmalige

Chance. Manchmal ist ein Sprung ins kalte Wasser besser als jede Theorie.«

Haevernick schwieg.

»Also, Zebisch«, wandte sich Klotz wieder dem Anwärter zu, »seien Sie nicht zu zimperlich mit dem Kunden. Der hat's faustdick hinter den Ohren. Vertrauen Sie Ihrer Intuition und denken Sie nicht an irgendwelchen Lehrbuchquatsch!«

Zebisch klärte den Verdächtigen zunächst über die Tat auf, die ihm zur Last gelegt wurde. Dann forderte er den mutmaßlichen Mörder auf, zu den vorgebrachten Fakten Stellung zu nehmen. Das alles geschah in einem trockenen, eher offiziellen Ton.

Herr Müller tat das, was alle von ihm erwarteten. Er schwieg beharrlich weiter. Zebisch ließ die Zeit verstreichen. Zwei Minuten, fünf Minuten, acht, zehn.

»Was glaubst du, was er bezweckt? Was soll das, Astrid? Du kennst ihn besser als ich. Was meinst du?«, fragte Klotz die Oberkommissarin.

»Unsicherheit? Angst?«

»Nein. Glaub ich nicht. Dafür macht der Herr Anwärter einen zu entspannten Eindruck auf mich. Überhaupt. Du hast ihn doch vorhin auch gehört. Der ist nicht auf den Kopf gefallen.«

Zebisch war aufgestanden und stand jetzt direkt vor der Scheibe. Haevernick konnte ihm in die leuchtenden Augen sehen, die ein beinahe magisches Gefühl von Ruhe ausstrahlten. Dann machte er etwas, was ihr und dem Hauptkommissar lange im Gedächtnis bleiben sollte.

Mit dem Rücken zur Wand stellte er sich in eine der Ecken, die dem Verdächtigen gegenüberlagen. Dann ließ er sich langsam auf den Boden nieder und sackte zusammen. Es war jetzt fast eine Viertelstunde vergangen, seitdem das letzte Wort in diesem Verhörraum gesagt worden war. Klotz hatte irgendwie ein komisches Gefühl.

»Was ist da los? Meinst du, ich sollte ihn besser zurückpfeifen?«, fragte Klotz, der etwas verunsichert war.

»Nein. Warte mal ab. Ich glaub, der probiert irgend so ein neues Ding aus, das sie da unten auf der Schule gelernt haben.«

»Ich hatte ihn doch gewarnt. Keine Lehrbuchscheiße!«

Plötzlich brach Zebisch das Schweigen.

»Sie haben recht. Es gibt überhaupt keinen Mord. Es gibt keinen Thorsten Gummler. Wir wollten Sie nur testen. Wir wollten sehen, ob Sie lange genug durchhalten. Sie können gehen. Sie sind ein freier Mann. Sie haben den Test bestanden.«

Robert Müllers geneigter Oberkörper richtete sich auf. Sein Hals reckte sich, und sein verschwitztes Gesicht suchte sein Gegenüber. Dann riss er die Hände nach oben. Schlug mit einer Hand das Wasserglas vom Tisch. Stand auf. Zebisch rührte sich nicht von der Stelle. Scheinbar unbeeindruckt kauerte er weiter in seiner Ecke.

Müller brach das Schweigen. Brüllte plötzlich wie ein Wahnsinniger:

»Nein! Nein! Nein! Das ist nicht wahr! Die Untoten haben ihn geholt. Die Untoten. Hört ihr? Versteht ihr? Du bist tot! Ihr seid tot! Wir sind alle tot! Tot! Tot!«

Während der letzten Worte hatte sich der Verdächtige der Spiegelwand zugewandt. Sein irrer Blick ließ Klotz und Haevernick auf ihren Stühlen ein wenig nach hinten rutschen. Jetzt spuckte er gegen die Scheibe. Dann nahm er Anlauf und warf sich mit seinem gesamten Körpergewicht gegen den Spiegel. Im Hinterzimmer vibrierte es. Klotz drückte den Notfallknopf.

21. Dezember

Klotz holte die Kaffeekanne aus der Plastiktüte hervor und schob sie zwischen die Aufhängung für die Filtertüte und die Wärmeplatte. Passt genau, dachte er, und ein Lächeln huschte über seine Lippen.

Wieder war er zu früh aufgewacht, und weil er trotz aller Bemühungen nicht wieder hatte einschlafen können, hatte er in den »Ratschlägen des Herzens« geblättert. Und dort hatte gestanden, dass man den Rest der Welt doch problemlos unterstützen könne, sobald man selbst genug zum Leben hatte. Also hatte er, bevor er losgegangen war, die Kanne seiner eigenen Maschine kurzerhand eingepackt und mit ins Büro gebracht.

Während er eine Filtertüte aus dem Karton zog, kämpfte er mit einer kurz bevorstehenden Niesattacke. Er hatte gerade aus den beiden naturbraunen Papierhälften der Filtertüte einen Trichter geformt, als er den Nieser nicht mehr halten konnte. Das Glas der Kaffeekanne vibrierte, und als Klotz wieder aus seinen Augen sehen konnte, entschloss er sich, den eben bereitgestellten Aromapor-Kaffeefilter lieber dem Mülleimer zu überantworten.

Nachdem er sich ordentlich geschnäuzt und die Kaffeemaschine klargemacht hatte, ließ er den Computer hochfahren. Er überlegte, ob er nicht die Kerze, die ihm die Zangenberg auf den Tisch gestellt hatte, anzünden sollte. Wohl gesünder als so eine blöde Kippe, dachte er sich und hielt das Feuerzeug an den Docht.

Er sah nach draußen. Alles war still und dunkel. Der Jakobsplatz war leer, windig und feucht. Irgendwie hatte es etwas Heimeliges an sich, so früh vor Dienstbeginn ins Büro zu kommen.

Er stellte die Tasse mit dem schwarzen Kaffee rechts neben die Tastatur und freute sich darüber, dass er nichts verschüttet hatte. Sollte er sich zu dem Kaffee jetzt eine Zigarette gönnen oder lieber an seine angeschlagene Gesundheit denken?

Er rüttelte kurz an der Computermaus. Irgendwie nervte dieser Bildschirmschoner mit dem hastig umherhüpfenden Polizeiwappen. Dann zog er den Tabaksbeutel hervor und begann sich eine zu drehen.

Noch einmal nahm er den leicht zerknüllten Zettel zur Hand und las Frau Schulzes ordentliche Handschrift. Aber es half nichts. Sowohl Polizeiobermeister Torben Barnikol als auch Polizeihauptmeister Friedrich Kaumann wollten der polizeiinternen interaktiven Personendatei aller Angestellten und Beamten partout unbekannt bleiben. Und Klotz hatte wirklich alles versucht. Hatte alle möglichen Schreibweisen eingegeben, hatte die Suchmaschine nach verstorbenen, pensionierten, in Ehren ausgeschiedenen und unehrenhaft Entlassenen recherchieren lassen, und das deutschlandweit. Doch der Computer hatte immer wieder die gleiche Antwort gegeben. *Kein Eintrag.*

Leonie Zangenberg trug ein dunkles Top, eine Röhrenhose aus Cord und kniehohe, rindslederne Stiefel, auf denen jeweils zwei grobe Stahlschnallen prangten. Doch es waren weder die Stiefel noch die figurbetonende Hose, die Klotz irritierten. Ein solches Rot hatte er noch nie auf den Lippen der Sekretärin gesehen, und er musste zugeben, dass es ins Schwarze traf. Sie lächelte ihn mit ihren *Extreme-Rouge*-Lippen an und begann, ihren Mund zu bewegen.

Anwärter Zebisch hatte sich krankgemeldet. Die gestrige Vorstellung war ihm wohl doch zu sehr an die Nieren gegangen. Auch Escherlich hatte angerufen und gar nicht gut geklungen. Die Narkose hatte spürbar nachgelassen, und jetzt hatte er mit Fieber und Schmerzen zu kämpfen. Wenn er es schaffte, würde er noch kommen, vielleicht ab zehn, vielleicht auch erst am frühen Nachmittag. Er müsse sich den Kerl, der ihm das angetan habe, auf jeden Fall noch mal zur Brust nehmen.

Außerdem wartete draußen eine Frau Gerda Müller, die ihn dringend sprechen wollte. »Gut. Soll reinkommen.«

»Kaffee?«

Klotz deutete in Richtung Kaffeemaschine, und die Frau mit dem traurigen Gesicht schüttelte den Kopf. Ihre weiten hellgrauen Augen sahen zu ihm hoch. Sie waren an den äußeren Enden etwas nach unten gezogen. Das gab dem faltigen Gesicht seine Prägung, und Klotz musste sich für einen Moment auf seine Professionalität besinnen, um nicht in Mitleid zu verfallen.

»Sie sind also Frau Müller, die Mutter unseres Verdächtigen, Robert Müller.«

Die Person, die auf einem der beiden Besucherstühle vor ihm saß, gab keine Antwort. Klotz nahm einen Schluck von seinem lauwarmen Kaffee und sah hinüber zu dem Rocky-Poster. *His whole life was a million-to-one shot.*

Ein Häufchen Elend, dachte er und strengte sich weiter an, kühl, überlegen und gefühllos zu wirken.

»Frau Müller! Sie sind doch nicht zum Spaß hierhergekommen. Irgendeinen Grund werden Sie doch haben. Meine Kollegin teilte mir mit, dass Sie mich sprechen wollten. Jetzt schweigen Sie. So kommen wir doch nicht weiter.«

Die Frau rückte ihre graue Strickweste zurecht und fuhr sich mit ihren knochigen Händen über das rote Kopftuch.

»Ich bin hier, weil ich gestern Abend eine Vermisstenanzeige aufgegeben habe. Heute Morgen bekam ich die Nachricht, dass mein Robert in Nürnberg von der Kriminalpolizei festgehalten wird.«

»Ganz richtig, Frau Müller. Ihr Sohn steht unter Mordverdacht.«

Klotz schilderte der Frau die Situation. Dann reichte er ihr ein Taschentuch. Sie war den Tränen nahe.

»Er muss Sie gesehen haben, Herr Kommissar.«

»Wie meinen Sie das?«

»Am Sonntag, da muss er Sie gesehen haben, als Sie in Göring waren.«

»Mag sein. Das erklärt aber noch nicht, warum er mich an

den darauffolgenden Tagen hier in Nürnberg verfolgt hat und sich gestern unter Gewaltanwendung einer Festnahme widersetzt hat. Darüber hinaus zeigt sich Ihr Sohn alles andere als kooperativ.«

»Am Montag und Dienstag war ich mit ihm hier in Nürnberg. Er hatte an beiden Tagen Arzttermine hier in der Stadt, und ich habe danach in Sankt Jakob vorbeigeschaut, um den Pfarrer zu sprechen. Robert ist derweil spazieren gegangen.«

»Sie wollen also behaupten, dass Ihr Sohn mich am Sonntag im Rahmen einer Tatortbegehung in Göring gesehen hat. Am Montag, als Sie in der Kirche sind und er draußen wartet, erkennt er mich zufällig wieder. Am Dienstag wiederholt sich das gleiche Spiel auf ähnliche Weise.«

»Ja. Genau so ist es.«

»Wissen Sie, was ich da nicht ganz verstehen kann?«

Klotz machte eine Kunstpause und fixierte die feuchten Augen der Frau.

»Erstens: Warum verfolgt mich Ihr Sohn gezielt? Das alles hat nämlich mit Zufall rein gar nichts zu tun. Zweitens: Warum sucht er den Tatort auf? Drittens: Warum haut er ab, als mein Kollege und ich ihn zur Rede stellen wollen?«

»Eigentlich wollte ich es nicht sagen«, antwortete Frau Müller.

Sie zog zwei Medikamentenpackungen aus ihrer abgenutzten Handtasche.

»Robert leidet unter einer besonderen Art von Schizophrenie, die mit paranoiden und phobischen Zuständen einhergeht.«

»Das heißt?«

»Das heißt, dass er in seinem eigenen Universum lebt. Wahrscheinlich spielen Sie in dieser Welt irgendeine besondere Rolle. Vielleicht hält er Sie für einen Spion, vielleicht für seinen Vater, vielleicht für Gott oder das Rumpelstilzchen.«

Die letzte Assoziation kam Klotz doch ziemlich abwegig vor. Außerdem ließ sie ihn ärgerlich werden.

»Und? Nur weil einer verrückt ist – pardon, psychisch krank, wollte ich sagen –, ist das noch lange kein Grund, dass er als Mörder ausscheidet! Ganz im Gegenteil!«

Er fuhr sich über sein unrasiertes Gesicht. Nachdem er sich

wieder an seinen Schreibtisch gesetzt hatte, warf er einen kurzen Blick auf den Computerbildschirm. Dort sprang schon wieder dieses Polizeiwappen wie ein vom Hafer gestochenes Pferd herum. Klotz ruckelte energisch an der Maus.

»Wissen Sie denn, wo Ihr Sohn zum Tatzeitpunkt gewesen ist?«

»Wann war das?«

»Der Mord geschah in der Nacht von Samstag auf Sonntag, Mitternacht, null Uhr.«

»Da hat Robert geschlafen. Bei dem, was er da nehmen muss, kann Robert gar nicht wach bleiben, selbst wenn er wollte! Seit Jahren schon geht er regelmäßig jeden Abend um neun Uhr ins Bett und schläft durch bis morgens um halb sieben.«

Die Zangenberg stand in der Tür und teilte mit, dass Staatsanwältin Gulden gegenüber im Besprechungszimmer auf Klotz warte. Er solle sofort kommen, da sie um halb zehn einen Gerichtstermin habe.

Als Klotz aufstand, legte Frau Müller ihre zerbrechliche Hand auf seinen Arm. Sie bat ihn, ihrem Sohn doch bitte seine Medikamente zu geben, solange er noch hierbleiben müsse.

»Die Entzugserscheinungen bei plötzlichem Absetzen sind schrecklich. Er war es nicht, Herr Kommissar. Bitte glauben Sie mir«, flehte sie ihn an.

»Leonie, Sie bleiben bitte hier und passen auf Frau Müller auf. Verständigen Sie einen der Leute unten. Einer soll hochkommen und die Tabletten für Robert Müller abholen.«

Während er in den Konferenzraum ging, überlegte Klotz, ob Robert Müllers übermäßiges Schwitzen gestern während des Verhörs vielleicht auch eine andere Interpretation zuließ als ein hoffnungslos schlechtes Mördergewissen.

Was war nur los heute? War da irgendeine Feierlichkeit anberaumt, von der er nichts wusste? Irgendein Jubiläum, das er verschnarcht hatte? Die Gulden hatte ihre graue Flakhelferinnen-Ausgehuniform gegen einen schmucken Hosenanzug mit Glencheck-Karos eingetauscht. Anthrazit stand ihr wirklich gut. Zumindest besser als dieses Feldgrau. Die dezent aufgetragene

Schminke verlieh ihrem Gesicht einen gesunden Teint. Das Lipgloss fand Klotz ein wenig deplatziert. Auf den vollen Lippen der Zangenberg hätte er es besser gefunden.

Der Hauptkommissar wollte gerade beginnen, der Frau Staatsanwältin Bericht zu erstatten, als es an der Tür klopfte. Lackners Alkoholikergesicht sah nicht gerade glücklich aus, als er Klotz einen Zettel überreichte, auf dem stand, dass die DNA des Verdächtigen nicht zu der des Fingernagels passte, den Klotz am Tatort gefunden hatte. Jetzt sind wohl alle unsere möglichen Beweise hin, dachte Klotz resigniert und wünschte dem Kollegen noch einen schönen Tag. Da man inzwischen keine Geheimnisse mehr voreinander hatte, teilte Klotz der Staatsanwältin umgehend das Ergebnis der Untersuchung mit. Dann fasste er die Ergebnisse des soeben stattgefundenen Gesprächs mit Frau Müller zusammen.

»Und was soll ich bitte schön dem Haftrichter sagen? Unter diesen Voraussetzungen können wir diesen Müller doch keine Minute mehr hierbehalten.«

»Ich würde mal sagen, das war's dann wohl«, antwortete Klotz niedergeschlagen, »vielleicht war er es ja wirklich nicht.«

Klotz war frustriert. Seit etwa einer Viertelstunde hatte er immer mehr den Eindruck gewonnen, dass diese Sache mit diesem Robert Müller ein ganz tiefer Griff in die Kloschüssel gewesen war.

»Schicken Sie den Mann nach Hause. Wenn ich wieder vom Gericht zurück bin, besprechen wir den Fall noch mal«, schloss Staatsanwältin Gulden das Gespräch ab.

Klotz lehnte sich zurück und machte ein Hohlkreuz, mit einer Hand fuhr er sich langsam übers Gesicht. Gerade wurde ihm klar, dass sie keinen einzigen Schritt vorwärtsgekommen waren. Er ging zurück in sein Büro und ärgerte sich.

Wenn man das, was man will, nicht bekommt, so kann das auch ein Glück sein. Auch das war ein Gedanke des Dalai Lama, den Klotz in den »Ratschlägen« gelesen zu haben glaubte. Er verschränkte seine Hände hinter dem Kopf und fing an zu lächeln. Aus dem angestrengten Lächeln wurde allmählich ein blödes

Grinsen, das einem Gefühl von Verzweiflung entsprang, für das es einfach keine aufmunternden Worte gab. Er musste an die Aufschrift auf Escherlichs Shirt denken. Erst jetzt wurde die ganze Tragweite ihrer Bedeutung richtig greifbar. *Tell me the meaning of irony.*

Klotz nahm einen Dartpfeil in die Hand und warf ihn gegen die Tür. Eigentlich hätte Rocky Balboa jetzt tot umfallen müssen, aber der Italian Stallion stand noch immer in Siegerpose im New Yorker Central Park herum.

Das Klingeln des Telefons riss ihn unsanft aus seinen Betrachtungen.

»Grüß dich, Werner! Kennst du mich noch?«

»Freilich, Schorsch! Freilich kenn ich dich noch!«

Klotz hatte mit allem Möglichen gerechnet, aber nicht damit, dass ihn Georg Rose anrufen würde. Die beiden hatten Ende der Achtziger gemeinsam die Ausbildung auf der Polizeischule genossen. Nach dem Abschluss war Klotz bei der Kripo in Nürnberg eingestiegen. Sein Freund Rose hatte eine Stelle in Würzburg bekommen.

Rose lachte. Sofort war dieses alte Gefühl einer kameradschaftlichen Vertrautheit wieder da.

»Warum ich dich anrufe, Werner. Ich hab gerade die Zeitung gelesen. ›Der mysteriöse Tod des Thorsten G.‹«

»An dem Ding haben wir uns ordentlich die Zähne ausgebissen.«

»Und? Habt ihr den Täter?«

»Nein. Um ehrlich zu sein: Wir haben nicht die geringste Ahnung. So wie's aussieht, wird das Ding wohl ins Leere laufen.«

»Ich denke, es ist noch zu früh, um die Flinte ins Korn zu werfen. Horch. Ich hab da was für dich. Pass auf …«

Rose erzählte von einem Mordfall, der sich am Samstag, dem 16. Dezember, in seinem Einsatzgebiet zugetragen hatte.

Von einer Flussfähre war ein Auto in den Main gefahren. In dem Wagen hatte ein Mann gesessen, der mit Betäubungsmitteln handlungsunfähig gemacht worden war und deshalb ertrank. Das Bizarre war nun, dass im Handschuhfach ein Abschiedsbrief gefunden worden war.

»Lass mich raten«, sagte Klotz, »maschinengeschrieben.«

»Und in Folie eingeschweißt«, ergänzte Rose.

Die gerichtsmedizinische Untersuchung hatte allerdings herausgefunden, dass sich der Mann unmöglich selbst betäubt haben konnte. Außerdem hatten Zeugen einen zweiten Mann am Tatort gesehen.

»Wir suchen denselben Täter, Werner«, zog Rose sein Fazit

»Horch, Schorsch! In anderthalb Stunden bin ich bei dir.«

»Gut. Ich kann dir nicht versprechen, dass ich da bin. Ich lass vorsichtshalber mal die Akten für dich raussuchen.«

»Astrid, mach dich fertig, schnell. Wir fahren in einer Viertelstunde. Wahrscheinlich müssen wir über Nacht bleiben. Schau, dass du irgendwo eine Zahnbürste auftreibst.«

Haevernick sah ihren Chef ratlos an. Gerade noch hatte sie sich mit der Zangenberg über Maniküre und Make-up unterhalten. Doch nun war ein grobschlächtiger, maskuliner Sturm in diese Domäne der Frauenwelt eingebrochen, um die Finessen der femininen Kunst in puncto Männerverführung rücksichtslos niederzuwehen.

»Und Sie, Leonie, kopieren bitte sofort die Akte Mordfall Gummler. Ich hab Ihnen die Unterlagen schon auf Ihren Platz gelegt. Auf, auf!«

»Mordfall?«, fragte die Sekretärin und sah auf das Ende ihrer Fingernägel. Auf eine Antwort wartete sie vergebens.

Klotz verließ den Aufenthaltsraum so schnell, wie er gekommen war. Er überlegte. Die Gulden war bei Gericht. Bis er Huber davon überzeugt hätte, dass man jetzt schnell etwas tun müsse, würde es wahrscheinlich Abend werden. Da hieß es handeln, und zwar auf eigene Faust.

»Soll ich fahren?«, fragte Haevernick, als sie über den Parkplatz hetzten.

»Nein, ich fahre. Hast du alles dabei?«

»Ich denke.«

Klotz stellte einen dampfenden Plastikbecher auf das Autodach und suchte seine Hosen- und Jackentaschen nach dem Wagenschlüssel ab.

Wo waren diese verdammten Schlüssel abgeblieben? Klotz wurde sauer. Er zog die oberste der beiden Strickjacken aus und warf sie auf das Autodach. Dabei fiel der Kaffeebecher um, und sein Inhalt klatschte gegen Hemd und Hose. Klotz wurde es plötzlich in der Leistengegend und zwischen den Beinen unangenehm heiß.

Er blickte an seiner versauten Kleidung hinunter und sah den Autoschlüssel am Boden liegen.

»Chef, soll nicht vielleicht doch lieber *ich* fahren?«

»Nein!«

Zornig nahm er den Schlüssel in die Hand. Drückte auf den Sensor, und die Türen des Omega gaben ein klapperndes Geräusch von sich. Dann riss er die Fahrertür auf und sprang in den Wagen. Als er hinterm Steuer saß, biss er vor Schmerz die Zähne zusammen. Dass heißer Kaffee so wehtun konnte!

Der Wagen schnellte über den Parkplatz Richtung Ausfahrt. Unter einem der Reifen zerknisterte ein Automatenbecher aus zweifarbigem Kunststoff.

Die Reinigungsangestellte sah in Klotz' verzerrtes Gesicht. Er warf ihr den Abholzettel hin, den er schon auf dem Weg vom Auto in das Geschäft aus seinem Geldbeutel gezogen hatte.

»Haben Sie eine Toilette? Es ist dringend.«

»Kommen Sie mit, ich zeige Ihnen den Weg. Ist überm Hof.«

Sobald er die Tür verriegelt hatte, riss er den Reißverschluss auf und zog die Hose herunter. Dann umwickelte er schnell seine linke Hand mit mehreren Lagen Klopapier, öffnete den Hahn, feuchtete das Papier mit kaltem Wasser an und presste das Ganze zwischen seine Beine.

Am liebsten hätte er sich einen Schneeball in die Unterhose gesteckt. Aber bei diesem Winter war an so was wie Schnee ja nicht im Entferntesten zu denken! Da durfte man froh sein, wenn keine Heuschreckenplage ausbrach.

Fünfhundert Meter nach der Autobahnauffahrt stand der Verkehr. Aus einem silbergrauen VW-Passat winkten ihnen zwei Kinder zu. Auf dem Kofferraumdeckel war ein Aufkleber angebracht: »Janina und Kevin an Bord«. Die Kinder, deren Namen sie jetzt kannten, hatten Nikolausmützen auf dem Kopf, auf denen rote LED-Leuchten herumblitzten.

Um sich zu zerstreuen, öffnete Klotz das Handschuhfach, aus dem neben einer zerknüllten McDonald's-Tüte und einem mayonnaisebeschmierten Big-Mac-Karton ein Haufen Tankquittungen quoll.

»Achtung Baby!«, rief Klotz plötzlich. »So heißt die CD«, stellte er lapidar klar, nachdem er Haevernicks irritierten Gesichtsausdruck wahrgenommen hatte.

Er legte die tieferen Schichten des Handschuhfachs frei, bis er die gesuchte CD gefunden und schließlich in den Player eingelegt hatte.

Jetzt standen sie schon seit beinahe einer halben Stunde im Stau und außer dem schwachsinnigen Gewinke der Kinder da vorn bewegte sich so gut wie gar nichts. Das Gitarrensolo in »The Fly« stachelte Klotz bereits blank liegende Nerven noch zusätzlich an.

»Schmeiß die Flackerbirne aufs Dach!«, befahl er plötzlich.

»Aber Chef, wir sind doch gar nicht ...«

»Keine Widerrede. Das ist eine dienstliche Anweisung!«

Haevernick ließ das Fenster herunter und knallte das Blaulicht aufs Dach.

Als er den Opel auf den Standstreifen lenkte, schnitt er Janina und Kevin zum Abschied eine fürchterliche Grimasse. Die beiden sahen ihn mit großen Augen an. Endlich haben die mit ihrer Winkerei aufgehört, dachte Klotz und trat aufs Gas.

Nach einer guten Stunde Fahrt war es so weit. Sie waren am Würzburger Polizeipräsidium angekommen.

Ob es so etwas wie eine Norm gab für Weihnachtsgebäck bei der bayerischen Polizei? Die Plätzchen, die vor ihm auf dem Teller lagen, hatten die gleiche Form, Färbung und Größe wie die, die sie im Nürnberger Präsidium in jedem Büro und Konferenzraum rumliegen hatten. Es gab Sterne, Halbmonde und Herzen. Warum war da eigentlich kein Polizeiwappen drauf, fragte sich Klotz, der sich gerade ein herzförmiges Plätzchen in den Mund schob.

Er hatte sich auf Roses Schreibtischsessel niedergelassen und dafür einen missbilligenden Blick von der Sekretärin geerntet, die den beiden Ermittlern aus Nürnberg soeben mitteilte, dass Kommissar Rose noch in einer Besprechung sei, aber kommen werde, sobald diese zu Ende sein würde.

Klotz sah sich um. Auf Roses Schreibtisch stand eine angebrochene Flasche Frankenwein, ein Bocksbeutel: Volkacher Kirchberg 2004.

Die Begrüßung war herzlich. Rose bot Klotz von dem Frankenwein an, was Klotz nur deswegen ablehnte, weil sich Haevernick mit im Raum befand.

»Einer geht doch! Stell dich nicht so an!«

»Nein, wirklich nicht, Schorsch! Du weißt doch, ich bin im Dienst.«

»Das bin ich auch!«

Klotz überließ Rose dessen Platz. Während er sich ein Glas Weißwein einschenkte, begann der Würzburger Kommissar mit seinem Bericht.

Entlang des Mains herrschte an einigen Stellen noch Fährbetrieb, um die Verbindung zwischen den Ufern zu gewährleisten. So auch zwischen Mondfeld, das im nördlichen Baden-Württemberg liegt, und dem Ort Stadtprozelten, der zu Bayern gehört.

Am Samstag um die Mittagszeit herum ereignete sich dort ein Mord, so eigenartig, so skurril, dass er die ermittelnden Beamten vor ein scheinbar unlösbares Rätsel stellte.

Der Ablauf der Tat konnte quasi lückenlos rekonstruiert werden, da sich das Ganze unter den Augen mehrerer Zeugen ereignet hatte.

Die Flussfähre legte am baden-württembergischen Ufer an, um mehrere Pkw aufzunehmen. Die Fähre begann mit der Überfahrt.

Ein Mann stieg aus seinem Wagen. Ging zur Beifahrerseite des Wagens. Öffnete die Tür. Packte die Person, die dort saß. Hievte die leblos wirkende Person um den Wagen herum. Positionierte sie auf dem Fahrersitz. Fixierte die Person mit dem Anschnallgurt. Schloss die Fahrertür. Ging wieder zurück zur Beifahrerseite. Setzte sich. Löste die Handbremse. Der Wagen rollte. Durchbrach die Sicherheitsschranke. Rollte weiter. Der Wagen fiel in den Fluss. Versank.

»Das gibt's doch nicht!«, entfuhr es Klotz. »Und dann zieht der dieses Ding noch vor aller Augen durch, am helllichten Tag!«

»Was ist mit den Zeugen? Warum haben die nichts unternommen?«, warf Haevernick ein.

»Offensichtlich waren die so perplex, dass sie das ganze Geschehen für etwas Irreales hielten. Die fühlten sich alle wie im falschen Film. Natürlich wurden Polizei und Feuerwehr sofort verständigt, aber für das Opfer, einen gewissen Bogendorfer, kam jede Hilfe zu spät.«

»Geklauter Wagen? Gefälschte Kennzeichen?«, fragte Klotz nach.

»Gefälschte Kennzeichen ja. Aber der Wagen war nicht gestohlen. Er gehört dem Betrieb, wo Bogendorfer arbeitete. Einer Firma Fröhling, Bildhauerwerkstatt.«

Rose fuhrte weiter aus. Im Handschuhfach hatte man einen Abschiedsbrief, maschinengeschrieben und in Folie eingeschweißt, gefunden. Auf dem Papier befand sich ein seltsames Zeichen. Ein Quadrat, dessen Ecken durch zwei Diagonalen verbunden waren.

Die Pyramide, dachte Klotz und lauschte weiter.

Die rechtsmedizinische Untersuchung der Leiche hatte Erkenntnisse geliefert, die die Ermittler von einem bis ins letzte Detail hinein geplanten Tötungsdelikt ausgehen lassen mussten. Dem Opfer war ein Narkotikum namens »Rocuronium« verabreicht worden. Dieses Mittel, das in der Regel aufgrund seines schnellen Wirkungseintritts vor allem bei Unfallopfern zur Anwendung kommt, lähmt innerhalb weniger Sekunden die Muskeln und führt zum Einschlafen. Im vorliegenden Fall gestaltete sich die Sache allerdings wesentlich differenzierter. Anhand der Konzentration in den stoffabbauenden Organen konnte die zum Tatzeitpunkt verabreichte Menge errechnet werden. Roses Ermittlerteam hatte nicht schlecht gestaunt, als herauskam, dass die Dosis der Substanz genau austariert worden war. So hatte sie wohl unweigerlich zur Betäubung von Bogendorfers Bewegungsapparat geführt, das Opfer war allerdings noch bei Bewusstsein gewesen, als es im Fluss ertrank. Bogendorfer hatte sein Ableben also noch voll mitbekommen, war aber nicht in der Lage gewesen, auch nur einen Finger zu rühren.

»Irgendwelche Spuren vom Mörder?«, fragte Klotz.

»Nicht die geringste. Ein paar unbrauchbare Zeugenaussagen, das ist alles. Er ist wohl aus dem Wagen, als dieser im Wasser war, und irgendwo weiter flussabwärts ist er dann ans Ufer und hat sich abgesetzt.«

Klotz und Haevernick berichteten von Thorsten Gummler. Man verabredete eine enge Zusammenarbeit und versprach, mit Hochdruck an der Aufklärung der Mordfälle zu arbeiten. Schließlich tauschte man die Akten aus und verabschiedete sich.

Klotz entschied sich dafür, Haevernick das Steuer zu überlassen. Nachdem er die Karte wieder in die Seitentasche der Tür gesteckt hatte, gab er das Kommando zum Losfahren. Es war Viertel vor zwölf, und Klotz fragte sich, wie lange er ohne Mittagessen noch aushalten würde. Aber bevor sie nicht ein ordentliches Stück an dieses Mondfeld, an den Tatort, herangekommen sein würden, würde er sich nicht entspannen können, das wusste er. Die Zeit rannte ihnen davon, und wenn die bisherige Ermittlungsarbeit bis morgen Abend nicht endlich etwas Konkretes zutage gefördert haben würde, dann würden die Feiertage zu einer unerträglichen Qual werden, zumindest für ihn.

Die Gegend wurde hügelig, die Kurven nahmen zu. Wenn die Karte recht hatte und die Geschwindigkeit in etwa so blieb, dann würden sie eine gute Stunde zu ihrem Ziel brauchen.

Klotz hatte gerade den Deckel der Akte Bogendorfer öffnen wollen, als sein Handy klingelte. Melanie war am Apparat. Er musste das Essen absagen, das er mit ihr für heute Abend ausgemacht hatte, und vertröstete sie auf den Freitagabend.

Das fing ja wieder gut an, dachte er schuldbewusst, nachdem er aufgelegt hatte. Tja, Polizisten und Frauen, das war so eine Sache. Er würde das Ganze mal ganz locker auf sich zukommen lassen, beschloss er und schlug die Akte auf, die auf seinen Knien lag.

Johann Georg Bogendorfer hatte am Samstag, dem 16. Dezember, den Ort Mondfeld aus beruflichen Gründen aufgesucht. Er war im Auftrag seines Chefs, des Bildhauermeisters Fröhling, unterwegs gewesen, um eine Bestandsaufnahme für mögliche Restaurierungsarbeiten an einer Burgruine vorzunehmen.

Klotz studierte den Tatortbefundbericht und die Aussagen der Augenzeugen. Im Wesentlichen entsprach das, was er da las, dem, was ihnen Rose schon mitgeteilt hatte. Klotz beabsichtigte dennoch, eine erneute Befragung durchzuführen. Schließlich erschien der Fall Bogendorfer in Verbindung mit dem Mord an Gummler in einem völlig neuen Licht. Außerdem wusste er aus Erfahrung, dass man immer etwas übersah. Biros alte Regel.

Interessant war der Bericht über Bogendorfers Chef, diesen Fröhling, Bildhauermeister aus Ebrach. Zunächst war man davon ausgegangen, dass er als Täter in Betracht kam. Die Beschreibung der Augenzeugen passte nämlich ziemlich gut auf ihn. Mittelgroße, schlanke Statur, Rastalocken.

Allerdings hatte Fröhling ein Alibi vorzuweisen. Er war während der Tatzeit in Würzburg gewesen und hatte dort mit einem Baurat von der Stadtverwaltung über die Restaurierung einer Kirche verhandelt. Fröhling schied also offensichtlich als Täter aus.

Klotz versuchte sich einen Reim auf diese Sache mit den Briefen zu machen. War der Mörder vielleicht eine Art perverser Sterbehelfer? Tötung auf Verlangen? Ihm fiel dieser Herr aus Rotenburg ein, der sich bundesweit einen Namen als Kannibale gemacht hatte. Eine doch recht fragwürdige Reputation. Sein kriminalistisches Gespür sagte ihm, dass diese Annahme Unsinn sein musste. Auffällig war, dass jemand einen Mord zum Selbstmord erklärte. Und dabei erschien die Deklarierung als Selbstmord irgendwie absurd, ja eigentlich sarkastisch. Immerhin war nicht von der Hand zu weisen, dass in beiden Fällen eine eindeutige Signatur vorlag, die beide Morde ganz deutlich zusammenhängen ließ. Zum einen bezüglich des Abschiedsbriefes, zum anderen hinsichtlich der Verfahrensweise. Beide Opfer waren in einem Wagen gestorben. Beide konnten sich nicht wehren, waren durch entsprechende Narkotika oder Drogen betäubt worden. Beide Fälle wiesen ein absurdes, kurioses Element auf. Warum diese Absurdität? Sollte das so etwas wie Kunst sein? Oder sollte die Inszenierung auf etwas anderes hinweisen? Wieder war Klotz bei der Frage nach Sinn und Motiv angekommen. Rache und der Mord ohne Motiv. Einzig diese beiden Möglichkeiten kamen als Triebfeder in Frage.

Wenn es Rache war, dann würde die Vergangenheit der Opfer irgendwie Aufschluss geben müssen.

Einen Mord ohne Motiv aufzuklären war ein beinahe sinnloses Unterfangen. In einem solchen Fall konnte nur ein glücklicher Zufall zum Mörder führen.

Die nächsten Schritte, die nun unternommen werden mussten, würden darin bestehen, Verbindungen zwischen den Opfern zu suchen. Gab es eine oder mehrere Personen, die sowohl Bogendorfer als auch Gummler gekannt hatten?

Klotz hatte den Eindruck, dass endlich Schwung in die Sache gekommen war. Der Stillstand war vorbei, der Bann war ein für alle Mal gebrochen, das spürte er.

Ich werde dich finden, Freundchen. Koste es, was es wolle. Ich werde dich finden, und dann werde ich dich fragen, warum du das getan hast, und dann werde ich dich einsperren.

»Da unten im Wasser ist es passiert, Herr Kommissar.«

Der Mann in dem kleinen Häuschen auf der Fähre war so um die sechzig, und außer dem blauen Overall war alles an ihm grau. Graue Mütze, graue Brille, grauer Dreitagebart. Sogar die Augen waren grau. Klotz sah den Stapel Rätselhefte, der auf einem kleinen Tisch neben der Thermoskanne stand. Dieser Job mochte wohl nur Außenstehenden exotisch erscheinen. In Wirklichkeit musste das ganz schön eintönig sein, den lieben langen Tag nichts anderes zu tun, als von einem Flussufer zum anderen zu fahren.

»Und sonst ist Ihnen nichts aufgefallen? Irgendetwas, was Sie vielleicht vergessen haben könnten?«

»Herr Kommissar. Sie sind jetzt schon der dritte Polizist, der mich zu dem Fall befragt. Ich will nicht unhöflich sein, aber …«

»Ja. Ist schon klar.«

Klotz sah sich um. Der Gegend haftete etwas Verschlafenes, etwas Märchenhaftes an. Der Wald auf den Berghängen zuseiten des Flusstals und die Ruine, die am gegenüberliegenden Ufer in den Himmel ragte und irgendwie bedrohlich wirkte. Er drehte sich um und wollte zum Wagen zurück, in dem Haevernick auf ihn wartete.

»Ich krieg noch zwei Euro fünfzig von Ihnen.«

Klotz bezahlte und entfernte sich. Hätte er sich denken können, dass das mit dem Fährmann nichts bringen würde. Aber trotzdem. Sicher ist sicher.

»Das war wohl nichts«, erstattete er seiner Kollegin Bericht, als die Landungsklappe der Fähre die Straße berührte.

Eine neue, blitzblanke Schranke gab den Weg frei. Im Rückspiegel erschien der Fährmann, der das Zeichen zum Losfahren gab, und der Wagen fuhr an.

»Und was machen wir jetzt?«, fragte Haevernick.

»Wenn wir schon mal hier sind, dann lass uns mal kurz die Ruine da oben anschauen«, entschied der Hauptkommissar.

Er hatte Haevernick in der Burgschänke zurückgelassen.

Nachdem er einige sandsteinerne Torbogen durchquert hatte, musste er verschnaufen. Der Boden war lehmig, und er war froh, dass er nicht ausgerutscht war. Schließlich betrat er den östlichen Turm und stieg nach oben.

Das einzige Geräusch war das Flattern der Fahne im Wind. Plötzlich hatte er weiche Knie. Warum zum Teufel war er nur auf diesen Turm gestiegen, er wusste doch um seine Höhenangst. Wem wollte er etwas beweisen? Verdrängte Bilder schossen ihm durch den Kopf, bruchstückhaft, bedrohlich. Sommer, Freibad. Er als Zwölfjähriger auf diesem Fünfmeterturm und hinter ihm der Vater: *Jetzt musst du springen!* Die Leute unten am Beckenrand, die erwartungsvoll zu ihm hochsahen. Und er sah hinunter. Ihm war schwindlig und schlecht gewesen. Hatte den Rückzug angetreten. In die Augen des Vaters gesehen. Dieser Blick. Der gleiche Blick, dem er Jahrzehnte später wieder begegnet war. An Vaters Sterbebett. *Du bist nichts, du kannst nichts!*

Klotz atmete tief ein, hielt sich mit beiden Händen an der Brüstung fest und sah hinunter. *Heute nicht, Vater! Heute schaffe ich es! Aber springen werde ich nicht. Nicht für dich!*

Er sah den Fluss, die Anlegestellen auf beiden Seiten. Mondfeld jenseits, Stadtprozelten diesseits.

Ihm fielen die parallel verlaufenden Bahnlinien auf, und er musste daran denken, was er mit Haevernick während der Fahrt besprochen hatte: Grenze, Grenzverletzung, Überschreitung. Ja, irgendwie war das nicht von der Hand zu weisen. Die Fähre befand sich gerade wieder im Fluss und drehte bei, um auf der baden-württembergischen Seite anzulegen. Plötzlich fiel ihm seine Schulzeit ein. Lateinunterricht. Irgendwie erinnerte ihn das da unten an etwas. Aber woran? Während er sich eine Zigarette drehte, kramte er in seinem Gedächtnis herum. Charon. Ja genau. Der Fährmann, der die Verstorbenen über den Acheron in das Reich der Toten brachte. Der Mörder hatte eine Fähre als Schauplatz seines Verbrechens gewählt. Nicht einfach nur eine Brücke. Klotz war überzeugt davon, dass jedes Detail in diesem Fall eine Andeutung haben musste. Und wenn er nun mal keinen Fallanalytiker bekommen würde, dann musste er diesen Job eben selbst machen.

Charon setzte die Toten über den Fluss. Und der Mörder? Der Mörder war nicht der Fährmann, und er hatte Bogendorfer auch nicht über den Fluss gesetzt, sondern *in* den Fluss. Auf der Basis der griechischen Mythologie erschien das, was hier veranstaltet worden war, irgendwie verpatzt oder unvollkommen.

Unvollkommen. Klotz sah nach unten und wunderte sich, dass er nicht mehr zitterte. Haevernick hatte die Burgschänke verlassen und winkte zu ihm hoch. Jetzt nur nicht stören lassen. Weiterdenken.

Haevernick, die zwischen einem Turmrest und einer zerfallenen Mauer stand, wollte nicht aufhören zu winken. Irgendwie fühlte er sich wieder an die beiden Kinder im Stau erinnert.

»Wann kommst du endlich? Ist die Aussicht dort oben *so* berauschend?«, rief Haevernick zu ihm hoch.

Als er den blonden Schopf seiner Kollegin dort unten in den Ruinen sah, fragte er sich, warum man eine solch prächtige Burganlage eigentlich nicht wiederaufbaute. Warum man sie in diesem ruinösen Zustand beließ. Ruinös und ... *unvollkommen*.

Die Burg. Also auch ein Element der Unvollkommenheit. Konnte das Zufall sein? Was bedeutete das? War da etwas, was vollendet werden musste? Was durch die Morde vollendet wurde? Eine Ruine, etwas Zerstörtes, Kaputtes, was sich irgendwo in der Vergangenheit befand und jetzt fertiggestellt oder wiederaufgebaut wurde?

Er stellte fest, dass der Boden unter seinen Füßen nicht aus rotem Sandstein, sondern aus Beton bestand. Beton, dachte Klotz, dachte an Gummler, assoziierte: Stein, Ruine, Lkw, Baustelle. Waren das Hinweise? Vermutlich. Nur worauf?

Und dann das Absurde. Ein Mörder geht her und mordet und sagt: Seht her, dies ist ein Mord! Ich aber sage, es war Selbstmord. Und ich sage es so, dass jeder merkt, dass ich die Unwahrheit sage. Bin ich ein Narr? Oder seid ihr die Narren? Ironie, Zynismus, Schein und Sein. Täuschung. Lüge. Worum ging es hier?

Unweigerlich fielen ihm die Akten Britta Lohofer und Elisa Morvan ein. Da steckte auch so was drin.

Chaos, Krise, Katastrophe: Klotz war in seinem Element. Fragen über Fragen, auf die es Antworten zu finden galt.

Sie hatten beschlossen, noch die in den Akten benannten Zeugen aufzusuchen. Ein Ehepaar namens Böhner war auf der Fähre gewesen, als der Mord an Bogendorfer geschah.

Der blaue Omega hielt vor einem Haus mit einer rotbraunen Fassade. Die Dämmerung hatte bereits eingesetzt. Eine bieder gekleidete Frau in den Sechzigern öffnete ihnen die Tür.

Herr Böhner saß in einem Arbeitszimmer, in dem es nach altem Mann und antiquarischen Büchern roch.

Neben den vielen alten Büchern registrierte Klotz die drei gerahmten Ernennungsurkunden, die hinter Böhners Schreibtisch in aufsteigender Linie angeordnet an der Wand hingen: Studienrat, Oberstudienrat, Studiendirektor. Zum Oberstudiendirektor hat's wohl nicht gereicht, dachte Klotz und nahm neben Haevernick Platz. Böhner blickte die beiden Beamten der Mordkommission Nürnberg aus zwei müden Augen, die unter massiven Schlupflidern hervorblinzelten, nachdenklich an.

»Schrecklich, das mit diesem Mord. Schrecklich und auch unerklärlich«, leitete der pensionierte Lehrer das Gespräch ein.

»Schrecklich ja, aber vermutlich doch nicht unerklärlich«, gab Klotz zur Antwort, »schließlich gibt es ja für alles einen Grund.«

Der Studiendirektor a. D. blickte pikiert zur Seite.

Plötzlich klingelte Klotz' Handy. Escherlich war am Apparat.

Der Presseaufruf im Fall Gummler hatte einen kleinen Fortschritt gezeitigt. Es hatte sich eine Zeugin gemeldet, die am Samstag gegen siebzehn Uhr einen roten Golf gesehen hatte, und zwar auf besagter Bundesstraße unweit von Göring.

Der Golf habe am Straßenrand gestanden, mit blinkenden Warnleuchten. Den Fahrer habe die Frau nicht erkennen können. Dazu sei es schon zu dunkel gewesen.

Das Gespräch war beendet, und Klotz dachte nach. Dann fiel ihm die richtige Frage ein.

»Herr und Frau Böhner. Können Sie sich vielleicht an eine Beobachtung erinnern, die Sie kurz vor dem Mord gemacht haben und die Ihnen irgendwie auffällig oder sonderbar erschienen ist?«

Die beiden sahen den Kommissar ratlos an.

»Na gut, vielleicht muss ich etwas präziser werden. Haben Sie einen Wagen gesehen, der eine Autopanne hatte?«

Frau Böhner blickte immer noch etwas ratlos drein, aber die Miene ihres Gatten hatte sich merklich verändert.

»Ich verstehe den Zusammenhang mit dem Mord nicht«, antwortete der ehemalige Studiendirektor.

»Das müssen Sie auch nicht. Also. Haben Sie oder haben Sie nicht?«, bohrte Klotz weiter nach.

»Ja, da war jemand«, antwortete Frau Böhner für ihren Mann und erntete von diesem umgehend einen missbilligenden Blick.

Kurz vor Mondfeld hatten die Böhners einen Geländewagen gesehen, der mit eingeschalteter Warnblinkanlage am Straßenrand gestanden hatte. Sie hatten dem Mann sogar ihre Hilfe angeboten, aber der hatte abgewehrt. Hatte gesagt, dass der Abschleppdienst schon unterwegs sei. Die Frage, ob der Mann mit dem Geländewagen mit dem Mörder auf der Fähre identisch gewesen sein könnte, verneinten sie kategorisch. Schließlich hatte der Mörder ja ganz andere Haare gehabt. Und auch das Auto war ja nicht dasselbe gewesen. Das mit den Haaren war ein Problem, gestand sich Klotz ein.

Sie baten das Ehepaar, sich am nächsten Morgen im Polizeipräsidium Würzburg zu melden, damit man ein Phantombild von dem Mann mit der Autopanne anfertigen könne.

»Können Sie noch etwas Genaueres über den Wagen sagen?«

»Es war ein Landrover. Ein neueres Modell. Silbergrau.«

»Wissen Sie noch, welches Kennzeichen der Wagen hatte, oder haben Sie sich Teile des Kennzeichens gemerkt?«

»Also. Das tut uns leid. Wir haben wohl eher auf die Tatsache geachtet, dass der Mann eine Panne hatte, und nicht auf das Nummernschild.«

»Haben Sie vielen Dank. Wir werden Sie für heute in Ruhe lassen. Das verspreche ich Ihnen. Und falls Ihnen noch etwas einfallen sollte, hier, meine Karte.«

Als sie wieder im Auto saßen, holte Klotz die Akte Bogendorfer noch einmal hervor. Während er die Böhners nach dem Kennzeichen des Pannenfahrzeugs gefragt hatte, war ihm noch etwas eingefallen.

Schließlich fand er die Stelle, wo die gefälschten Kennzeichen erwähnt wurden. Es handelte sich um eine Düsseldorfer Nummer: D – RE 1. Ziemlich auffällig, fand er. Mit Sicherheit wieder so ein Spielchen, das der Mörder mit ihnen trieb. Er verglich das Kennzeichen mit dem, das an dem roten Golf angebracht worden war. N – VT 32.

Eine Kombination der Buchstaben brachte kein Ergebnis.

Es gelang ihm nicht, irgendein sinnvolles Wort zu extrahieren. Und was war mit den Ziffern? Ein Zahlencode? Standen sie für Buchstaben? Oder standen die Buchstaben für Zahlen?

Irgendeinen Sinn musste es ja haben, wenn der Mörder an den Autos, in denen er seine Opfer zu Tode kommen ließ, falsche Kennzeichen anbrachte.

Haevernick hatte vor der einladenden Fachwerkfassade eines Landgasthofs angehalten, dem ein Hotel angeschlossen war. Die beiden Zimmer, die sie buchten, lagen nebeneinander, und Klotz bot seiner Kollegin selbstverständlich das mit der Dusche an.

Sie verabredeten sich um sechs zum Abendessen. Haevernick machte sich frisch, und Klotz, der erst jetzt bemerkte, wie sehr ihn der heutige Tag geschlaucht hatte, fiel noch im Mantel auf sein Bett. Zehn Minuten dösen. Das war sicher drin. Dann würde er sich rasieren, vielleicht.

In seinem Kopf schwirrte es. Bilder flogen umher, vermischten sich, trennten sich wieder, wurden von neu hereinbrechenden Umrissen verdrängt und fielen hinab ins Reich der Schatten. Eine Fähre, eine Burg, Haevernicks blonde Haare, eine Ampel, die von Rot auf Grün sprang, der Blick des Vaters, ein tiefrot geschminkter Mund, fließendes Wasser, ein Lachen, ein Gurgeln, ein Schnarchen.

22. Dezember

Die blaue Leuchtziffernanzeige seiner Armbanduhr zeigte fünf Uhr siebenundzwanzig. Rings um den See schien alles tot. Außer seinem beschleunigten Atem, der regelmäßig in die kalte Luft stieß, war nicht der geringste Laut zu hören.

Endlich hatten die Schmerzen nachgelassen, waren schließlich völlig verschwunden. Seine Nase fühlte sich ganz taub an, und in seinem Rachen schmeckte er den bitteren Geschmack des Kokains, das aus der Stirnhöhle nach unten geflossen war. Es war nötig gewesen. Wegen der Schmerzen und um seine zunehmende Verwirrtheit aufzulösen. Um wieder nach draußen zu kommen, zurück in die Realität. Er fühlte sich wach und klar. Genoss die Gewissheit, wieder mit beiden Beinen auf festem Boden zu stehen.

Er warf einen Blick auf die Tretboote im Wasser, die auf dem Dutzendteich lagen und deren weiße Decks im Mondlicht hell leuchteten. Sein Tempo steigerte sich.

Neben der Taubheit in seinem Gesicht spürte er die Kälte auf Stirn und Wangen. Beinahe hatte er das Strandhaus erreicht. Wenige Meter entfernt sah er die Umrisse eines hageren Mannes, der seinen Hund Gassi führte, und ihm fiel wieder die gestrige Trauerfeier ein.

Es hatte ihn doch ein wenig gewundert, dass Klotz niemanden geschickt hatte. Normalerweise war es doch üblich, dass in schwierigen Mordermittlungen eine Observierung der Bestattung des Mordopfers angeordnet wurde. Irgendwie ärgerte ihn die offensichtlich recht schlampige Ermittlungsarbeit, die man in diesem Fall walten ließ. An allen Ecken und Enden hatte er Hinweise verstreut und dann das!

Der Weg um den See beschrieb einen Bogen nach rechts, und die Kongresshalle fiel in sein Blickfeld.

Er sah dieses riesige Bauwerk, das äußerlich einem antiken Kolosseum glich, aber weder von Griechen noch Römern hierhin gestellt worden war, sondern von Albert Speer. Dem Chefarchitekten des Dritten Reichs. Die Kongresshalle war nie fertiggestellt worden. Wenn man in den Innenhof der Halle trat, so musste man feststellen, dass das Dach fehlte. Eine Ruine, hinter deren eindrucksvoller Fassade, die von Insassen aus Konzentrationslagern errichtet worden war, sich nichts als bloßes Backsteinmauerwerk befand. Er rannte weiter.

Wenn er wieder in seinem Versteck wäre, dann würde er noch die Buchungsbestätigung ausdrucken. Er sehnte sich diesen Tag herbei, an dem er endlich ins Flugzeug steigen würde.

Er spürte den Hass in sich aufsteigen, aber jetzt warf er ihn nicht mehr zu Boden, jetzt gab er ihm Kraft. Er beschleunigte noch mal das Tempo und drehte den MP3-Player auf volle Lautstärke.

Als er durch den Säulengang an der Kongresshalle lief, riss er seinen Mund auf und brüllte, dass es unter den wuchtigen Granitbogen zu hallen begann. Er war unbesiegbar. Unbesiegbar und von niemandem aufzuhalten. Er hatte alles und alle längst hinter sich gelassen, gab Vollgas auf einer tödlichen Überholspur, die dem Verkehr entgegengesetzt war und auf der es für niemanden Platz gab, außer für ihn selbst und seine heilige Mission.

***

Im Frühstücksraum des Hotels saß außer ihnen nur noch ein älteres Ehepaar, das sich um die Himbeermarmelade stritt. Klotz biss in ein Wurstbrot und sah Haevernick an, die auf ihren Teller schaute. Abgesehen davon, dass sie ihr Haar offen trug, war noch etwas irgendwie anders an ihr heute Morgen. Ihm fiel auf, dass sie kaum mit ihm sprach. Außerdem hatten ihre schmalen Lippen etwas Verbissenes an sich. Vielleicht presste sie sie fester aufeinander als sonst.

Das Mädchen von der Rezeption kam mit einer weißen Keramikkanne und schenkte ihnen ein. Als er den Geruch des Früchtetees wahrnahm, fühlte er sich an Zeiten erinnert, als er an irgendwelchen Jugendfreizeiten teilgenommen hatte. Er leckte die Butter von seinem Zeigefinger und versuchte so etwas wie den Beginn eines Gesprächs.

»Und? Alles in Ordnung?«

»Warum sollte etwas nicht in Ordnung sein?«, entgegnete Haevernick.

Sein Eindruck verstärkte sich. In Haevernicks Ton war etwas, das auf eine allgemeine Unzufriedenheit schließen ließ. Klotz ahnte, worauf diese zurückzuführen war.

»Also, wenn dir irgendetwas nicht passt, dann raus damit.«

Sie hatte gerade ihr Frühstücksei geköpft und musste feststellen, dass es so gut wie roh war. Unter das Geplänkel des zankenden Ehepaars mischte sich für einen Moment der Laut eines missmutigen Stöhnens. Sie stellte das missratene Ei zur Seite und fluchte.

»Wenn dir irgendetwas nicht passt. – Ich muss schon sagen, mein lieber Herr Hauptkommissar Klotz, Sensibilität und Einfühlungsvermögen scheinen in Ihrem Leben nur eine untergeordnete oder bisweilen gar keine Rolle zu spielen.«

Er fuhr sich verlegen über das frisch rasierte Kinn und war für einen Augenblick erstaunt, dass da nichts Stacheliges mehr war. Ihm war natürlich klar, worauf sie anspielte. Er hatte sie gestern im Wesentlichen wie einen besseren Statisten behandelt, der ihn im Prinzip nur durch die Gegend hatte kutschieren dürfen. Und irgendwie hatte er ja auch ein schlechtes Gewissen, aber es war nun einmal ein Problem für ihn, wenn er wichtige Ermittlungsarbeit anderen Leuten als sich selbst überlassen sollte.

»Es tut mir leid, wenn ich …«

Sie blickte ihm fest in die Augen, ihre Kieferknochen spannten sich an.

»Falls es dir entgangen sein sollte: Ich habe eine Ausbildung zur Kriminalkommissarin absolviert und nicht zum Chauffeur!«

Für einen Moment fühlte er sich an seine Ehe erinnert und an den Anteil, den er zu ihrem Ende beigetragen hatte. Er beschloss, Einsicht zu zeigen. Irgendwie musste man ja dazulernen, auch wenn's wehtat.

»Gut. Dann machen wir das heute andersrum. Einverstanden?«

Im Sommer musste das ein schönes Eck sein, dachte Klotz, als er die vielen entlaubten Bäume auf dem Parkplatz vor der Justizvollzugsanstalt sah. Die Häuser um den Platz waren beinahe alle aus Naturstein und machten irgendwie einen recht historischen Eindruck. Es gab eine Gaststätte und eine Bäckerei mit Café.

Der Standort der Bildhauerei Fröhling war nicht schwer zu erkennen. Auf einem offenen Hof wurde gerade eine lebensgroße Barockstatue von einem Gabelstapler auf einen Transportlaster gehievt. Die drei Leute, die um den Lkw herumsprangen, gestikulierten wild durcheinander, und an den beinahe unmerklichen Bewegungen der Gabelstapleraufhängung konnte man ablesen, dass es sich hier um ein ziemlich diffiziles Unternehmen handeln musste.

»Also. Wer von uns beiden geht jetzt da rüber und vernimmt diesen Fröhling?«, fragte Haevernick.

»Mach du das ruhig«, antwortete Klotz.

»Gut. Wird wahrscheinlich nicht besonders lange dauern.«

»Wenn du fertig bist, holst du mich ab. Ich bin da drüben in dem Café.«

Haevernick ging über die Straße und zurrte ihren Pferdeschwanz fest, dann strich sie über ihr gespanntes Haar.

Klotz sah sich schemenhaft in der Scheibe des Cafés. Er war fett oder zumindest dick. Auf jeden Fall *zu* dick. Während er sich das letzte Stück Bienenstich in den Mund schob, nahm er sich vor, abzuspecken. Silvester war ja bald. Da wäre es dann an der Zeit, sich gute Vorsätze fürs neue Jahr zu machen. Aber bis dahin würde er erst einmal diesen Fall lösen. Danach konnte er über seine Figur nachdenken.

Bevor er sich eine Zigarette drehte, sprühte er das, was von dem Schnupfenspray noch übrig war, in seine Nase. Irgendwo hatte er mal gelesen, dass in diesen Sprays Substanzen enthalten waren, die abhängig machen konnten. Vielleicht wäre Nasenspraysucht besser. Besser als Fett- und Tabaksucht zumindest. Er beschloss, Schluss zu machen. Bald. Mit allem. Mit der Fresserei, der Raucherei und mit diesem Schnupfen.

Während er sich die Selbstgedrehte anzündete, warf er das leere Sprühfläschchen in den Abfalleimer, der neben ihm in einer Ecke stand.

***

An den Rastalocken hatte Haevernick ihn sofort erkannt. Er stand neben dem Gabelstapler und brüllte irgendwelche Kommandos. Inzwischen waren etwa zwei Minuten vergangen, und er hatte sie nicht eines Blickes gewürdigt. Die Initiative würde wohl von ihr ausgehen müssen. Sie stellte sich darauf ein, mit lauter und entschiedener Stimme zu sprechen.

»Herr Patrick Fröhling?«

»Bei der Arbeit!«

»Haevernick. Kriminalpolizei.«

Der Bildhauermeister schien für einen Moment etwas aus dem Konzept geraten zu sein. Er warf ihr einen leicht verwirrten Blick zu und sagte dann, dass sie ruhig schon mal ins Büro gehen könne. Er würde in fünf bis zehn Minuten nachkommen.

Als sie über den Hof in Richtung des Hauses ging, von dem sie vermutete, dass sie dort das Büro finden würde, sah sie einen dicklichen Jungen mit blonden Haaren, der sich an einem schwarzen Steinblock abmühte. Er war gerade dabei, eine Fläche zu klopfen, die von einer Unterkante des quadratischen Blocks schräg nach oben auslief. Sieht aus wie eine Pyramide, dachte Haevernick und ging vorbei.

Im Hauseingang roch es, als hätte gerade jemand einen Joint geraucht. Na ja, egal. Sie war nicht bei der Drogenfahndung. Trotzdem würde sie nachher bei Gelegenheit mal was dazu sagen müssen. Polizistenpflicht.

Die Messingschildchen auf den Türen verrieten ihr, dass nach der Küche und dem WC das Büro kam. Sie öffnete die Tür und sah sich um. An den Wänden hingen Pläne und Fotos von Figuren, Kreuzen, Schriften und Grabmalen. Über die gesamte

Länge einer Wand zog sich ein Schreibtisch. Neben Computern, mehreren Druckern und einer undefinierbaren Maschine, deren Funktion Haevernick unbekannt war, befanden sich halb ausgetrunkene Bierflaschen, Kaffeetassen, Papier und Prospekte auf dem Bürotisch. Auf der anderen Seite des Raumes stand ein runder Holztisch, auf dem außer einem Aschenbecher nur noch der Katalog einer Bronzegießerei lag. Haevernick nahm an, dass die beiden Sessel, die um diesen Tisch herumdrapiert waren, für eventuelle Besucher reserviert waren.

Sie wollte sich schon auf eines der Polstermöbel setzen, als ein lauter metallener Schlag an ihr Ohr drang. Sie stand auf und ging zu dem Fenster, das auf den Hof hinaus zeigte. Die Statue lag nun auf der Ladefläche des Transporters. Jemand klappte eine Seitenwand nach oben, und das metallene Geräusch wiederholte sich. Im Hintergrund konnte man das elektrische Surren des Gabelstaplers hören.

Irgendetwas, das auf dem Schreibtisch lag, erregte plötzlich instinktiv ihre Aufmerksamkeit. Sie sah genauer auf die Fläche aus Papier und Bierflaschen.

Schließlich hatte sie die Skizze gefunden. Schnell lief sie zu einem Schubladenschrank. Suchte, bis sie eine Klarsichtfolie gefunden hatte. Nahm die äußerste Ecke der Skizze vorsichtig zwischen Daumen und Zeigefinger und schob das Papier in die schützende Folie.

Plötzlich spürte sie etwas Hartes gegen ihren Hinterkopf knallen. Das weiße Papier vor ihren Augen wurde schwarz.

***

Klotz war gerade dabei, sich ein drittes Stück von einem Käsekuchen mit besonders hohem Fettgehalt in den Mund zu schieben, als sein Handy klingelte.

»Servus, Laanschaf. Was gibt's?«

»Ich ruf an wegen dieser Autokennzeichensache. Deine Kollegin hat mir da heute Morgen eine SMS geschickt.«

»Und?«

»Nun ja. Bisher haben wir nichts rausgekriegt. Es könnte

sich allerdings durchaus um einen Code handeln. Vielleicht einen unvollständigen. Wenn es sich nicht um zu viele Komponenten handelt, werden wir versuchen, die fehlenden Puzzleteile zu ergänzen. Aber das braucht Zeit.«

»Das ist doch nichts Halbes und nichts Ganzes«, kommentierte Klotz unzufrieden.

»Im Moment können wir da wenig machen.«

»Gut. Bis dann. Und wenn wir uns nicht mehr sehen sollten: Fröhliche Weihnachten.«

»Fröhliche Weihnachten. Tschüss.«

Die Uhr zeigte zwei Minuten vor halb elf, und Klotz spürte, dass er von dem fettigen Käsekuchen und anderen Torten oder Backwaren für heute genug hatte. Eigentlich hatte er keine Lust, Haevernick abzuholen. Aber offensichtlich wollte sie partout nicht an ihr Handy gehen. Klotz verließ das Café und machte sich auf in Richtung Bildhauerwerkstatt.

Auf dem Hof der Bildhauerei war es ruhig. Niemand war zu sehen. Er ging zum Haupthaus und klingelte an der Tür.

Während er wartete, drehte er sich eine Zigarette und blickte dabei auf eine Figur aus rotem Sandstein, die auf einer Brüstung stand. Ein gartenzwergähnliches Wesen spielte auf einem Schifferklavier und lachte. Machte irgendwie einen besoffenen Eindruck, der Doldi, fand Klotz, als er sich die Selbstgedrehte in den Mund steckte. Musste wohl an den Augen liegen. Irgendwie schielte der doch.

Er klingelte ein zweites Mal. Kurz darauf hörte er Stimmen, die aufgeregt durcheinanderredeten. Er griff in die Manteltasche und förderte eine Schachtel Streichhölzer zutage. Die Tür öffnete sich, und ein frisch entzündetes Streichholz, das er gerade ans Ende seiner Zigarette hatte führen wollen, erlosch.

»Patrick Fröhling?«

Die Augen des Mittdreißigers, der da vor ihm stand, zuckten nervös in alle möglichen Richtungen. Schließlich beruhigten sie sich und starrten ihn an.

»Mein Name ist Klotz, Kripo Nürnberg. Ich würde gerne meine Kollegin …«

»Kommen Sie rein.«

Fröhling hatte eine Hand zum Mund geführt und kaute auf seinen Fingernägeln herum. Klotz bemerkte einen leichten Haschischgeruch in der Luft und steckte seine Zigarette weg. Er hörte das Geräusch eines Kaffeeautomaten, der gerade beim Brühen war. Dann stand er in der Küche und sah einen schlanken, rothaarigen jungen Mann, der in einer traditionellen Handwerkerkluft steckte und an einer schmuddeligen Küchenzeile lehnte.

»Das ist Tobias, mein Wandergeselle. Tobias, schenk dem Herrn Kommissar doch mal eine Tasse Kaffee ein.«

Fröhling ging zur Spüle und spuckte einen abgekieften Fingernagel in das Becken.

Er hatte sie im ersten Moment gar nicht wahrgenommen. Ein schwaches Stöhnen hatte ihn aufmerksam werden lassen. Jetzt sah er seine Kollegin, wie sie auf der Eckbank hinter dem Tisch lag. Sie hielt sich einen Eisbeutel an ihren Hinterkopf und hatte die Augen geschlossen.

»Was ist hier los?«, fragte Klotz.

Der Wandergeselle wurde plötzlich unruhig. Beinahe hätte er den Kaffee verschüttet, den er Klotz reichte. Der Hauptkommissar stellte die Tasse auf das weiß-rot karierte Tischtuch und wartete auf eine Antwort.

»Haben Sie mich nicht verstanden? Also, was geht hier vor?«, wiederholte er sich.

»Tobias, ich denke, es ist besser, wenn du die Sache erklärst. Ich geh mal eben raus. Muss nach dem Lehrling sehen.«

»Sie bleiben hier!«, befahl Klotz. »Also, was ist da mit meiner Kollegin passiert?«

Der Wandergeselle gestand dem Kommissar, seine Kollegin niedergeschlagen zu haben. Er hatte sie im Büro beobachtet, wie sie Schubladen durchsucht und ein Papier zu entfernen versucht hatte. Er dachte, es handle sich um eine Einbrecherin oder so etwas in der Art. Es tue ihm unendlich leid. Wenn er gewusst hätte …

»Was für ein Papier? Und warum haben Sie meine Kollegin nicht angesprochen?«

Fröhling schaltete sich ein. Er fing an, den Gesellen demonstrativ runterzuputzen, und Klotz verstand, dass der Bildhauermeister dabei irgendwie auf den Cannabis- oder Alkoholkonsum seines Wandergesellen anspielte.

»Drogen? Also von Ihnen stammt dieser Kiffergestank im Haus?«

Der Geselle gab klein bei, bejahte niedergeschlagen.

»Na, da wundert mich nichts mehr. Kein Wunder, dass Sie da wie ein paranoider Doppelnullagent handeln. Lassen Sie sich mal untersuchen! Außer den medizinischen Folgen wird Ihr Vorgehen in diesem Fall allerdings auch rechtliche haben. Sie haben grundlos einen Menschen niedergestreckt und dazu noch eine Beamtin der Kriminalpolizei!«

Der Wandergeselle begann zu jammern. Wenn das rauskäme, dann würden ihn seine Mitbrüder aus dem Schacht werfen. Dann konnte er seine blaue Ehrbarkeit an den Nagel hängen, sein Ohr würde geschlitzt werden. Nicht einmal mehr als Freireisender könne er dann mehr auf die Walz.

Klotz, dem dieses Jägerlatein gehörig auf den Geist ging, drehte jetzt erst richtig auf:

»Das ist mir scheißegal! Sollen die Sie ruhig rausschmeißen! Sie Drogenheini! Wie es meiner Kollegin geht, scheint Sie ja wenig zu jucken! Am besten, Sie gehen gleich mal über die Straße und melden sich an der Gefängnispforte! Empfehlungsschreiben von mir inklusive!«

Das Zittern des Wandergesellen wurde stärker. Plötzlich warf er den Kaffeeautomaten auf den Boden und schlug mit den Füßen gegen die Kücheneinrichtung. Fröhling sprang hinzu und versuchte ihn festzuhalten, was nicht wirklich gelingen wollte. Klotz machte einen Schritt nach vorn und verpasste dem Rothaarigen eine Ohrfeige, die es in sich hatte. Der Wandergeselle knallte auf den Boden und blieb reglos liegen. Fröhling sah den Hauptkommissar ratlos an, und Klotz, der sein Werk zu seinen Füßen betrachtete, dachte darüber nach, was er einmal vor Jahren zum Thema Deeskalation gelernt hatte und dass das jetzt gerade nicht sehr regelkonform gewesen war. Aber wirkungsvoll. Das musste man zugeben.

»Was ist hier los?«

Haevernick hatte sich aufgerichtet und sah Fröhling und den Kommissar mit benommenem Blick an. Sie versuchte ihren Nacken zu bewegen. Ihr Gesicht war verzerrt.

»Astrid! Alles klar? Wie geht's dir?«

»Geht schon, Chef. Ah, verdammt, tut das weh.«

Sie griff nach Klotz' Kaffeetasse, die immer noch auf dem Tisch vor sich hin dampfte, und nahm einen Schluck.

Der Wandergeselle röchelte. Fröhling ging in die Hocke, um nach ihm zu sehen. Währenddessen berichtete Haevernick ihrem Vorgesetzten, woran sie sich noch erinnern konnte.

»Also, Herr Fröhling. Wo ist dieses Papier, das meine Kollegin gefunden hat?«

Fröhling holte es aus dem Büro. Der Hauptkommissar staunte nicht schlecht, als er am unteren Rand des Blattes das geviertelte Quadrat erkannte, das sich auch auf den Abschiedsbriefen der beiden Mordopfer befand. Dann sah er sich die Zeichnung darüber an. Der perspektivische Aufriss zeigte eine Pyramide, um die herum verschiedene Maßzahlen eingetragen waren.

»Was ist das, Herr Fröhling?«

»Ich frage mich, warum Sie sich für dieses Ding interessieren?«

»Beantworten Sie bitte nur meine Frage.«

»Es handelt sich um ein Grabmal. Ein bisschen ungewöhnlich, nicht?«

»Wer hat Ihnen diesen Auftrag erteilt?«

»War vor ein paar Tagen hier, Anfang der Woche. Am Montag.«

»Wie heißt der Mann? Wie sah er aus?«

»Warten Sie, ich habe mir Name und Adresse aufgeschrieben.«

Während Fröhling im Büro war, zündete sich Klotz eine Zigarette an. Was das geviertelte Quadrat zu bedeuten hatte, war nun klar. Allein die Bedeutung der Pyramide war das Problem. Da würden sie noch ein wenig recherchieren müssen.

Als Klotz den Zettel, den ihm Fröhling gebracht hatte, endlich in der Hand hielt, versteinerte er plötzlich.

»Die Asche, Herr Kommissar!«

»Äh, ja. Danke.«

Bevor er den Aschenbecher erreichen konnte, fiel ein etwa vierzentimetriges Stück von der Zigarette auf das Wachstischtuch und zerstob. Klotz sah Fröhling verstört an. Dann legte er den Zettel gedankenverloren seiner Kollegin vor die Nase und fragte nach einem Schnaps.

»Aber das bist ja du!«

»Nicht ganz, Astrid. Nicht ganz.«

Haevernick sah ein zweites Mal auf das Papier. *Werner Klotz – Am Rochuskirchhof 17 – Nürnberg.*

»Nicht ganz ...?«

Klotz antwortete nicht. Stürzte stattdessen einen weiteren Obstler herunter. Nachdem er etwas ruhiger geworden war, beschloss er, die Befragung von diesem Fröhling fortzusetzen, beziehungsweise überhaupt erst einmal einzuleiten. Er bat den Bildhauermeister, seinen Wandergesellen aus dem Raum zu entfernen.

»Herr Fröhling, der Mann, der Ihnen diesen Auftrag erteilt hat, können Sie den beschreiben?«

»Natürlich.«

»Also?«

»Er war mittelgroß, normale Statur, hatte dunkles, leicht grau meliertes Haar und einen Oberlippenbart. Ich glaube, er war Franzose.«

»Sie glauben?«

»Ja, er sprach perfekt Deutsch, aber er hatte einen leichten französischen Akzent. Ach ja, und noch was ist mir aufgefallen.«

»Bitte.«

»Seine Augen. Er hatte strahlend blaue Augen. Beinahe unnatürlich sah das aus, wie die strahlten.«

Klotz hatte sein Notizbuch aus einer Manteltasche gekramt und alles mitgeschrieben. Als er fertig war, schenkte er sich noch einen Schnaps ein.

»Gut. Das ist ja schon mal was! Sie müssten dann so bald wie möglich zu uns ins Präsidium kommen, damit wir ein Phantombild anfertigen können.«

»Okay. Kein Problem. Ich stehe selbstverständlich zur Verfügung.«

Fröhling machte ein fragendes Gesicht. Klotz musste einen Moment lang nachdenken.

»Ach ja. Gut. Ich werde mal sehen, was sich da hinsichtlich Ihres Gesellen machen lässt. Also, so wie das aussieht, muss meine Kollegin auf jeden Fall zum Arzt.«

»Ich brauch den Tobias. Im Moment mehr denn je. Er mag ja ein paranoider Kiffer sein, aber als Steinmetz ist er unersetzlich ... Bitte!«

»Wie gesagt. Wir schauen mal. Aber versprechen kann ich nichts. Kommen Sie nach den Feiertagen so schnell wie möglich zu uns. Hier, meine Karte. In dieser Abteilung melden Sie sich.«

»Geht klar.«

Endlich besprachen sie den Fall Bogendorfer. Fröhling erklärte, dass sich Bogendorfer wegen seiner Spielsucht in ständiger Geldnot befunden hatte. Er hatte Überstunden abgerechnet, die er gar nicht abgeleistet hatte. Außerdem war es schon ein paarmal vorgekommen, dass er sich heimlich aus der Portokasse bedient hatte, was natürlich Anlass für zahlreiche Auseinandersetzungen gewesen war. Darüber hinaus war er in letzter Zeit immer wieder betrunken zur Arbeit erschienen.

»Warum haben Sie Bogendorfer eigentlich nicht gekündigt?«

»So einfach ist das nicht. Wir kennen, besser gesagt kannten uns schon seit über zwanzig Jahren. Früher waren wir mal richtig dicke Freunde, wenn Sie verstehen.«

Klotz wandte sich seiner Kollegin zu und gab ihr die Autoschlüssel, sie sollte schon mal vorgehen. Er stand mit Fröhling noch eine Weile in der Haustür.

»Schön haben Sie's hier. Ein toller Beruf, Bildhauer.«

»Mein ganzer Stolz. Familienbetrieb, schon seit mehr als hundert Jahren.«

»Hm. Noch was, Herr Fröhling.«

»Ja?«

»Kennen Sie einen Thorsten Gummler?«

Fröhling sah zur Seite und kaute an seinen Fingern herum.

»Nie gehört, Herr Kommissar.«

»Na gut. Also dann, Wiedersehen.«

Ha! Jetzt hatte er ihn erwischt. Er hatte ganz klar gespürt, dass Fröhling bei der letzten Frage gelogen hatte. Aber warum?

Während der Fahrt wechselten beide kein einziges Wort, was einfach daran lag, dass sie sich völlig erschöpft fühlten. Haevernick hatte Schmerzen am Hinterkopf und im Nacken, und Klotz musste ständig an diese Sache mit dem Grabmal denken. In seinem Kopf drehte sich alles, in seinem Mund hatte er einen schalen Geschmack. Sie fuhren gerade nach Nürnberg hinein, als Haevernick das Schweigen endlich brach.

»Du, sag mal. Was ist das mit diesem Zettel mit deinem Namen und dieser Adresse drauf? Rochuskirchhof. Sollten wir da nicht vorbeischauen?«

»Vielleicht.«

»Vielleicht?«

»Ich kenne die Adresse. Sogar ziemlich gut.«

»Und?«

»Der Rochuskirchhof 17 ist ein Friedhof.«

Nachdem Klotz den Wagen vor der Friedhofsmauer geparkt hatte und aus dem Wagen gestiegen war, machte er eine abwehrende Geste, als er sah, dass Haevernick ihm folgen wollte.

»Schon dich lieber. Ich kann das alleine machen.«

Er kannte diesen Friedhof ganz genau. Familie Klotz hatte hier ein Familiengrab, schon seit beinahe hundert Jahren. Vor zwei Jahren hatten sie hier seinen Vater beerdigt. Er brauchte nicht lange zu suchen.

Als er das Grab erblickte, durchfuhr ihn der Schreck. Er erkannte dieses geviertelte Quadrat wieder, das auf den Auftrag für Bildhauermeister Fröhling gezeichnet und auch auf den Abschiedsbriefen von Gummler und Bogendorfer zu finden war. Mit weißer Farbe war das Pyramidensymbol auf die steinerne Grabplatte gemalt. Die beiden Linien der Diagonalen innerhalb des Quadrats kreuzten sich genau an der Stelle, wo »Reinhard Klotz« stand. Als würden sie ihn durchstreichen, diesen Namen, dachte Klotz. Jemand will ihn vernichten, überlegte er weiter.

Ihm fielen wieder die Akten Lohofer und Morvan ein. Da bestand zweifellos ein Zusammenhang. Und er ärgerte sich, dass er die Akten nicht mehr hatte finden können, nachdem seine Mutter bei ihm geputzt hatte.

Eines allerdings gab ihm Rätsel auf: Warum stand *sein* Name auf dem dubiosen Zettel und nicht der seines Vaters? Was hatte er, Werner Klotz, mit dieser Geschichte zu tun? Über die Botschaft des Mörders war er sich im Klaren: Er wollte ihn auf diesem Friedhof sehen, im kalten Grab seiner Familiengruft. Das hatte er schon verstanden. Aber warum nur?

Klotz war zehn Minuten zu spät. Daran war nur dieser Traum schuld gewesen. Und seine Erschöpfung, die dem Traum vorausgegangen war. Zum Glück war er noch einigermaßen rechtzeitig wieder aufgewacht. Als er realisiert hatte, dass er in der Badewanne eingeschlafen war, war er sofort aus dem Wasser gesprungen und froh darüber, dass er nicht ertrunken war. Es kam nicht selten vor, dass so etwas passierte. Das wusste er aus eigener Anschauung.

Er ließ seinen Blick durch das gut besuchte Lokal schweifen, konnte Melanie aber nirgends entdecken. Ein Kellner, der Klotz' Ratlosigkeit bemerkt zu haben schien, kam auf ihn zu und fragte, ob er ihm helfen könne. Klotz antwortete, und der Kellner, dessen Gesicht ein immerwährendes Lächeln anhaftete, führte ihn an den Tisch, der auf den Namen Maus reserviert worden war.

Der warme Blick der dunklen Augen, der ihn empfing, spülte den ganzen Ärger und Frust der letzten Tage aus seiner geschundenen Seele. Klotz musste lächeln, und seine Augen strahlten. Diese Frau war die reinste Psychohygiene, dachte Klotz. Machte, was kaputt war, mit einem Schlag wieder heil. Vielleicht würde sie ihm endlich doch noch den wahren Sinn des Weihnachtsfestes offenbaren, wer weiß.

Der Kellner, der ihn zu Melanie geführt hatte, stand schon wieder an ihrem Tisch und reichte die Speisekarten.

»Wartest du schon lange?«, fragte Klotz.

»Ein paar Minuten«, antwortete Melanie.

»Tut mir leid. Hatte einen anstrengenden Tag.«

Mehr wollte er zu diesem Thema nicht sagen. Er wusste aus Erfahrung, dass ein Polizist unter keinen Umständen die Schwierigkeiten, die sein Beruf unweigerlich mit sich brachte, in irgendeine zwischenmenschliche Beziehung einbringen durfte. Es sei denn, er wollte dieser Beziehung ein Ende setzen. Und die mit Melanie hatte ja noch gar nicht begonnen. Klotz hatte nicht vor, dieses zarte Pflänzchen gleich im Keim zu ersticken.

Melanie hatte sich für die chinesische Fastenspeise entschieden, und Klotz bestellte das, was er immer aß, wenn er zum Chinesen ging: Hähnchen mit Ananas süß-sauer.

Sie stießen mit dem Pflaumenwein an, und Melanie fragte, ob er eine Zigarette wolle. Sie erzählte von ihrer Familie, von ihrem Pferd und dem Skifahren im Bayerischen Wald. Klotz, dem jede sportliche Betätigung im Laufe der Jahre abhandengekommen war, tat so, als würde er interessiert zuhören. Insgeheim versuchte er Melanies Alter zu schätzen. Ihm war klar, dass sie mindestens zehn bis fünfzehn Jahre jünger sein musste als er, und er stellte sich die Frage, ob so etwas sinnvoll wäre. Etwas mit so großem Altersunterschied. Sie sah ihn mit ihren Rehaugen an, und die Frage begann sich zu erübrigen.

Sie hatten noch nicht einmal die Hälfte ihrer Zigaretten geraucht, als die obligatorische Frühlingsrolle eintraf. Der Kellner fragte, ob alles zu ihrer Zufriedenheit sei, und Klotz stellte wieder einmal fest, dass man in asiatischen Restaurants wesentlich zuvorkommender bedient wurde als in solchen, die von Europäern geführt wurden. Litten chinesische Ober auch manchmal an irgendeiner Verstimmtheit oder tief sitzendem Ärger? Er konnte sich das kaum vorstellen. Und wenn es so war, dann verfügten diese Menschen offensichtlich über die bemerkenswerte Fähigkeit, sich nicht das Geringste anmerken zu lassen. Davon konnten sich die Menschen der westlichen Zivilisation durchaus mal ein Stückchen abschneiden. Dass er sich in diesem Zusammenhang ruhig auch an seine eigene Nase fassen durfte, war ihm bewusst.

Während er auf der Toilette vor dem Spiegel gestanden und überlegt hatte, ob er sie fragen sollte, wie es um seine Attraktivität bestellt war, hatte sie die Kerzen auf dem Fensterbrett und zuseiten des Bettes angezündet. Klotz, der den Schein wahren wollte, bediente die Klospülung und wusch sich die Hände.

Er fühlte sich wie ein unbeholfener vierzehnjähriger Schuljunge, als er die Tür zum Wohnzimmer öffnete und sah, wie sich Melanie in der Mitte des Raumes zur Musik bewegte. Er wusste nicht, was er machen sollte. Am liebsten hätte er eine geraucht oder ein Bier getrunken, so etwas konnte er gut. Aber sie kam auf ihn zu, fasste ihn bei den Händen und zog ihn an sich. Dann fuhr sie sich durch ihr langes schwarzes Haar, legte ihre Arme um seinen Oberkörper und den Kopf auf seine Brust. Er roch das Wachs der Kerzen, das sich mit dem Duft ihres Haares vermischte. Bevor ihm schwindlig wurde, legte er seine Hände um ihre Taille.

25. Dezember

Klotz lächelte. Er lächelte, weil er sich wundern musste, wenn er an den gestrigen Heiligen Abend zurückdachte. Alles war harmonisch und ganz ohne Zwischenfälle verlaufen. Beinahe wieder verdächtig, wie er fand. Seine Mutter hatte ihn freundlich am Bahnhof empfangen, sie waren nach Hause gefahren, hatten gemeinsam das Essen angerichtet und dabei einer Radiosendung zum Thema »Weihnachten in Grönland« gelauscht, die auch seine Zustimmung gefunden hatte. Selbst die Bescherung hatte ihn nicht ärgerlich werden lassen. Zum ersten Mal hatte ihm seine Mutter nicht irgendwelche weißen Hemden oder rosa gemusterten Krawatten geschenkt, sondern einen schlichten Umschlag überreicht, in dem ein Gutschein über hundert Euro für Kleidung gesteckt hatte. Endlich hatte sie begriffen. Besonders hatte er sich über das fränkische Kochbuch gefreut, auch wenn es seinen Diätplänen widersprach.

Während die Mutter jetzt im Esszimmer den Tisch für den Nachmittagskaffee deckte, saß er im Wohnzimmer auf einem alten Klavierstuhl, der unter seinem mächtigen Gesäß knarzende Geräusche von sich gab. Er sah auf das ausgedruckte Papier, das auf seinem Schoß lag und das die Ausbeute einer morgendlichen Internetrecherche darstellte. Wie konnte man das, was dort über die Geschichte und Bedeutung von Pyramidenbauten stand, auf den Mörder und dessen Taten beziehen?

Zunächst einmal waren Pyramiden etwas, das für zeremonielle Zwecke geschaffen worden war. Ein Zeremoniell war etwas Öffentliches. Der Mörder wollte also Öffentlichkeit. Ein Publikum. Folglich musste er eine Botschaft haben, die er seinem Publikum mitteilen wollte.

Klotz versuchte, sich in die Perspektive des Mörders hineinzudenken. Und plötzlich wurde ihm klar, wer das Publikum sein musste: Er selbst, Klotz, war gemeint. Vielleicht nicht nur. Vielleicht auch sein Ermittlerteam oder der Polizeiapparat als Ganzes. Sie waren die Zuschauer in diesem skurrilen Drama und er, der Mörder, führte ein gut durchkonstruiertes Stück auf.

Bald merkte er, dass ihn dieses Bild nicht wirklich weiterbrachte, aber es verschaffte ihm zumindest eine gewisse Klarheit. Wohin diese Klarheit führen würde, war ihm zwar ein Rätsel, aber er hatte dennoch den Eindruck, ein unmerkliches Stück vorwärtsgestoßen sein. Der Serienmörder, den sie suchten, hatte einen Hang zum Theatralischen.

Klotz las weiter in den Aufzeichnungen: Die Funktion von Pyramiden. Also. Sie stellten außerdem einen Ort für religiöse Akte dar. In ihnen wurden Pharaonen begraben, sie waren Stätten des Todes.

Dass ein Mord etwas mit Tod zu tun hatte, war wohl mehr als eine Binsenweisheit, das war klar. Aber diese symbolische Darstellung auf den Briefen, auf dem Grab seines Vaters unterstrichen, dass es nicht um einen gewöhnlichen Tod ging, sondern um einen Tod von Bedeutung, von großer Bedeutung.

Weiter. Die religiöse Dimension. Pyramiden konnten Stufen für die Götter darstellen, auf denen diese vom Himmel auf die Erde hinabstiegen. Vor allem der ägyptische Sonnengott Re spielte hier eine wichtige Rolle. Re – die Sonne. Was hatte das zu bedeuten?

Hatten sie es mit einem religiösen Fanatiker zu tun, mit einem Psychopathen, der sich selbst für einen Gott hielt oder im Auftrag Gottes oder der Götter zu handeln glaubte?

Die Pyramide als esoterische Antenne, durch die man mit dem Universum Kontakt aufnehmen konnte …

Die Pyramide als räumliches Abbild der Struktur einer Gesellschaft. Unten die Vielen, die Armen, das Volk. Oben die Wenigen, die Reichen, die Macht …

Klotz war genervt. Er legte die Blätter beiseite und sah auf den Christbaum, auf die elektrischen Kerzen, den goldenen Engel auf der Spitze und strich sich über den Bauch, der in seiner

Form den rotglänzenden Kugeln vor seiner Nase nicht unähnlich war.

Dann fiel sein Blick auf das fränkische Kochbuch, das unter dem Baum lag. Als er sich vornüberbeugte, begann der hundertjährige Stuhl wieder zu ächzen. Er streckte seine Hand nach dem Buch aus, und schließlich knackte es kurz und geräuschvoll. Er kam ins Straucheln, die runde Sitzfläche neigte sich mehr als gewöhnlich, und er fiel Richtung Baum. Gerade noch hatte er ihn festhalten können.

Werner Klotz saß in der Hocke auf dem Boden und hielt mit beiden Händen die Zweige des Baumes fest. Neben ihm kullerte die abgebrochene Sitzfläche vorbei. Plötzlich klingelte es an der Tür.

»Werner! Geh doch bitte mal! Dein Bruder ist da!«

»Sofort, Mama!«

Langsam richtete er sich wieder auf. Gut. Der Baum stand fest. Als er sich drehte, machte sein rechter Fuß ein knirschendes Geräusch. Er hob ihn an, und von der Sohle seines Schuhs fielen kleine silberrote Splitter auf die Reste einer völlig vernichteten Christbaumkugel.

***

Monsieur Cavaignac war seit drei Monaten und dreizehn Tagen vierundneunzig Jahre alt und besuchte nun schon seit etwa zehn Jahren regelmäßig den Friedhof Montmartre im achtzehnten Stadtbezirk von Paris. Und obwohl er die Nähe der Toten suchte, gelang es ihm selbst nicht, dem Tod näher zu kommen, und davon war Monsieur Cavaignac keineswegs begeistert, denn seit einiger Zeit war er des Lebens doch ziemlich überdrüssig.

Obwohl er immer geraucht und auch dem Alkohol nicht abgeneigt gewesen war, wollte er einfach nicht sterben. Er hatte seine drei Frauen und seine fünf Kinder überlebt, hatte seine sieben älteren Geschwister und deren Sprösslinge dahinscheiden sehen und war nun ganz allein. Allein mit sich und einer filterlosen Zigarette, die er jetzt in den vertrockneten Mund schob und mittels eines Streichholzes entzündete.

Er lehnte sich zurück und legte die linke Hand neben sich auf das grün gestrichene Holz der Bank, auf der er gerade Platz genommen hatte. Dann sah er am Monument Central vorbei auf die runde Begrenzungskante der achtzehnten Abteilung. Sah einen Friedhofswärter aus der Avenue Dubuisson schleichen, grüßte zurück, nachdem dieser gegrüßt hatte, und betrachtete den Engel, mit dem er während der letzten Dekade am häufigsten und längsten seine todessüchtigen Gespräche geführt hatte.

Monsieur Cavaignac starrte auf die weißen Füße der lebensgroßen Marmorstatue, die mit ihren Zehenspitzen eine abgeschrägte Grabplatte berührte. An dieser Stelle erweckte die Figur den Eindruck, als würde sie von der Fläche abheben wollen. Verfolgte man aber die Beine des Engels und traf schließlich auf Oberkörper und Kopf, so konnte man feststellen, dass der Engel eine schwere Last auf seinen Schultern trug. Sein klares, symmetrisch gescheiteltes Gesicht blickte mit dem unverkennbaren Ausdruck tiefer Melancholie zwischen zwei ionischen Kapitellen hervor, auf denen die beiden vorderen Ecken einer steil ansteigenden Pyramide ruhten. An der Unterseite der Pyramide klebten die Flügel des Engels fest, und es sah so aus, als würden sie durch die Wuchtigkeit und Schwere, die über ihnen lag, am Wegfliegen gehindert. Hinzu kam, dass eine Hand des Engels über die Außenkante der Pyramide nach vorn ragte, und es schien, als wolle sie die Last mit dem Handrücken nach oben von sich drücken. Ein völlig sinnloses Unterfangen. Genauso sinnlos wie die stummen Gespräche, die Monsieur Cavaignac mit seinem letzten Gesprächspartner hier auf Erden führte.

So schien es zumindest. Was allerdings weder der Marmorengel noch Monsieur Cavaignac wussten, war, dass in nur wenigen Minuten die Last von den Schultern des Engels genommen werden sollte. Die des alten Mannes hingegen würde noch ein paar Jahre bestehen bleiben.

Und auch Sven van der Heyd wusste von dem kurz bevorstehenden Glücksmoment des Engels noch nichts, obwohl er maßgeblichen Anteil haben sollte.

Im Moment fuhr er in einem blitzblanken Jaguar hinter dem

Sacré-Cœur entlang und freute sich diebisch darüber, dass er seine Geschäftspartner mit Hilfe geschönter Statistiken von einer Fusion ihrer Unternehmensgruppe mit seiner eigenen hatte überzeugen können. Bald würden wieder schwarze Zahlen geschrieben werden, das war klar.

Die Ampel an der Kreuzung Rue du Mont-Cenis – Rue Custine sprang auf Rot, und er brachte den Wagen an der Haltelinie zum Stehen. Blickte verzückt auf den Beifahrersitz, wo der schweinslederne Aktenkoffer lag, in dem die unterschriebenen Verträge ruhten. Strich mit der Hand beinahe zärtlich über das schwarze Leder. Fuhr mit quietschenden Reifen an, als die Ampel wieder Grün zeigte.

Van der Heyd bewegte das Steuer eine Idee nach links und fuhr in die Rue Caulaincourt. Er brauchte ihrem Straßenverlauf nur zu folgen, um dahin zu kommen, wo er seinen Sieg gebührend zu feiern gedachte. In der Nähe des Boulevard de Clichy kannte er ein kleines, exklusives Bordell, in dem er als Stammgast bereits hohes Ansehen genoss.

Während er den CD-Player einschaltete und »I Can't Get No Satisfaction« von den Stones zu grölen begann, überlegte er, ob er sich für die blonde Jeanette oder die brünette Laetitia entscheiden sollte. An so einem Tag wie heute würde die Wahl besonders schwerfallen. Ach, egal. Er würde sich einfach mit beiden gleichzeitig vergnügen.

Als van der Heyd an der Avenue Junot vorbeigefahren war und jetzt in den großen Bogen nach links steuerte, den die Rue Caulaincourt beschrieb, hatte Monsieur Cavaignac noch nicht einmal die Hälfte seiner filterlosen Gitane geraucht. Er war gerade dabei, dem pyramidenstützenden Engel das übliche Lamento vorzutragen. Dass er ihn doch endlich mit sich nehmen sollte, dieses Erdenleben habe ja durchaus seine Glanzpunkte gehabt, aber von Jahr zu Jahr würde es unerträglicher.

Monsieur Cavaignac, der insgeheim schon ahnte, dass ihm sein letzter Wunsch heute wieder nicht erfüllt werden würde, nahm resigniert einen tiefen Zug und wandte seine Augen von dem Grabmal ab. Ließ seinen Blick schweifen und heftete ihn schließlich an einen stählernen Pfeiler, der doch noch etwas älter war als er selbst und schon seit 1888 eine mächtige Straßenbrücke abstützte, die über den Friedhof gespannt war, um die Rue Caulaincourt mit der Place de Clichy zu verbinden.

Van der Heyd sah durch die Frontscheibe, sah die abfallende Straße vor sich, sah das grün-weiß-rote Logo des Ibis-Hotels auf der anderen Seite und trat aufs Gas. Nachdem er zweimal das trockene Geräusch gehört hatte, das Reifen machten, wenn sie den Dehnungsspalt einer Brückenkonstruktion passierten, brach der Wagen plötzlich scharf nach rechts aus, ohne dass er das Steuer betätigt hatte. Mit aller Kraft trat er auf die Bremse und riss das Lenkrad nach links. Er musste allerdings feststellen, dass beide Aktionen keinerlei Wirkung hervorgerufen hatten.

Dann sah er, wie der Bug seines Wagens über das kleine Eisengitter rauschte, das den Gehweg von der Straße trennte, um schließlich mit voller Wucht gegen die einen Meter fünfzig hohe Stahlbegrenzung der Brücke zu knallen.

Für einen Moment sah er nichts mehr. Das heißt, er sah in den grauen Himmel, in den der massive Aufprall das Auto geschleudert hatte. Für Bruchteile von Sekunden hing der Wagen in der Luft. Das Heck wurde nach vorn geschleudert, und van der Heyd, der jetzt auf dem Kopf stand, blickte in die erschrockenen Gesichter von ein paar Menschen, die auf der Brücke standen. Er sah eine junge Mutter mit einem Kinderwagen, eine dunkelhäutige Frau, die ein weißes Kopftuch umgebunden hatte, und einen Müllmann. Plötzlich klingelte sein Handy, und ihm wurde klar, dass er in diesem Leben nicht mehr dazu kommen würde, den Anruf entgegenzunehmen.

Das Dach des Jaguar wurde von der Spitze einer Marmorpyramide durchbohrt. Die Spitze erreichte den Brustkorb seines Körpers, riss ein Loch in den Nadelstreifenmaßanzug und das darunter befindliche Hemd, um sich am Herzen vorbeizuschieben und die Wirbelsäule zu brechen.

Der alte Cavaignac saß immer noch auf seiner grünen Parkbank.

Man vernahm ein plötzliches Wasserrauschen, wie bei einem Rohrbruch, und wie von ferne bemerkte er wohl, dass der Wagen von dem zerstörten Grabmal auf einen nebenstehenden Hydranten gekippt war. Doch die Verwunderung darüber, dass man mit vierundneunzig noch Dinge erleben konnte, die man sich nicht in seinen schlimmsten Alpträumen ausgemalt hätte, ließ ihn in einer Art erstarrten Staunens verharren.

Dass er noch lebte, realisierte Monsieur Cavaignac erst, als die Glut seiner Zigarette die ledrige Haut zwischen Zeige- und Mittelfinger der rechten Hand langsam zu verbrennen begann.

27. Dezember

Ron Lackner schien nicht nur in sich hinein-, sondern auch ganz ungeniert aus sich herauszugrinsen. Klotz, der sich angesichts von Lackners Lächeln irgendwie unwohl fühlte, fragte sich, wer oder was für die Hochstimmung des Chefpathologen wohl verantwortlich sein könnte. Er würde doch nicht etwa mit seiner Kollegin Lilly Hammer etwas angefangen haben? Oder hatte er sich eine neue Superdroge zusammengebraut, die es um ein Unendliches mehr brachte als dieser trübselige Alkohol?

Der Hauptkommissar versuchte, sich nicht länger mit einer sinnlosen Motivsuche für das Grinsen des ersten Gerichtsmediziners aufzuhalten, und sah nacheinander in die Gesichter der Mitglieder seiner Ermittlungsgruppe.

Laanschaf bemühte sich wieder einmal vergeblich um ein freundliches Gesicht, obwohl ein solches durchaus angebracht gewesen wäre: Aus irgendeinem Grund war seine Kopfhaut sichtlich mattiert. Der schwache Glanz war absolut im Rahmen des Normalen, fand Klotz, und er stellte fest, dass Menschen doch in der Lage waren, sich zu verändern, auch wenn sie das vierzigste Lebensjahr überschritten hatten. Das macht einem dann doch irgendwie Hoffnung, dachte er und strich über seinen Bauch, der über die Weihnachtsfeiertage nicht kleiner geworden war.

Haevernick saß gerade auf ihrem Stuhl und machte einen disziplinierten Eindruck. Waren das Ringe unter ihren Augen, oder ließ nur das Licht sie so unvorteilhaft erscheinen?

Escherlich, der sich das letzte Stück eines Elisenlebkuchens in den Mund schob, sah irgendwie völlig zerstört aus. Dabei waren die blauen Flecke um die Nasenpartie schon beinahe vollständig verblasst.

An Anwärter Zebisch hingegen gab es nicht das Geringste zu bemäkeln. Neben einer aufgeschlagenen Mappe in einem diskreten Grauton lag ein schwarzer Stift. Als die Tür geöffnet wurde, ergriff er ihn wie auf Kommando.

Während Gulden und Huber sich nach vorn in Richtung Tafel bewegten, sah Klotz noch einmal zu Lackner hinüber, der irgendwelche bizarren Kritzeleien auf dem Papier, das vor ihm lag, fabrizierte. Sollten das etwa anatomische Zeichnungen werden? Sah entfernt wie eine weibliche Brust aus. Der Gerichtsmediziner, der den ratlosen Blick seines Kollegen offenbar bemerkt hatte, fragte Klotz, ob er schon die Zangenberg gesehen habe. Klotz schwieg. Er verstand den Zusammenhang nicht.

»Meine Damen und Herren, ich hoffe, Sie hatten schöne Feiertage. Ich begrüße Sie alle ganz herzlich«, eröffnete Staatsanwältin Gulden die Sitzung.

Zunächst fassten Haevernick und Klotz die Ergebnisse ihrer gemeinsamen Recherche vor den Weihnachtstagen zusammen.

Die Frage, die sich zwangsläufig aus der neuen Situation ergab, war, wie es mit den Ermittlungen weitergehen würde. Alle waren sich einig, dass jeder Schritt in der künftigen Ermittlungsarbeit auf ein schnelles Aufgreifen des Täters abzielen müsse, da man es sehr wahrscheinlich mit einem Serienmörder zu tun hatte und eventuelle weitere Morde auf jeden Fall zu verhindern waren. Irgendwelche Nebenkriegsschauplätze waren deshalb erst einmal außer Acht zu lassen, so verführerisch sie auch erscheinen mochten.

Das bedeutete, dass Klotz' frühere Fälle unter die Lupe genommen werden mussten. Möglicherweise war der Täter dort irgendwo ausfindig zu machen. Außerdem musste Bildhauermeister Fröhling schnellstens zu einer Vernehmung ins Präsidium geschafft werden. Schließlich war er der Einzige, der den Mörder von Angesicht zu Angesicht gesehen hatte.

An dieser Stelle der Diskussion schaltete sich Escherlich ein. Es war dieser Name gewesen, den Klotz ihm gegenüber am Telefon erwähnt hatte: Patrick Fröhling. Irgendwie hatte dieser Name etwas in ihm losgetreten, hatte während der Feiertage in einem fort in ihm gearbeitet. Schließlich hatte er sich erinnert:

Patrick Fröhling war drei Klassen über ihm gewesen. Escherlich legte der versammelten Mannschaft den Jahresbericht des Hardenberg-Gymnasiums Fürth von 1986 vor, und die Kollegen staunten nicht schlecht, als sie erfuhren, dass Fröhling, Gummler und Bogendorfer allesamt in ein und derselben Jahrgangsstufe gewesen waren.

Nachdem sie sich wieder halbwegs gefangen hatten, schaltete sich nun Klotz ein und berichtete, dass Fröhling ihm gegenüber geleugnet hatte, Thorsten Gummler überhaupt gekannt zu haben.

Man war sich einig, dass Fröhling als Täter in Frage kam. Hatte er die Begegnung mit dem angeblichen Mörder und dessen bizarren Auftrag vielleicht nur erfunden, um von sich selbst abzulenken? Was außerdem noch für Fröhling sprach, war die geographische Lage seines Wohnorts, der sich ja ziemlich genau auf einer geraden Linie zwischen den beiden Tatorten befand.

Blieb nur noch ein Problem: Fröhlings Alibi für den Mord an Bogendorfer. Man beschloss, noch mal genauer in diese Richtung zu ermitteln.

Kommissaranwärter Zebisch äußerte Bedenken. Irgendwie passte seiner Meinung nach die Sache mit dem Adresszettel, auf dem Klotz' Name nebst der Anschrift eines Friedhofs vermerkt war, nicht dazu, dass Fröhling als Mörder in Betracht kam. Auch die anderen sahen dieses Problem. Irgendetwas war da schief, nicht ganz schlüssig, irgendwie ein bisschen absurd. Aber niemand war in der Lage, richtig zu formulieren, worin die Unvereinbarkeit dieses Adresszettels mit der möglichen Täterschaft Fröhlings bestand.

Ein Motiv seitens Fröhling für den Mord an Bogendorfer war durchaus denkbar. Schließlich hatten sich Bogendorfer und dessen Meister in der letzten Zeit nicht besonders verstanden. Es war um Geld gegangen, und da hörte bekanntlicherweise die Freundschaft auf. Vielleicht ging es auch um Rache. Vielleicht eine Frauengeschichte, wer weiß. Das Mordmotiv in Bezug auf Gummler musste natürlich noch ermittelt werden.

Nur eines passte nicht, und da waren sie wieder bei Zebischs Einwand angelangt: Warum wollte der mutmaßliche Mörder

Patrick Fröhling Hauptkommissar Werner Klotz auf dem Friedhof, also tot, sehen?

Für einen Moment wusste niemand etwas zu sagen. Schließlich meldete sich Escherlich zu Wort: »Der Adresszettel kann doch alles Mögliche bedeuten! Steht da etwa drauf: Klotz, ich werde dich töten?«

»Da ist schon was dran«, erklärte Staatsanwältin Gulden schließlich, »die Todesdrohung ist allein unsere Interpretation. Aber wenn wir schon bei der Interpretation der Taten dieses Irren sind, dann müssen wir auch offen zugeben, dass wir bisher schlicht und einfach nicht in der Lage sind, eine adäquate Explikationsmatrize für die Morde zu finden.«

Eine adäqua*was*?, fragte sich Klotz. Dachte, es würde schon richtig sein, und kommentierte lapidar:

»Stimmt.«

»Wenn Fröhling der Mörder ist, dann muss er auch eine Erklärung für seine absonderlichen Inszenierungen parat haben«, merkte Huber an.

Klotz fiel wieder ein, dass er Huber letzte Woche mal um einen Fallanalytiker gebeten hatte, und er schüttelte den Kopf.

Nun teilte Laanschaf seine Untersuchungsergebnisse bezüglich eines möglichen Codes im Zusammenhang mit den gefälschten Kennzeichen mit. Eine intensive Entschlüsselungsarbeit hatte keine weiteren Aufschlüsse hinsichtlich einer Botschaft ergeben. Der Kriminaltechniker war dennoch überzeugt davon, dass es sich um einen Code handelte, dieser aber unvollständig war.

»Möglicherweise wird er lesbar, wenn der Täter bei seinem nächsten Mord wieder etwas zurücklässt.«

»Was Gott verhüten möge«, kommentierte der Polizeipräsident, »es darf keinen nächsten Mord mehr geben. Unter keinen Umständen.«

Klotz sah zu Gerichtsmediziner Lackner hinüber, der heute irgendwie nur die Rolle eines besseren Statisten auszufüllen schien. Die anfänglichen Kritzeleien auf Lackners Block waren inzwischen zu eindeutigen, filigran ausgearbeiteten Zeichnungen herangediehen. So jemanden hätte er sich als Banknachbarn in der Schule gewünscht, dachte Klotz, dessen große Augen gerade drauf und dran waren, in einem in Form und Größe perfekten Busen zu versinken.

»Also, meine Damen und Herren, dann ist ja alles klar. Frau Gulden und ich würden uns freuen, wenn die anstehenden Aufgaben bis zum Ende dieses Jahres bewältigt werden könnten. Wir wünschen Ihnen viel Erfolg«, schloss Huber die Lagebesprechung.

Auf dem Weg zu seinem Büro beschlich Klotz das diffuse Gefühl, dass er doch noch irgendetwas hatte fragen wollen. Er überlegte, was es gewesen sein konnte, kam aber nicht drauf.

»Oh, hoppla! Entschuldigung, Herr Hauptkommissar«, riss ihn Leonie Zangenberg aus seiner fruchtlosen Reflexion.

»Schon gut, schon gut.«

Gedankenverloren schlappte er weiter den Gang entlang. Es war wichtig gewesen, ging es ihm durch den Kopf, sehr wichtig sogar, was er da versäumt hatte zu sagen. Da war nur dieser bescheuerte Lackner dran schuld, dass ihm das jetzt nicht mehr einfiel. Hatte ihn mit seinen beknackten Titten total abgelenkt. Wie alt war er eigentlich, dass er sich an dem pubertären Geschmier von diesem Pathologen hatte aufgeilen können?

»Gratuliere!«

»Wozu?«, fragte Escherlich nach.

»Na, zu dieser Sache mit dem Jahresbericht«, präzisierte Klotz und schloss die Tür des Büros.

»Ach das.«

Escherlich, der die Weihnachtsstaffage von seinem Schreibtisch genommen hatte und gerade in den Papierkorb warf, gähnte gelangweilt. Klotz drehte sich um, blickte auf die Kaffeemaschine und wunderte sich, dass da noch nichts kochte.

Klotz schnupperte angewidert an einem angeschimmelten Kaffeefilter, den sein Kollege offensichtlich vor den Feiertagen vergessen hatte, aus der Aufhängevorrichtung zu entfernen. Er zog das Ding aus dem Apparat und hielt es in Escherlichs Richtung.

»Hör mal! So geht das aber nicht!«

Escherlich zeigte sich unbeeindruckt. Nahm einen Zug von seiner Zigarette. Als Klotz den verschimmelten Kaffeefilter in den Eimer fallen ließ, machte ein transparenter Plastikmüllbeutel ein knisterndes Geräusch.

Nachdem er sich die Hände gewaschen hatte, faltete er einen frischen Filter auf, gab ihn in die Aufhängung. Kaffeepulver dazu. Wasser nicht vergessen. Knopf gedrückt.

Irgendwie war der Kerl heute komisch, fand Klotz. Escherlich war aufgestanden und hatte die Kanne, in der sich erst zwei, drei Schluck Kaffee befanden, aus der Maschine gezogen und sich eingeschenkt. Dann war er zum Waschbecken gegangen, hatte sich kaltes Wasser auf den Kaffee gegossen und das Ganze in einem Zug runtergestürzt. Seit mindestens einer halben Minute starrte er jetzt völlig apathisch auf dieses Rocky-Poster an der Tür. Steht da wie der Ochs vorm Berg, dachte Klotz. Dann registrierte er, dass es gerade geklopft hatte.

»Herein!«

Es war Leonie Zangenberg. Und mit einem Mal verstand Klotz, warum Lackner diese komischen Zeichnungen während der Lagebesprechung angefertigt hatte. Da, wo vor den Weihnachtsfeiertagen nichts gewesen war, zeichneten sich nun zwei große, pralle Brüste ab. Na, die gab's wohl zur Bescherung, dachte Klotz. Er war beinahe versucht, einen blöden Spruch zu bringen, wie »Das Obst wird an der Kasse abgewogen, Leonie!«, hielt sich in letzter Sekunde aber noch zurück.

Klotz stand auf, nahm Escherlich die Kaffeetasse aus der Hand, stellte sie auf Spüle und sagte: »Also, hopp! Los jetzt! Raus zu diesem Fröhling. Bis später, Leonie!«

»Was ist überhaupt mit dem Phantombild und der Täterbeschreibung, die man uns aus Würzburg schicken wollte? Die hab ich heute Morgen vermisst.«

Klotz stellte den Pappbecher auf die Ablage hinter die Frontscheibe und fuhr los.

»Welches Phantombild?«, fragte Escherlich.

Sie fuhren gerade an der Stadtmauer entlang, auf Höhe des

Spittlertorturms. Dieser massive Rundturm und seine drei Gegenstücke, die an den Ecken der rautenförmigen Mauer standen, welche die Nürnberger Altstadt begrenzte, erinnerten Klotz irgendwie an sich selbst. Man nannte sie nämlich auch »dicke Türme«. Im 16. Jahrhundert waren sie erbaut worden, um Kanonen und anderen neuartigen Schusswaffen trotzen zu können.

»Na gut. Dann müssen wir halt noch mal bei den Würzburger Kollegen nachfragen«, knüpfte Klotz an seinen vorangegangenen Gedanken an, »übrigens, was mir da noch einfällt. Eigentlich wollte dieser Fröhling ja heute Morgen bei uns erscheinen, um mit unseren Technikern ein Phantombild von diesem angeblichen Auftraggeber zu erstellen.«

»Auftraggeber?«

Escherlich stand auf dem Schlauch.

»Der Kerl, der diesen Grabstein in Pyramidenform in Auftrag gegeben haben soll.«

»Ach so, ja. Seit 'ner Weile muss ich da sowieso an was denken. Ist vielleicht ein abwegiger Gedanke, aber trotzdem.«

»Was denn?«

»Wir haben da doch in Fürth eine Pyramide. Dieses Hotel.«

»Ist die nicht in Nürnberg?«

»Steht an der Stadtgrenze rum, gehört aber zu Fürth.«

Als Klotz das Wort »Grenze« gehört hatte, hatte er eine Entscheidung getroffen.

Ganz schön nobler Schuppen, dachte Klotz, nachdem er durch die Schranke an der Einfahrt gefahren war und jetzt den Wagen auf einer Parkfläche abstellte, der eigentlich Lieferfahrzeugen vorbehalten war. Die Kommissare stiegen aus dem Omega und blickten an einer silberglänzenden Pyramide hoch zu einer Spitze, die in einen bewölkten Himmel stach.

Klotz sah einen krawattierten Geschäftsmann aus dem Eingang des Hotels kommen und fuhr sich mit seinen nikotinbefleckten Fingern über die Stoppeln seines Kinns.

»Ob wir uns da überhaupt einen Kaffee leisten können?«, fragte er unbestimmt und sah rüber zu Escherlich, der eine leere Schachtel Zigaretten zusammenknüllte.

»Nicht auf den Boden!«, warnte Klotz, und Escherlich stopfte die zerknüllte Schachtel in seine Jackentasche.

Sie wussten nicht recht, was sie tun sollten, nachdem sie eingetreten waren. Irgendwie fühlten sie sich hier deplatziert, ziemlich *underdressed* unter all diesen *Upperclass*-Menschen. Die sahen alle so vital und erfolgreich aus.

Klotz blickte hinüber zu ein paar türkisfarbenen Stelen, die seitlich neben der Rezeption standen. Kunst. Plötzlich wurde er von Escherlich angestupst:

»Sag mal, ist das nicht der Seehofer da drüben in der Smoker's Lounge?«

Dabei war der doch mal Gesundheitsminister oder so was, dachte sich Klotz und blieb Escherlich eine Antwort schuldig.

Eine groß gewachsene Frau mit blonden Zöpfen kam auf sie zu.

»Grüß Gott«, sagte sie freundlich, »kann ich den Herren weiterhelfen?«

»Wir schauen uns hier nur einmal um«, antwortete Klotz.

»Gerne doch.«

Die Frau wollte gerade wieder gehen, als Klotz das Namensschild bemerkte, das an ihrem Blazer angebracht war.

»Entschuldigung, Frau …«, rief Klotz ihr hinterher. Die Frau drehte sich um.

»Erras.«

»Entschuldigung, Frau Erras«, wiederholte Klotz, »Ihr Namensschild.«

»Was ist damit?«

»Dieses Logo. Dieses Quadrat mit den beiden gekreuzten Diagonalen.«

»Ja?«

»Das ist wohl so eine Art Markenzeichen.«

»Ja. Eine Pyramide. Das tragen alle unsere Mitarbeiter hier.«

»Und ist das auch auf Ihrem Briefpapier?«

»Da ist es auch drauf.«

»Würde es Ihnen etwas ausmachen, uns einen Bogen von diesem Papier zu geben?«

»Kein Problem.«

Die Frau ging hinter die Rezeption und brachte den Kommissaren das Briefpapier. Es war das gleiche Papier, das für die Abschiedsbriefe von Gummler und Bogendorfer benutzt worden war.

Es wurde exklusiv für das Hotel Pyramide angefertigt. Zugang zu dem Papier hatten alle Mitarbeiter, aber selbstverständlich auch alle, die hier als Gäste waren.

Klotz und Escherlich bedankten sich bei der freundlichen Dame und gingen zurück zum Wagen.

In Klotz' Gehirn hatte es zu gären begonnen. Er erinnerte sich an den Fall Elisa Morvan, an die verschwundene Akte. Diese Morvan. Die hatte sich doch auf einer Baustelle das Leben genommen. War das nicht so?

Plötzlich kehrte er um.

»Lass schon mal den Wagen an. Ich komm gleich«, rief er Escherlich zu.

Klotz stapfte in die Eingangshalle des Hotels zurück. Beinahe wäre er mit diesem Seehofer zusammengestoßen, der gerade aus der Smoker's Lounge kam und lauthals lachte.

Unglaublich! Klingt diese Lache bayerisch, dachte Klotz und ging zur Rezeption, wo er Frau Erras wiedertraf.

»Sagen Sie, noch eine Frage. Wann wurde denn die Pyramide erbaut?«

»Die Bauarbeiten begannen 1988. Ein Jahr später, im Herbst, sind wir dann eingezogen.«

»Also im Sommer 88 stand bereits der Rohbau, ist das richtig?«

»Ja, absolut.«

Klotz stürmte aus dem Hotel. In seinem Kopf kreuzten sich Assoziationen und Gedanken, von denen er nicht genau wusste, ob sie logisch oder paranoid waren.

Das konnte einfach nicht sein. Dass diese Sache mit Gummler und Bogendorfer mit der Morvan-Geschichte zusammenhing. Nein, das war unmöglich! Der aktuelle Fall war schon absurd genug. Und dann sollte der auch noch mit dem Selbstmord dieser Elisa Morvan von 1988 zusammenhängen?

Klotz versuchte, die angefangenen Reflexionen beiseitezuschieben, aber irgendwie gelang ihm das nicht.

»Wie, nicht da?«, fragte Klotz ärgerlich.

Der rothaarige Wandergeselle, dessen Augen man deutlich ansah, dass er gekifft hatte, brauchte ein paar Sekunden, um sich zu sammeln.

»Na, nicht da halt. Wollte zum Arzt. Fühlte sich nicht gut, hat er gesagt. Machte auch irgendwie einen blassen Eindruck. Nicht besonders gesund.«

Zum Glück bist du gesund, du Geselle der jamaikanischen Bildhauermannschaft, dachte Klotz und funkelte wütend mit den Augen.

»Und wann kommt er wieder?«

»Weiß nicht.«

Am liebsten hätte er diesem Drecksgesellen eine reingehauen. Doch rief er sich selbst zur Räson. Nur nicht wieder emotional werden! Das war schlecht fürs kriminalistische Gespür, und dieses Gespür sagte ihm, dass es das Beste wäre, Fröhlings Betriebsgelände etwas genauer unter die Lupe zu nehmen.

Escherlich ging mit dem Wandergesellen ins Haus. Klotz beschloss, sich ein wenig auf dem Hof umzusehen.

Aus einer Halle kamen regelmäßige Klopfgeräusche. Klotz' Blick fiel auf einen dicklichen Jungen mit blonden Haaren, der nicht einmal aufsah, als Klotz die Halle betrat.

»Was machen Sie da?«

»Ich bearbeite einen Stein.«

»Das sehe ich. Also?«

»Ein Grabmal in Form einer Pyramide.«

»Der Auftrag ist doch längst storniert. Sie bearbeiten da ein Beweisstück.«

»Davon weiß ich nichts. Der Meister hat gesagt, ich soll weitermachen mit meiner Arbeit.«

»So. Hat er das?«

Im Hintergrund konnte er eine Säge erkennen, und er fragte sich, warum Fröhling den schwarzen Klotz da so langwierig von Hand bearbeiten ließ.

Durch eine angelehnte Tür fiel ein Streifen Tageslicht in die Werkshalle. Er ging in die Richtung und schließlich durch die Tür nach draußen, in einen Bereich, der jenseits der Gebäude lag, welche den Hof der Bildhauerei umschlossen.

Auf einer Wiese, die auf zwei Seiten von einer mannshohen Mauer begrenzt wurde und frontal auf eine heruntergekommene Barockfassade zulief, lagen alle möglichen Arten von Grabsteinen herum. Zwischen den Steinhaufen waren immer wieder Schneisen geschlagen, die gerade so breit waren, dass ein Gabelstapler hindurchpasste.

Klotz durchschritt die Lagerstätte und musste dabei aufpassen, dass er nicht über irgendein Stück Holz oder Stein stolperte, sah sich hie und da eine verwitterte Schrift oder einen melancholisch dreinblickenden Engel an und gelangte schließlich zu dem barocken Haus. Er fuhr mit einer Hand über die porösen Voluten einer Fenstereinfassung. Ein Blick durch die Scheiben machte ihm klar, dass das Haus unbewohnt sein musste.

Klotz drückte die rostige Klinke einer Brettertür und ging in das Haus. Es roch nach Nässe und Moder. Über einen knarrenden Bretterboden bewegte er sich durch verschiedene Räume, betrachtete die Decken und fragte sich, wie man nur so barbarisch sein konnte, den wunderbaren Stuck, der da oben hing, einfach vergammeln zu lassen.

Schließlich gelangte er in eine Garage, die offensichtlich noch benutzt wurde. Er lupfte die graue Plane an, unter der sich ein Auto verbarg. Als er die silbergraue Farbe sah, zog er die Plane komplett von dem Wagen. Vor ihm stand ein Landrover. Ihm fiel die Zeugenaussage des Ehepaars Böhner ein. Hatten die nicht unweit des Tatorts einen Landrover gesehen, der eine Panne hatte? *Fröhling, langsam wird's eng für dich!*

***

Baurat Rößler, mit dem Fröhling am Tag von Bogendorfers Tod über die Restaurierung einer Würzburger Kirche verhandelt hatte, zog an seiner dunkelgrauen Seidenkrawatte und sah hinaus in den Regen. Als er den Knoten genügend gelockert hatte, öffnete er den obersten Hemdknopf, zog ein weißes Taschentuch aus seinem Jackett und wischte sich damit den Schweiß aus dem Nacken.

Während er der Person am anderen Ende der Leitung zuzuhören versuchte, dachte er an seine Frau und seine drei Kinder und daran, was passieren würde, wenn er die Person, die da gerade mit ihm sprach, enttäuschen würde.

»Aber natürlich. Sie können sich auf mich verlassen.«

Er hatte sich einen Bleistift genommen und bohrte mit dem stumpfen Ende gerade in seinem linken Ohr herum, als die Sekretärin an die Tür klopfte. Der Baurat winkte ab, die Sekretärin machte ein ernstes Gesicht und sah in die gestressten Augen ihres Chefs. Verließ das Büro, um zwei Minuten später zurückzukehren.

»Herr Baurat. Es ist wichtig! Da sind zwei Beamte von der Kriminalpolizei, die Sie dringend sprechen müssten …«

Er zog den Hörer vom Ohr und hielt mit einer Hand die Sprechmuschel zu.

»Jetzt nicht! Die sollen sich einen Termin geben lassen.«

»Das wird nicht gehen. Die beiden sind extra aus Nürnberg hierher…«

»Gut. Sollen zehn Minuten warten.«

Die Sekretärin verließ den Raum, und er nahm sich vor, das Telefongespräch so schnell wie möglich zu Ende zu bringen.

»Ja, wie ich schon sagte, Sie können sich voll und ganz auf mich verlassen … Ja, natürlich weiß ich … Selbstverständlich, Herr Staatssekretär …«

***

Patrick Fröhling drückte zum x-ten Mal die Wahlwiederholungstaste und trat das Gaspedal durch. Die Mailboxansage sprang an. Eine gut gelaunte Automatenstimme meldete sich:

»Herzlich willkommen. Der Teilnehmer ist im Moment leider nicht erreichbar. Bitte hinterlassen Sie eine Nachricht für«, es knisterte kurz in der Leitung, »Sven van der Heyd«.

Fröhling wartete nicht, bis der lang gezogene Signalton sein

Ende erreicht hatte. Wütend drückte er auf die Taste mit dem roten Telefonhörer. Griff nach der Zigarettenschachtel auf dem Beifahrersitz. Öffnete sie. Bemerkte, dass sie leer war, und warf sie in den verdreckten Fußraum.

Wenn er Sven nicht erreichen würde, dann würde es keine Wahl geben. Er würde in einer guten Stunde in München sein und den Herrn Staatssekretär persönlich sprechen müssen. Dass das mit Sicherheit eine peinliche Vorstellung werden würde, war klar. Aber es half nun mal nichts. Es ging schließlich um Leben und Tod. Und dabei war es noch nicht mal seine Schuld. Sven war es, der ihnen allen diese Scheiße eingebrockt hatte, dieser Vollidiot. Hätte er sich bloß nie mit diesem Typ eingelassen. Hätte er ihn bloß nie in seinem Leben getroffen. Doch dafür war es jetzt zu spät. Ganze achtzehn Jahre zu spät.

***

»Irgendwie hat dieser Baurat einen ziemlich angespannten Eindruck gemacht, findest du nicht?«, fragte Klotz und sah auf den barocken Bau der Würzburger Residenz, der gerade an ihm vorbeischlitterte.

Erinnerte irgendwie an dieses Schloss in Frankreich, dieses Versailles, nur ein bisschen kleiner, dachte er.

Escherlich brauchte ein paar Sekunden, bevor er die Frage beantworten konnte. Zuerst musste er noch diesen stinkenden Suzuki überholen. Ging es doch darum, so schnell wie irgend möglich von Würzburg nach Mondfeld zu kommen, ohne irgendwelche Rücksicht auf andere Verkehrsteilnehmer oder Tempolimits. Vermutlich wäre sein Kollege Klotz für solch eine Aufgabe der Geeignetere gewesen. Rücksichtnahme war ja bekanntermaßen nicht so sein Ding.

»Na ja, kein Wunder, dass der angespannt war«, antwortete Escherlich jetzt, »schließlich hat er bei der Vernehmung durch die Würzburger Kollegen offensichtlich bei den Zeitangaben für Fröhlings Alibi geschlampt, und zwar ordentlich. Da hat man wohl allen Grund, nervös zu sein. Schließlich geht es um Mord.«

Eine nochmalige Nachfrage seitens der Nürnberger Kommissare hatte ergeben, dass die ursprüngliche Zeugenaussage, wie sie in den Akten der Würzburger Polizei vermerkt war, nicht stimmte. Dort hatte der Baurat angegeben, Fröhling während der Mittagspause eine halbe Stunde lang nicht gesehen zu haben. Jetzt hatte er eingestanden, dass er sich vertan hatte. Fröhling sei während der Verhandlung mit dem Baurat nicht nur eine halbe, sondern fast zwei Stunden weg gewesen. *Wie man sich nur so täuschen kann.*

Escherlich bremste und fuhr an den Straßenrand. Sie hatten gerade das Ortsschild von Mondfeld hinter sich gelassen. Klotz drückte auf den Knopf der Stoppuhr.

»Siebenunddreißig Minuten und achtundzwanzig Sekunden«, konstatierte er knapp.

»Das könnte locker reichen. Hin- und Rückfahrt zusammen, das macht dann eine Stunde und fünfzehn Minuten. Bleibt noch etwa eine Dreiviertelstunde für den Mord. Was meinst du?«

»Autopanne vortäuschen, das Opfer anhalten und betäuben, auf die Fähre fahren, rein ins Wasser, wieder ans Ufer schwimmen, zurück zum Wagen, schnell umziehen und los. Das Ganze in fünfundvierzig Minuten? – Ja. Das geht.«

28. Dezember

Die Außentemperatur betrug null Grad. Als um zwanzig nach acht die Sonne endlich so hoch gestiegen war, dass sie über die Dächer der Stadt ihre Strahlen zu werfen vermochte, trafen einige dieser wärmenden Strahlen auf das Lächeln in seinem Gesicht.

Klotz schlüpfte eilig aus seinem Lodenmantel. Warf ihn beschwingt in Richtung Kleiderständer. Treffer! Der Kragen war direkt auf einer hervorstehenden Aufhängung gelandet. Der Mantel baumelte langsam aus.

Auf seinem Weg zur Kaffeemaschine griff er nach einem Dartpfeil, der an einer Ecke von Escherlichs Schreibtisch aus einem Haufen Müll herausspitzte, und warf ihn gegen das Poster an der Tür. Er hatte den Pfeil genau zwischen die Augen von Rocky Balboa geworfen. Der Applaus, den er nach dieser Glanzleistung folgen ließ, galt niemand Geringerem als ihm selbst.

Nachdem er die Kaffeemaschine klargemacht hatte, warf er sich in seinen Chefsessel und wurde durch den mächtigen Einschlag auf der Sitzfläche wieder an sein Übergewicht erinnert.

Er blickte in die aufgehende Sonne, lauschte dem Röcheln der Kaffeemaschine und dachte an Melanie und daran, dass er verliebt war.

Ihre großen Rehaugen, ihre dunkle Haut, von deren Geruch er nicht genug bekommen konnte, ihr tiefschwarzes Haar, das einem so weich und so seidig durch die Finger glitt. Ihr Kuss.

Plötzlich bemerkte er, dass er ins Schwärmen gekommen war. Bei Licht betrachtet doch ziemlich schwülstig, was er da so fühlte und dachte. Und trotzdem.

Er stand auf. Ging rüber zum Faxgerät und wunderte sich. Ging zurück zu seinem Platz, schenkte sich im Vorübergehen einen Kaffee ein. Wählte schließlich Roses Nummer.

»Wir haben ihn!«, rief Klotz triumphierend aus.

Rose schwieg für einen Moment.

»Wie? Ihr habt wen?«

»Den Mörder von Gummler und Bogendorfer.«

Klotz berichtete von den Ermittlungsergebnissen der letzten Tage und dass man Fröhling, der sich offenbar hatte absetzen wollen, auf der A 9 Richtung München aufgegriffen hatte. Die Vernehmung würde gleich stattfinden. Er gehe davon aus, dass Fröhling ein umfassendes Geständnis ablegen würde. Rose gratulierte seinem Kollegen und schien erleichtert, dass der Fall endlich zu seinem Abschluss gefunden hatte.

»Ach ja, da ist noch was«, fiel Klotz wieder ein.

»Ja?«

»Das Phantombild, das ihr mit diesem Ehepaar, diesen Böhners, gemacht habt …«

»Was ist damit?«

»Ist irgendwie nicht bei uns angekommen.«

»Kein Problem. Fax ich dir gleich noch mal.«

»Also dann, man sieht sich.«

»Ich hoffe. Und einen guten Beschluss.«

»Ebenso. Mach's gut.«

Während er in einen von Escherlichs Lebkuchen biss, blickte Klotz auf Rocky Balboa, aus dessen Kopf sich langsam die Spitze des Dartpfeils löste, um schließlich auf den Boden zu fallen und dort stecken zu bleiben.

Sie waren runter in den Keller gegangen. Irgendein Kommissar von der Sitte in einem grünen Jackett kam ihnen entgegen und grüßte. Klotz fand, dass die glasgrüne Farbe des Jacketts zu den Flaschen von der Sitte passte. Grüßte zurück und ging weiter.

Er überlegte, ob er sich vor dem Verhör noch an dem Kaffeeautomaten bedienen sollte. Sah zu Escherlich rüber, der irgendwie einen ziemlich angespannten Eindruck machte.

»Wie geht's dir eigentlich?«

Der Kollege antwortete nicht. Sah ihn nicht einmal an, und Klotz beschlich das Gefühl, in einen Fettnapf getreten zu sein.

Escherlich warf ein Geldstück in den Automaten. Drückte

einen Knopf. Im Ausgabefach das klappernde Geräusch eines leeren Plastikbechers, der gleich befüllt werden sollte.

Staatsanwältin Gulden musste beim Friseur gewesen sein. Das war das Erste, was Klotz dachte, als er die Tür wieder geschlossen und einen guten Morgen gewünscht hatte. Dann sah er, dass irgendjemand schon einen neuen Kalender für 2007 aufgehängt hatte. Auf dem Titelblatt war ein Schimpanse abgebildet, der eine Polizeimütze auf dem Kopf trug und gerade dabei war, sich eine Banane zwischen zwei blendend weiße Zahnreihen zu schieben. In was für einem schwachsinnigen Staat leben wir eigentlich, fuhr es Klotz durch den Kopf, und er sah durch die Scheibe.

Fröhling trug ein graues T-Shirt, eine verwaschene Bluejeans und abgelaufene Sportschuhe. Sein Gesicht war hinter einer undurchdringlichen Matte aus schwarzen Rastalocken versteckt, sodass man über Ausdruck und Farbe nur Mutmaßungen anstellen konnte. Im Hintergrund saß ein Grün-Weißer, der darauf wartete, dass ihn jemand ablöste, damit er dem Häftling endlich die Handschellen abnehmen und gehen konnte.

Während Klotz abwechselnd an seinem Kaffee nippte und an einer Zigarette sog, begutachtete er die neue Frisur der Staatsanwältin genauer. Na gut, wirklich schlecht sahen diese Korkenzieherlocken ja nicht aus, aber an die Silikontitten von der Zangenberg kamen sie nicht ansatzweise ran, das musste man schon einräumen. Wo war die überhaupt? Vermutlich stand sie in irgendeiner Damentoilette vor dem Spiegel und glotzte sich ihre neuen Möpse an. Klotz, der den angefangenen Gedanken nicht vertiefen wollte, drückte seine Kippe in den Aschenbecher, blickte zu Escherlich und machte eine auffordernde Geste.

Die beiden Ermittler erlösten den Grün-Weißen, der auf Fröhling hatte aufpassen müssen. Escherlich setzte sich Fröhling gegenüber, Klotz nahm den Platz auf der Stirnseite ein. Er holte seinen Tabak raus und bot Fröhling an, sich eine zu drehen. Jetzt hob er endlich den Kopf, und man bekam sein erschöpftes Gesicht zu sehen. Seine Augen flackerten ängstlich zwischen den beiden Kommissaren hin und her. Escherlich hatte das Mikrofon zu ihm rübergestellt und drückte auf die Aufnahmetaste des Tonbandgeräts.

E: Donnerstag, der 28. Dezember 2006. Neun Uhr fünfzehn. Vernehmung des Tatverdächtigen Patrick Fröhling in den Tötungsdelikten Gummler und Bogendorfer.
K: Herr Fröhling. Fangen wir mal der Reihe nach an. Sie erinnern sich sicher an meinen Besuch am 22. Ich hatte Sie damals nach einem Thorsten Gummler gefragt. Sie erinnern sich?
F: Ja. Kann sein.
K: Damals haben Sie behauptet, Sie würden Thorsten Gummler nicht kennen beziehungsweise hätten ihn nie gekannt. Wir haben inzwischen Beweise dafür, dass diese Behauptung nicht der Wahrheit entspricht. Was sagen Sie dazu?
F: Ich hatte Angst.
K: Angst wovor?
F: Dass Sie mich verdächtigen könnten.
K: Können Sie das etwas genauer erklären?
F: Na ja, ich dachte, dass Sie vielleicht denken könnten, ich hätte Thorsten Gummler umgebracht. Schließlich haben Sie mich ja schon über Bogendorfer ausgequetscht, und das hatte sich für mich irgendwie so angehört, als würden Sie mich verdächtigen.
K: Interessant. Übrigens, falls Sie es noch nicht wissen: Wir glauben tatsächlich, dass Sie Gummler und Bogendorfer umgebracht haben. Deshalb werden Sie hier auch nicht mehr als Zeuge, sondern als Tatverdächtiger vernommen.
F: Ist das Ihr Ernst?
K: Zu den Fakten. Gestern, während Sie sich auf der Flucht befanden, haben sich mein Kollege und ich Ihre Räumlichkeiten mal etwas genauer angesehen. Und stellen Sie sich vor, was mein Kollege da gefunden hat.
F: Was denn?
E: Eine Fünfzig-Milliliter-Ampulle Rocuronium.
F: Wie bitte? *Was* haben Sie bei mir gefunden?
E: Rocuronium. Im Kühlschrank. Mit diesem Betäubungsmit-

tel wurde Ihr Mitarbeiter Bogendorfer kurz vor seiner Ermordung wehrlos gemacht. Ich bitte um eine Erklärung.

F: Ein Betäubungsmittel in meinem Kühlschrank? Unsinn! Das kann nicht sein!

E: Wenn du uns verarschen willst, dann mach nur weiter so! Wir kriegen dich. Mit oder ohne Geständnis.

K: Peter, bitte! Entschuldigen Sie, Herr Fröhling. Die Umgangsformen meines Kollegen ... Also. Wir haben nicht nur dieses Betäubungsmittel gefunden, sondern auch den mutmaßlichen Wagen, mit dem der Täter Bogendorfer bei Mondfeld aufgelauert hat. Es handelt sich dabei um einen Landrover, Farbe silbergrau.

F: Ich war das nicht! Ich habe Bogendorfer nicht umgebracht!

K: Wir können jetzt natürlich die kriminaltechnische Untersuchung abwarten, die mit Sicherheit ans Licht bringen wird, dass Sie mit dem Landrover in Mondfeld gewesen sind, oder wir können durch ein Geständnis die Sache schnell zu Ende bringen.

F: Natürlich war ich mit dem Wagen in Mondfeld! Zwei Wochen bevor ich Bogendorfer dahin geschickt habe, hab ich mir die Burg schon mal angesehen. Ich musste mit dem Landrover hin. Der Toyota war in der Werkstatt. Aber ... ich verstehe das alles nicht!

K: Was verstehen Sie nicht?

F: Sie wissen doch ganz genau, dass ich an diesem Samstag, an dem Bogendorfer umgebracht wurde, bei einem Verhandlungsgespräch in Würzburg gewesen bin.

K: Tja. Das tut mir jetzt leid, aber wie soll ich sagen ...

E: Der Herr Baurat hat seine Aussage widerrufen. Besser gesagt richtiggestellt. Es war für Sie sehr wohl möglich, nach Mondfeld auf diese Fähre zu fahren und Ihren verhassten Mitarbeiter aus dem Weg zu schaffen.

K: Ihr Alibi ist geplatzt.

E: Übrigens: Wir haben mal Ihre Konten überprüft. Besonders gut ging es Ihnen in letzter Zeit ja nicht.

F: Was wollen Sie damit sagen? Die Auftragslage in der Baubranche ist im Moment allgemein nicht besonders rosig.

E: Keine Frage. Aber warum haben Sie dann Bogendorfer Anfang Dezember zehntausend Euro überwiesen?
F: Bogendorfer steckte mal wieder in der Klemme, seine ewige Zockerei, diese Spielsucht …
K: Diese zehntausend Euro waren nicht die einzige außerordentliche Zahlung, die Sie an Bogendorfer geleistet haben. Letztendlich kommen wir auf eine Summe von achtundsechzigtausend Euro, die Sie innerhalb der letzten fünf Jahre Ihrem Mitarbeiter gezahlt haben – von seinem regulären Gehalt mal abgesehen, wohlgemerkt. Was ist da los? Erklären Sie uns das!
F: Ein Freundschaftsdienst.
E: Womit hat dich Bogendorfer erpresst? Raus mit der Sprache!
F: Ich will meinen Anwalt sprechen.
E: Gut. Hier, das Telefon.
K: Und hier die Gelben Seiten.
F (blättert in den Gelben Seiten, wählt, telefoniert).
K: Kein Mensch hat etwas dagegen einzuwenden, dass Sie in Ihrer prekären Situation einen Anwalt zurate ziehen. Ich an Ihrer Stelle würde nicht anders handeln. Bis Ihr Anwalt eintrifft, würde ich mich aber gerne noch ein wenig mit Ihnen unterhalten.
F: Herr Klotz, könnte Ihr Kollege vielleicht …?
K: Peter?
E (verlässt den Raum).
K: Also, ich kann mich daran erinnern, dass Sie mir versprochen hatten, bei uns vorbeizuschauen, um ein Phantombild und eine Täterbeschreibung abzuliefern. Schließlich haben Sie behauptet, dass der mutmaßliche Täter bei Ihnen in der Woche vor Weihnachten erschienen sei und ein Grabmal in Auftrag gegeben habe. Warum sind Sie am Mittwochmorgen hier eigentlich nicht erschienen? Das hätte Sie doch entlastet.
F: Ich hab einfach die Nerven verloren. Irgendwie war mir klar, dass ich unter Mordverdacht geraten war, und da wollte ich …

K: Okay. Ich verstehe Sie, und ich möchte Ihnen ein Angebot machen.
F: ?
K: Sie bleiben dabei: Ein dubioser Unbekannter, vermutlich der Mörder, ist wenige Tage vor Weihnachten bei Ihnen aufgetaucht?
F: Ja.
K: Dann können Sie also ein Phantombild und eine Beschreibung liefern?
F: Ja, natürlich.
K: Also, dann schlage ich vor, dass ich Sie jetzt zu unseren Kollegen von der Technik begleite und Sie Ihr Versäumnis nachholen. Was sagen Sie dazu?
F: Einverstanden.

Nachdem er Fröhling zu den Technikern begleitet hatte, war Klotz in sein Büro gegangen. Er warf einen Blick auf das Faxgerät. Immer noch kein Phantombild aus Würzburg. Entweder war das Gerät kaputt, oder sie hatten das Fax ins Sekretariat geschickt. Er verließ das Büro und ging wieder raus auf den Gang. Gerade als er die Klinke des Sekretärinnenzimmers drücken wollte, kam Lackner um die Ecke, winkte ihm zu und sah ihn aufgeregt an.

»Ron, was gibt's so Dringendes?«

Klotz glaubte, auf Lackners Arztkittelkragen so etwas wie Lippenstift erkannt zu haben. Oder war es Blut?

»Das Ergebnis des DNA-Abgleichs.«

Der Rechtsmediziner drückte Klotz einen braunen Umschlag in die Hand.

»Was ist damit?«

Lackner runzelte die Stirn. Sein Gesichtsausdruck hatte plötzlich etwas Beleidigtes an sich.

»Willst du mich verarschen? Ich glaub, du hast der Zangenberg zu tief in den Ausschnitt geschaut!«

Und wo schaust du den ganzen Tag hin? In den Hals einer leeren Flasche! Klotz hatte mal gelesen, dass sich die Denkleistung unter Stress messbar vermindert. Das fiel ihm jetzt gerade wieder ein, als Lackner sich wütend umdrehte und ging.

Der Hauptkommissar wandte sich wieder der Tür von Zangenbergs Zimmer zu. Bevor er die Klinke drückte, konzentrierte er sich noch einmal. *Nein, er würde ihr nicht auf die Titten glotzen. Auf keinen Fall!*

»Ach! Guten Morgen, Herr Klotz! Schon lange nicht mehr gesehen.«

»Morgen Leonie. Ich wollte …«

Ich wollte dich zu deinem blendenden Aussehen beglückwünschen und fragen, ob ich vielleicht mal deine frischen, prallen ….

»… ich wollte Sie nur fragen, ob da vielleicht ein Fax von den Kollegen aus Würzburg reingekommen ist. Es handelt sich um ein Phantombild.«

»Hier, bitte«, antwortete die Sekretärin und reichte Klotz das Fax.

»Und noch was.«

»Ja?«

»Ich habe natürlich längst bemerkt, dass ihr alle bemerkt habt, dass ich …«

»Machen Sie sich da mal keine Gedanken, Leonie.«

Klotz bemerkte, dass er langsam rot wurde.

»Also, wenn Sie sie sehen wollen, kein Problem, Herr Hauptkommissar.«

Hatte er sich da gerade verhört? Klotz wusste nicht, was er sagen sollte. Man rechnete ja mit vielem, aber so etwas …

»Ich … ich habe einen wichtigen Termin beim Polizeipräsidenten«, entschuldigte er sich stotternd, »ein andermal vielleicht. Bis dann.«

»Ade.«

Die Idee war so simpel wie einfach gewesen. Klotz sah sich noch einmal das Phantombild der Böhners an, dann fiel sein Blick auf jenes, das Fröhling angefertigt hatte. Ein Unterschied wie Tag und Nacht. Und der Beweis dafür, dass Fröhling gelogen hatte. Abgesehen von der Tatsache, dass die beiden Skizzen ein menschliches Gesicht abbildeten, war beim besten Willen keine Gemeinsamkeit festzustellen.

Klotz steckte die Phantombilder in eine Schublade. Eigentlich hätte er zufrieden sein müssen. War er aber nicht. Er stand auf und sah hinunter zu der kleinen Kirche auf dem Jakobsplatz. Vereinzelt wehten ein paar Schneeflocken gegen die Scheiben. Er dachte nach. Kramte in der Innentasche seines Mantels und zog das Foto hervor, das ihm von den Akten Morvan und Lohofer geblieben war. Setzte sich an den Schreibtisch. Starrte auf das Foto. Drehte es um. Starrte auf die Unterschrift seines Vaters. Der Vater. Sein ganzes Leben lang hatte er ihn bewundert, auch wenn dieser nie zufrieden mit ihm gewesen war. Er sah wieder dessen enttäuschtes Gesicht vor sich, als er ihm hatte offenbaren müssen, dass die diversen Versuche, ein Studium der Medizin aufzunehmen, gescheitert waren. Sein Abitur war einfach zu schlecht gewesen, und im Medizinertest, den er wiederholt versucht hatte, war er immer wieder durchgefallen. *Dann wirst du eben Kriminaler.* Er hatte den Klang dieser Worte noch im Ohr. Sie hatten sich wie die Erklärung einer Kapitulation angehört. Und dennoch war er der Aufforderung gefolgt, und jetzt saß er hier und grübelte über seinen Vater Dr. Reinhardt Klotz, und ob dieser Vater, dieser makellose Vater, der seinen Sohn für einen Versager gehalten hatte, vielleicht in eine riesengroße Schweinerei verwickelt gewesen war.

Klotz nahm einen Kugelschreiber und zeichnete ein Quadrat auf das Foto. Zeichnete die Diagonalen ein. Dann nahm er das Foto und steckte es in seine Manteltasche.

Er ließ seinen Blick über den Schreibtisch wandern. Hängen blieb er an dem Kuvert, in dem Lackners Bericht steckte. Vielleicht sollte ich Biro anrufen, schoss es ihm durch den Kopf, als die Tür geöffnet wurde und Escherlich das Büro betrat.

»Grüß dich, Peter. Was ist denn los mit dir?«

»Wieso?«

»Siehst irgendwie verschwitzt aus.«

Klotz sah, dass Escherlichs Hosenstall offen stand. Escherlich hatte den Blick des Kollegen auf die Hose bemerkt und schloss schnell den Reißverschluss.

»Ach Mensch, Peter. Ich sag es mal so: Es ist mir ja egal, was du in deiner Freizeit machst, aber …«, begann Klotz.

»Aber was?«

»In Amerika sagt man: *Don't fuck where you eat.*«

Mit einem zerknüllten Tempotaschentuch, das er irgendwo zwischen dem Müll auf seinem Schreibtisch gefunden hatte, wischte sich Escherlich das Gesicht ab.

»In Amerika ... Ich war auf dem Klo, du Eumel! Was du schon wieder denkst.«

Klotz fiel etwas Rotes auf, was an Escherlichs Hals klebte und ihn an den Lippenstift von Leonie Zangenberg erinnerte. Klotz beschloss, nicht weiter nachzubohren. Nahm das hellbraune Kuvert vom Schreibtisch und reichte es seinem Kollegen.

»Fröhling wartet schon«, merkte er an, »schau dir das auf dem Weg zum Verhörraum an. Also, los jetzt. Auf!«

K: Nun, Herr Fröhling. Wie geht es Ihnen?

F: Den Umständen entsprechend. Hat Ihnen das Phantombild weitergeholfen?

K: Darauf kommen wir später zu sprechen. Zunächst mal gibt es da für uns noch einige offene Fragen, auf die wir gerne eine Antwort hätten.

E: Möchten Sie eine Zigarette?

F (nimmt sich eine Zigarette, Escherlich hält ihm ein Feuerzeug hin): Danke.

K: Erklären Sie uns doch mal, was das mit dieser Pyramide, diesem Grabmal und diesem Adresszettel mit meinem Namen drauf soll.

F: Wie bitte?

E: Antworten Sie einfach.

F: Ich kann dazu nichts sagen. Ich sagte doch schon, dass es sich da um einen Auftrag von diesem dubiosen Mörder gehandelt hat.

K: Können Sie uns auch erklären, warum Sie diesen Grabstein weiterhin von Ihrem Lehrling bearbeiten lassen, wo der Auftrag doch im Prinzip hinfällig geworden ist?

F: Ja, natürlich, das kann ich schon.

E: Also, raus mit der Sprache!

F: Ganz einfach. Der Stein ist ja nun einmal da, und der Lehrling soll ja auch was lernen. Da hab ich ihm gesagt, dass er das Ding fertig machen soll.

K: Hm. Na ja. Ein bisschen makaber vielleicht, aber gut.

F: In meinem Job geht es immer irgendwie makaber zu. Der Tod stellt einen beträchtlichen Teil meiner Geschäftsgrundlage dar.

K: Verstehe. Aber trotzdem möchte ich eine klare Antwort auf meine Frage. Bei Bogendorfer und Gummler sind wir uns einigermaßen über die Motivlage im Klaren. Aber warum wollen Sie *mich* umbringen?

F: Ich begreife überhaupt nichts mehr! Was soll das? Wie oft soll ich meine Unschuld noch beteuern? Ich war es nicht! Ich bin kein Mörder!

E: Erstunken und erlogen! Hier, schauen Sie sich das an! (wirft Fröhling den Bericht der Gerichtsmedizin hin).

F: Was soll das? Was ist das?

E: Keine blöden Fragen stellen. Lesen!

F (schlägt den Bericht auf): Ich verstehe das nicht. Irgendwelche Zahlen, Tabellen …

K: Letzte Seite, letzter Absatz.

F (liest): … kann mit einer Wahrscheinlichkeit von neunundneunzig Komma neun Prozent davon ausgegangen werden, dass die am Tatort in Göring aufgefundenen Fingernägel von Herrn Patrick Fröhling stammen.

K: Und?

F (schweigt).

E: Was moderne Ermittlungsarbeit so alles zu leisten imstande ist …

F: Das ist unmöglich.

K: Unmöglich, sagen Sie. Wissen Sie, was ich unmöglich finde? (legt die Phantombilder auf den Tisch, die nach den Angaben von Fröhling und dem Ehepaar angefertigt wurden).

F: ?

K: Schauen Sie sich diese Phantombilder nur ganz in Ruhe an. Wir haben Zeit.

F: Ja, gut. Das linke da, das ist das Bild vom Täter. Das hab ich ja gerade mit Ihren Kollegen gemacht.

K: Komisch nur, dass das andere Bild ebenfalls den Täter zeigt. Es wurde mithilfe anderer Zeugen erstellt. Erkennen Sie da vielleicht irgendeine Ähnlichkeit zwischen dem Phantombild, das Sie uns geliefert haben, und diesem hier?
F (schweigt).
K: Hiermit ist Ihre Untersuchungshaft beendet, Herr Fröhling. Die Beweisaufnahme ist abgeschlossen. Ein entsprechender Antrag wurde bereits bei der Staatsanwaltschaft eingereicht und ist inzwischen auch abgesegnet worden. Bis zur Verhandlung bleiben Sie selbstverständlich in Haft. Möchten Sie noch etwas sagen?
F (schweigt).
E (drückt auf einen Knopf, spricht in ein Mikrofon): Ihr könnt ihn wieder in seine Zelle bringen. Das war's. Ende.

Klotz saß aufrecht im Bett. Er hatte eine Hand auf die Matratze gelegt. Mit der anderen zündete er sich eine Zigarette an.

Sein Kopf war leer. Gegenüber an der Wand hing ein Poster, von dem die müden Augen von Homer Simpson auf ihn herabglotzten. Mit einem seiner dicken Finger rührte Homer in einem Bierglas herum. Neben dem Glas waren Pfützen aus gelblichem Bier verteilt. *Deep thoughts of Homer Simpson: If something's hard to do, then it's not worth doing.*

»Sag mal, was ist das für 'ne Musik, die da läuft?«, rief Klotz in Richtung Badezimmer.

Keine Antwort. Entweder hatte Melanie ihn nicht gehört, oder sie hatte keine Lust zu antworten. Kein Wunder. Schließlich hatte er es verpatzt. Dabei hatte alles so wunderbar begonnen. Das Essen in diesem indischen Lokal war hervorragend gewesen. Besonders die pikante Soße, die es zu dem Tandoori-Hühnchen gegeben hatte. Hatte genau die richtige Schärfe gehabt. Hatte sie beide scharf gemacht. Doch als sie dann miteinander geschlafen hatten, hatte er plötzlich wieder an den Fall denken müssen.

Hatte abbrechen müssen.

Sie war, ohne ein Wort zu sagen, im Bad verschwunden. Dieser bescheuerte Fall, der kein Ende fand. Diese verfluchte Arbeit, die einen nie in Ruhe ließ. Klotz paffte den Rauch seiner Zigarette hinüber zu Homer Simpson.

Wahrscheinlich war es der Anfang vom Ende, dachte er weiter, und er überlegte, ob es sich lohnen würde, zu kämpfen, oder ob er sich in das unabdingbare Schicksal eines Bullen ergeben sollte, der einfach nicht abschalten konnte. Das Ende einer Beziehung akzeptieren, die noch nicht mal begonnen hatte. Eine Affäre, eine Episode also nur.

»Hed Kandi.«

Sie stand vor ihm. Hatte den Kopf leicht geneigt. Ihre nassen Haare glänzten im Licht, und er bemerkte, wie wunderschön sie war, wie zerbrechlich und zart, wie wahnsinnig verführerisch. Er war ein Esel.

»Wie bitte?«

»Hed Kandi. Du wolltest doch wissen, was das für eine Musik ist.«

»Ach so, ja.«

Sie ging zurück ins Bad, und er überlegte, was er tun sollte. Er fühlte sich unwohl. Hatte keine Lust, in eine schräge Melancholie abzugleiten. Stand schließlich auf, nachdem er fertig geraucht hatte, und zog sich hastig an.

»Was ist los?«, fragte ihn Melanie.

»Ich … ich weiß nicht.«

»Schon gut.«

»Es ist nicht so, wie du denkst.«

»Ich denke nichts. Es ist wirklich nicht schlimm.«

»Gut, aber …«

»Wenn du gehen willst, dann geh. Kein Problem.«

»Ich ruf dich an«, antwortete Klotz resigniert und ging.

Er konnte nur hoffen, dass sie ihm tatsächlich nicht böse war. Das würde sich schon wieder einrenken, beruhigte er sich.

Als er die trockene Winterluft einatmete, fühlte er sich ein wenig besser, und ihm fiel wieder ein, was er vorhin, im unpassendsten aller Momente, gedacht hatte: Fröhling *musste* es gewesen sein, er *konnte* es aber nicht gewesen sein.

Ein absurder Gedanke.

Zweifellos deuteten alle Beweise und Indizien lückenlos auf Fröhling als Täter hin. Das war eine Tatsache, die nicht geleugnet werden konnte, die letzten Endes den Abschluss der Untersuchungen gerechtfertigt hatte. Und dennoch. Irgendwie hatte er das diffuse Gefühl, dass Fröhling nicht der Täter sein konnte. Eine handfeste Begründung wollte ihm nicht einfallen. Stattdessen erinnerte er sich an eine von Biros Weisheiten: *Der Tatort ist der Schlüssel zum Täter.*

Also. Wenn der Tatort ein Schlüssel war, dann musste der Täter das Schloss sein. Und genau da lag das Problem. Hier, an dieser Nahtstelle, stimmte etwas nicht. Das, was an den Tatorten geschehen war, passte einfach nicht zu einer Persönlichkeit wie diesem Fröhling.

Angenommen, Fröhling hätte Gummler und Bogendorfer umbringen wollen, weil sie ihn erpressten. Warum war er dann nicht hergegangen und hatte, wie jeder andere Mörder auch, einfach eine Pistole oder ein Messer genommen und auf eine günstige Gelegenheit gewartet?

Bei den Lagebesprechungen waren sie sich alle einig gewesen, dass die Tatorte, Tatzeiten und Tatumstände von Bedeutung geradezu überfrachtet waren. Wenn sich Klotz an die Verhöre erinnerte, so konnte er nicht feststellen, dass Fröhling jemand war, den eine besondere Tiefgründigkeit auszeichnete. Sollte dieser Fröhling jemand sein, der der Welt eine spezielle Botschaft zu übermitteln hatte? Ein Mann, der einen Handwerksbetrieb leitete und mit beiden Beinen im Leben stand? Wohl kaum. Er war einfach nicht der Typ dafür. Außerdem hielt ihn Klotz nicht für intelligent genug, sich derartige Inszenierungen auszudenken, wie sie in den beiden Mordfällen vorlagen.

Und dennoch sprach die objektiv feststellbare Spurenlage zu einhundert Prozent gegen Fröhling. Oder zu neunundneunzig Komma neun Prozent, wenn man's genau nahm.

Er war in Höhe des Berliner Platzes angekommen und hielt an, um sich eine Zigarette zu drehen. Das grelle Licht eines entgegenkommenden Autos blendete ihn, und er drehte sich zum Stadtparkgelände hin. Als er die fertige Zigarette in den Mund gesteckt hatte, blickte er für einen Moment in die Dunkelheit, nahm ein paar Sekunden die Umrisse von Bäumen und Hecken wahr und zündete sich die Zigarette an. Dann ging er weiter.

Morgen würde er noch einmal die Vernehmungsprotokolle studieren. Und zwar gründlich. Und er würde noch mal mit Fröhling reden. Allein, unter vier Augen.

***

Er atmete ruhig und tief. Die Temperatur war auf drei Grad unter Null gefallen, aber ihm war nicht kalt. Er schluckte wieder und nahm den beißenden Geschmack des Kokains wahr, das von der Stirnhöhle kommend an seinem Gaumen Richtung Speiseröhre hinunterlief. Er steckte sich einen Kaugummi in den Mund. Die Schärfe in seinem Rachen neutralisierte sich, und er bemerkte, wie seine Sinne mit jeder Sekunde klarer und wacher wurden.

Durfte man der Anzeige des GPS-Gerätes glauben, so war er keine hundertfünfzig Meter mehr vom Zielobjekt entfernt. Er schaltete das Gerät aus und beschloss, sich an das Objekt heranzupirschen.

Linker Hand bemerkte er die Silhouette des Schillerdenkmals. Er überlegte, ob der Schatten der Büste für eine ausreichende Deckung genügen würde. Entschied sich dann für ein Gestrüpp, das näher am Zielpunkt lag.

Nachdem er sich hingekniet hatte, blickte er für einen Moment den Weg entlang, auf dem der Wagen geparkt hatte. Das Auto war etwa fünfzehn bis zwanzig Meter von der Ausfahrt auf die Bayreuther Straße entfernt.

Er sah die mächtige Reformationskirche auf dem Berliner Platz. Sie wurde von starken Scheinwerfern angestrahlt und erschien in einem warmen, beinahe orangefarbenen Licht. Er schaltete das Nachtsichtgerät ein.

Während der zehn Minuten, in denen er die beiden Männer in dem Wagen beobachtet hatte, waren gerade mal zwei Spaziergänger an der Ausfahrt zur Hauptstraße vorbeigekommen. Im Park selbst tat sich nicht das Geringste. Er richtete sich langsam auf und beschloss loszuschlagen.

Er war schon zehn Meter an dem Fahrzeug dran, als plötzlich ein Mann in einem Mantel auf dem Bürgersteig, der die Ausfahrt kreuzte, stehen blieb und sich zum Park hinwandte. Schnell tauchte er ab, ging in die Hocke.

Als der Mann einen Tabaksbeutel aus der Tasche seines Mantels gekramt und damit begonnen hatte, sich eine Zigarette zu drehen, erkannte er ihn: Klotz! Verdammt, was machte der denn da?

Nachdem er sich seine Zigarette angezündet hatte, war Klotz weitergegangen.

Er überlegte, wie lange er noch warten sollte. Plötzlich sprang der Motor des Wagens an. Sekunden später fiel der rote Schein der Rücklichter auf sein Gesicht. Er stand auf und näherte sich dem Fahrzeug.

»Hallo? Hallo, entschuldigen Sie!«

Er klopfte energisch gegen die Scheibe an der Beifahrerseite. Schließlich brach der Fahrer das Anfahrmanöver ab. Der Jüngere, der mit den helleren Haaren, ließ die Scheibe herunter.

»Was ist denn?«

»Entschuldigung. Ich möchte Sie gar nicht lange aufhalten, Herr Wachtmeister. Aber ich bin fremd hier. Ich komme aus Düsseldorf, verstehen Sie, und ich müsste …«

»Was suchen Sie denn?«

»Ich müsste zum Nordostbahnhof.«

»Nordostbahnhof? Das ist ganz leicht, also Sie gehen hier vorne nach links …«

»Könnten Sie mir das auf dem Plan einzeichnen, bitte?«

Genervt nahm der Beamte Plan und Kugelschreiber entgegen. Als er die Spitze des Kugelschreibers auf den Nordostbahnhof setzte, um diesen mit einem Kreuz zu markieren, hörte er ein kurzes, trockenes Geräusch, das wie ein metallener, tonloser Pfiff klang. Er blickte zu seinem Kollegen auf dem Fahrersitz und sah das Einschussloch auf der Stirn, aus dem dunkles Blut quoll. Drehte sein Gesicht wieder zu dem Passanten. Spürte für den Bruchteil einer Sekunde einen stechenden Schmerz. Ließ Kugelschreiber und Plan fallen und konnte nichts anderes tun als sterben.

29. Dezember

Obwohl er in der Nacht ruhig und fest geschlafen hatte, war Klotz immer noch verstimmt. Alles war irgendwie schief, verursachte ein leichtes, aber doch permanentes Ziehen in der Magengegend. Und zu allem Überfluss war er auch noch viel zu spät dran.

Als er aus der Knorrstraße auf den Jakobsplatz getreten war, bot sich ihm ein ungewöhnlicher Anblick, und er blieb unvermittelt stehen. Was zum Teufel machten denn all diese Presseleute da? Sogar eine Fernsehkamera ragte aus diesem Knäuel von Journalisten, das sich vor dem Haupteingang des Präsidiums eingefunden hatte.

Er überlegte, dass es wohl am besten wäre, sich vorbeizuschleichen und über die Rückseite das Gebäude zu betreten. Da trat plötzlich einer der Journalisten aus der Menge und starrte zu ihm herüber. Mist, verdammter! Der Zeitungsschreiber musste ihn erkannt haben.

Die Truppe kapierte schnell, was los war, und im Nu waren alle Blicke nur noch auf ihn gerichtet. Klotz wusste, dass jetzt jeder Widerstand zwecklos war oder gar lächerlich gewirkt hätte. Also entschloss er sich, diesem Auflauf von Medienmenschen, so resolut es ging, entgegenzutreten.

Er hatte noch nicht ein Wort gesagt, da blitzten auch schon die ersten Fotoapparate. Ein Fernsehfritze hielt ihm ein riesiges Mikro unter die Nase:

»Herr Hauptkommissar, was haben Sie zu dem Doppelmord an den beiden Polizisten zu sagen?«

Klotz fühlte sich mit einem Mal völlig aus der Bahn geworfen. Er wich dem Journalisten aus und starrte für einen Moment auf den wuchtigen Adler, der über dem Eingangsportal prangte, und er wünschte, dass sich das stählerne Ungetüm doch lösen und auf sie alle hinabstürzen würde. Aber es rührte sich nichts.

»Herr Hauptkommissar, eine Stellungnahme bitte!«

Klotz kehrte zu den aufgeregten Fernsehfuzzis zurück.

»Da müssen Sie sich an den Einsatzleiter des entsprechenden Dezernats wenden.«

»Es hieß, Sie wären mit dem Fall betraut worden.«

»So? Da wissen Sie aber mehr als ich. Am besten, Sie warten die offizielle Presseerklärung ab. Da drüben ist ein nettes Café. Und jetzt lassen Sie mich bitte durch. Ich bin hier, um meine Arbeit zu machen.«

Nachdem er die Tür des Büros hinter sich geschlossen hatte, musste er erst einmal seine Gedanken ordnen. Doppelmord? Zwei Polizisten, die man umgebracht hatte? Und wenn schon. Er würde warten. Irgendeiner hier in diesem Laden würde ihn schon aufklären. Es war zunächst einmal viel wichtiger, dass er sich um Fröhling kümmerte.

Während er sich eine Tasse Kaffee einschenkte, sah er zu Escherlichs Schreibtisch und wunderte sich. Der Dreck war weg. Die Fläche glänzte wie der ölige Eierkopf von Laanschaf. Wo war Escherlich eigentlich schon wieder?

Klotz setzte sich. Neben dem Ordner, der Fröhlings Vernehmungsprotokolle enthielt, lag eine Nachricht. Er sollte sich sofort bei Huber melden.

»Der Herr Polizeipräsident spricht gerade mit der Presse. Er wird wohl erst wieder in einer halben Stunde zu sprechen sein. Möchten Sie so lange warten?«

Frau Grau, die Vorzimmerdame, deren Name Programm zu sein schien, sah ihn über den metallenen Rand ihrer Lesebrille durchdringend an. Die zwei schmalen Lippen in ihrem farblosen Gesicht nahmen einen vorwurfsvollen Ausdruck an, und Klotz spürte, dass er wohl wieder irgendetwas falsch gemacht hatte, traute sich aber nicht, nachzufragen.

»Danke, aber ich habe zu tun. Melde mich in einer halben Stunde wieder. Bis dann.«

Er verschwand so schnell, wie er gekommen war. Als er im Treppenhaus war, spitzte er aus einem der Frontfenster nach unten auf den Haupteingang. Das Knäuel aus Medien- und Presseleuten stand in einem Halbkreis um Huber herum, der, offensichtlich um einen offiziellen Eindruck bemüht, heute sogar seine Polizeimütze trug. Neben ihm stand Staatsanwältin Gulden, die gerade etwas in das riesige Mikro der Fernsehleute hineinsprach. Klotz beschlich irgendwie ein ungutes Gefühl. Er ging schnell zurück in seine Abteilung.

Wenn er noch mal Fröhlings Vernehmungsprotokolle anhören wollte, dann brauchte er ein funktionierendes Abspielgerät, dachte er. So etwas würde er bei Haevernick und Zebisch finden, da war er sich ziemlich sicher. Er öffnete die Tür zu deren Büro und erstarrte für einen Moment. Wahnsinn! Wie sauber und ordentlich das hier aussah. Also, von mir haben die das nicht, dachte er weiter, während er nach dem ersehnten Rekorder suchte und ihn endlich fand.

Zurück in seinem Büro rauchte er erst mal eine Zigarette. Sah aus dem Fenster, hinein in die tiefe, graue Wolkendecke, und musste an gestern Morgen denken und an diese Beschwingtheit, die er da gefühlt hatte. Er musste beinahe lächeln, so fern und unwirklich kam ihm das jetzt vor. *What a difference a day made. Twenty-four little hours …*

Er nahm die Kassette mit dem ersten Vernehmungsprotokoll aus dem Ordner, legte sie in das Abspielgerät, setzte die Kopfhörer auf und drückte auf »Play«.

Nach etwa zwei Minuten fiel ihm etwas Seltsames auf. Komisch. Was machte dieses Klingeln da im Hintergrund? Er öffnete die Augen, sah auf den Telefonapparat, der vor ihm auf dem Schreibtisch stand, und bemerkte die kleine rote Leuchtdiode, die unruhig vor sich hin blinkte. Er schob den Kopfhörer von den Ohren und hob das Telefon ab.

»Verdammt noch mal! Wo bist du, zum Teufel? Kannst du vielleicht mal dein Handy einschalten? Und warum gehst du zu Hause nicht ran? Weißt du überhaupt, wie oft ich versucht habe, dich zu erreichen?«, donnerte Escherlich seinen Vorgesetzten an.

Klotz hielt dem Ficus Benjamini den Hörer hin. Sollte der sich doch Escherlichs Gebrüll anhören.

»Hallo? Bist du noch da?«

»Was hast du gesagt?«, antwortete Klotz nach einer kurzen Pause.

»Jetzt beweg deinen Arsch hierher! Sofort!«

»Wo seid ihr denn überhaupt?«

»Stadtpark. Zwischen Schillerdenkmal und Berliner Platz.«

»Lass mich raten. Zwei Kollegen. Doppelmord.«

»Wenn du schon alles weißt, warum bist du dann noch nicht hier?«

Escherlich hatte aufgelegt, ohne eine Antwort auf seine Frage abzuwarten. Klotz, der gerade seine Zigarette ausdrückte, wurde irgendwie mulmig.

Scheinbar geistesabwesend blickte Klotz zu Haevernick und Zebisch hinüber, die zwei überforderten Streifenpolizisten dabei halfen, den permanenten Strom von Gaffern abzuwehren, der auf das rot-weiße Absperrband zubrandete.

»Kannst du das noch einmal wiederholen?«, sagte Klotz zu einem frisch rasierten Escherlich und ließ seine Zigarettenkippe auf den Boden fallen.

»Was?«

»Die beiden Namen.«

»Barnikol und Kaumann. Sag mal, hörst du schlecht? Und überhaupt, was macht die Kippe hier am Boden? Das ist ein Tatort!«

Escherlich drehte sich um und stapfte wütend zu den Kriminaltechnikern, die damit beschäftigt waren, den Einsatzwagen zu untersuchen. Fotoapparate blitzten auf, mit Hilfe von Pinseln wurde Graphitstaub an den Lack des Autos getupft. Laanschaf, der vor dem Fahrzeug kniete, stocherte mit einem skalpellartigen Gegenstand in einem Reifenprofil herum.

Schemenhaft konnte Klotz die Gesichter der beiden Toten durch die Windschutzscheibe erkennen. Der Kopf des Fahrers war nach hinten geknickt und an die Säule zwischen vorderem und hinterem Seitenfenster gelehnt. Der andere war mit seinem

Oberkörper zu seinem Kollegen hinübergekippt. Sein Kopf lag auf der Schulter des Fahrers, was dem Ganzen beinahe etwas Anheimelndes gab.

Plötzlich roch er etwas, was ihm bekannt vorkam. Eine Sekunde später erfasste er aus dem Augenwinkel auch schon Lackners grinsendes Profil.

»Nur zwei Schüsse, aus nächster Nähe. Direkt in den Kopf. Sie dürften nicht viel gespürt haben. Also, wenn du mich fragst, war das ein Profi.«

»Todeszeitpunkt?«, fragte Klotz und ging einen Schritt zur Seite.

»Mitternacht, plus/minus eine Viertelstunde.«

Klotz' Blick fiel auf Escherlich, der gerade sein Handy aus der Jacke genommen hatte und jetzt mit irgendjemandem telefonierte. Es fiel ihm schwer, seine Gedanken zu ordnen, und er drehte sich in Richtung Berliner Platz, zu der mächtigen Kirche, hinter deren gedrungenen Türmen graue Wolken vorbeizogen.

»Dreiundzwanzig Uhr fünfundfünfzig«, murmelte Klotz, »dreiundzwanzig Uhr fünfundfünfzig war es, als ich hier gestern vorbei bin. Hab ja noch auf die Uhr gesehen. Und nichts bemerkt.«

Klotz wollte gehen, doch Escherlich hatte ihn gerade noch gesehen, als er um die Ecke bog. Jetzt fasste er seinen Kollegen an der Schulter.

»Werner! So geht das nicht!«

»Wieso? Was soll ich noch hier?«

»Stopp, halt! Also, das wird dir gar nicht gefallen, was ich dir jetzt mitzuteilen habe. Ich habe gerade mit Huber telefoniert. Er und die Gulden haben mir die Leitung dieses Falles übertragen.«

»Kannst du das noch einmal wiederholen?«, sagte Klotz ungläubig.

»Jetzt sei nicht eingeschnappt. Ist das ein Wunder? Du kommst viel zu spät, du meldest dich nicht bei deinen Vorgesetzten. Du gehst nicht ans Telefon. Was machst du überhaupt die ganze Zeit, Mann?«

»Ich hab mich um den Fall gekümmert. Was sonst?«

»Welchen Fall?«

»Fröhling. Ich wollte noch mal mit ihm sprechen, ich glaube nämlich, dass …«

»Fröhling? Die Sache ist erledigt, Mann! Schluss, aus, Äpfel, Amen!«

Klotz drehte sich um.

Er war wieder zurück ins Präsidium gegangen. Ratlos starrte er auf den Computerbildschirm. Das Puzzle ist völlig zerstört, dachte er. Es war an keiner einzigen Stelle je richtig zusammengesetzt worden. Er starrte immer noch auf das Grinsen von Polizeiobermeister Torben Barnikol und dessen Kollegen Polizeihauptmeister Friedrich Kaumann.

Es war der gleiche Computer, das gleiche Programm, das gleiche Netzwerk. Der einzige Unterschied war der, dass Kaumann und Barnikol vor acht Tagen in der polizeiinternen interaktiven Personendatei noch nicht existiert hatten. Jetzt, wo sie ganz zweifelsfrei alles andere als lebendig waren, waren sie plötzlich existent. Und zwar als zwei ganz gewöhnliche Streifenbeamte mit tadellos weißer Weste und spießbürgerlichem Durchschnittslebenslauf. Es war nicht zu fassen.

Erst als die Zigarette Mittel- und Zeigefinger so verbrannte, dass es wehtat, merkte Klotz, dass wenigstens er kein Phantom war, sondern noch aus Fleisch und Blut bestand, auch wenn er sich im Moment nicht so fühlte.

In seinem Kopf herrschte ein heilloses Durcheinander. »Erst ordnen, dann nachdenken!«, hatte Biro immer gesagt. Klotz nahm sein Notizbuch zur Hand. Schlug eine neue Seite auf und überschrieb sie mit Biros Binsenweisheit. Das Schwierigste ist es, ihnen zu folgen, diesen Binsenweisheiten, dachte er und beschloss, sich an Biros Motto zu halten, ganz egal, welche Assoziationen sich aufdrängen würden.

Er legte das Buch quer vor sich und zog eine Linie, die das Blatt in drei gleich große Spalten teilte. Überschrieb die Spalten mit »Tatkomplex 1« und »Tatkomplex 2«. Dann trug er die Namen der Opfer in chronologischer Abfolge ein:

Erste Spalte: Bogendorfer (1, 2006), Gummler (2, 2006).

Zweite Spalte: Morvan (1, 1988), Schulze (2, 1988), Barnikol und Kaumann (3 u. 4, 2006).

Er legte den Kugelschreiber beiseite. Während er an dem kalten Kaffee nippte, überlegte er, ob er nicht irgendetwas vergessen hatte. Noch einmal ging er die Namen durch, doch ihm fiel nichts weiter ein. Ihm war völlig bewusst, dass die Grundvoraussetzung, unter der er die vor ihm liegende Aufstellung vorgenommen hatte, reine Spekulation war.

Er erinnerte sich wieder an die Fahrt zum Hotel Pyramide. Die Pyramide. Das Zeichen. Das Briefpapier für die Abschiedsbriefe. Der Rohbau des Hotels, der 1988 stand. Das Foto mit dem Venenschnitt am Unterarm. Elisa Morvan. Britta Lohofer, deren Pulsadern postmortal aufgeschnitten worden waren.

Das Puzzle musste zusammengesetzt werden, es musste einen Sinn ergeben.

Wo lagen die Gemeinsamkeiten der Todesfälle von Tatkomplex 1? Was an ihnen war problematisch? Sie waren inszeniert. Diese absurden Inszenierungen als Selbstmord, der keiner war.

Er nahm die Zigarette aus dem Mund. Dann notierte er in Spalte eins: »Mord oder Selbstmord (?), Inszenierung (?)«

Mehrmals ließ er den Stift um die eben notierten Begriffe kreisen. Dann zog er einen Pfeil hinüber in die andere Spalte, zum Namen *Morvan.* Machte ein Ausrufezeichen neben die Pfeilspitze.

Elisa Morvan. Angeblich hatte sie sich umgebracht. Und wenn nicht? Wenn dieser Selbstmord auch nur eine Inszenierung gewesen ist? Aber von wem? Mit dem Obduktionsbericht in diesem Fall war sein Vater betraut gewesen. Wieder beschlich Klotz ein ungutes Gefühl. Er wollte nicht glauben, dass sein Vater einen Mord zum Suizid erklärt hatte. Wie man es auch drehen und wenden wollte. Es blieb die Frage nach dem Täter. In den aktuellen Fällen und in dem Fall von 1988.

Wenn seine Überlegungen halbwegs zutrafen, dann war das Motiv der Rache für die aktuellen Fälle Bogendorfer und Gummler sinnvoll. Aber warum wollte der Mörder *ihn* tot sehen?

Er kehrte mit seinen Gedanken zu Barnikol und Kaumann

zurück. Zwei Polizisten, die dem Computer erst seit heute bekannt waren. Die Frage war doch, warum sie erst jetzt in der Datei auftauchten. Und wer hatte so viel Macht und Einfluss, dass er so etwas bewerkstelligen konnte?

Da war ein schwer fassbarer Mörder, der sich außerhalb ihrer Reihen befand, der Bogendorfer und Gummler auf dem Gewissen hatte. Und da war noch etwas anderes. Etwas, was von innen kam.

Es musste jemanden in den höheren oder höchsten Rängen geben, der die Möglichkeit hatte, zu tricksen, zu verfälschen, wie es ihm beliebte. Der die Wahrheit mit einem Mausklick umkehren konnte.

Was war die Konsequenz? Man würde letztendlich nichts und niemandem mehr glauben können. Keiner Spurenlage, keiner DNA, keiner rechtsmedizinischen Untersuchung. Nur das Faktum, dass da und dort jemand eines unnatürlichen Todes gestorben war, konnte als gesichert gelten.

Insofern konnte man Fröhling vielleicht tatsächlich als Täter ausschließen. Klotz fiel wieder dieser absurde Gedanke ein, den er gestern gehabt hatte: Fröhling *musste* der Mörder von Bogendorfer und Gummler gewesen sein, er *konnte* es aber nicht gewesen sein.

Absurd.

Aber nur dann, wenn man der Spurenlage glaubte. Der Fingernagel, den Klotz am Tatort in Göring gefunden hatte, konnte auch dorthin gelegt worden sein. Und was war mit diesem Alibi für Fröhling, das dieser Baurat aus Würzburg plötzlich widerrufen hatte? Irgendwie kurios, dachte Klotz, und er dachte weiter, dass er diesen Fall nur würde lösen können, wenn er alle kriminaltechnischen und gerichtsmedizinischen Beweise außer Acht lassen würde.

Klotz dachte über die Konsequenzen für seine weitere Ermittlungsarbeit nach. Letztendlich würde er dazu verdammt sein, wie ein Kommissar im 19. Jahrhundert arbeiten zu müssen. Es würde unerlässlich sein, hellseherische Fähigkeiten auszubilden, dachte er, und auf seinem Gesicht machte sich ein sarkastisches Lächeln breit.

Doch wer sagte denn, dass der Feind keine Fehler machte? Schließlich hatte er schon einige begangen. Und warum? Weil er zu dumm war? Weil er die Situation falsch eingeschätzt hatte? Nein. Weil eine Größe namens Zufall gegen ihn und für Klotz war. Manche würden es vielleicht Schicksal nennen, dachte Klotz weiter, oder Glück.

Solange er nicht wusste, wer innerhalb des Polizeiapparats intrigierte, würde er alles für sich behalten müssen. Das war eine logische Konsequenz. Er musste beinahe ein bisschen schmunzeln bei dem Gedanken, dass er allein auf sich gestellt war. Er sah schon die Überschrift vor sich: »Hauptkommissar Werner Klotz gegen den Rest der Welt«.

Er sinnierte noch eine Weile vor sich hin. Am Ende stand sein Entschluss fest: Er würde den Kampf bis zum Schluss durchfechten. Bis zum bitteren Ende. Auch auf die Gefahr hin, zu verlieren.

Klotz sah in einen tristen Himmel, unter dem sich ein lang gezogenes, fahlgelbes Gebäude hinstreckte. An einigen Stellen war der Putz von der Fassade gefallen, und vor den Fenstern hingen eiserne Gitter. Zwischen dem Gebäude und der Straße ragte eine gut drei Meter hohe Betonmauer auf, die mit Stacheldraht und Glasscherbensplittern abschloss.

Zu dem Druck unter seinen Augen gesellte sich ein stechender Schmerz in der Stirn. Er nahm ein Papiertaschentuch und schnäuzte sich, doch es wollte nichts kommen.

Festgesetzt, festgefressen, festgefahren, dachte er, legte eine Hand auf die Stirn und schloss die Augen. Von der Straße her hörte er das Rauschen der Autos und dachte, dass im Winter das gleiche Geräusch doch irgendwie anders klang. Im Sommer weich, im Winter hart und schneidend. Musste mit der Temperatur zusammenhängen, dem Luftdruck oder der Feuchtigkeit. Irgendwie. Na ja, vielleicht kam es einem ja auch nur so vor.

Er öffnete die Augen. Setzte sich in den Opel und ärgerte sich darüber, dass er ganz umsonst zum Untersuchungsgefängnis gefahren war. Fröhling hatte in der Nacht einen Selbstmordversuch unternommen. Jetzt lag er auf der Krankenstation und war natürlich nicht vernehmungsfähig.

Klotz wollte gerade den Wagen starten, als das Handy klingelte.

»Hallo, Melanie ... Ja, du hast recht ... Heute Abend? Ja, passt mir gut. Sagen wir, um sieben? ... Gut. Ich komme. Bis dann ... Ja, ich dich auch.«

Er sah auf die Uhr. Zwanzig vor eins. Okay. Also, auf zu diesen Kaumanns. Aber vorher würde er noch essen gehen. Nur nicht zu diensteifrig, sonst würde der Herr Einsatzleiter Escherlich womöglich noch auf dumme Gedanken kommen.

»Verdammte Scheiße! Das darf doch nicht wahr sein!«

Klotz trat mit seinen abgelatschten Lederschuhen gegen den rechten Kotflügel des Wagens. Einige Passanten drehten sich kurz nach ihm um, liefen dann aber schnell weiter, nachdem sie seinem Blick begegnet waren.

Der Opel spurte mal wieder nicht. Und diesmal schien es sich um ein größeres Problem zu handeln. Unter der Motorhaube dampfte ordentlich Qualm hervor, und die Temperaturanzeige leuchtete rot. Warum bloß hatte er dieses bescheuerte Lämpchen nicht rechtzeitig bemerkt?

Er war gerade noch so auf einen Parkplatz am Straßenrand gerollt, einen Behindertenparkplatz zwar, aber egal. Schließlich war er Polizist und darüber hinaus im Einsatz. Im Prinzip war ihm der Auftrag, den ihm der frischgebackene Einsatzleiter übertragen hatte, scheißegal. Außer ihm selbst verstand in diesem Verein doch sowieso keiner die wahren Hintergründe und Zusammenhänge der Mordfälle, die sich in den letzten zwei Wochen ereignet hatten. Gut, er selbst verstand sie auch nicht, aber ihm war zumindest bewusst, dass da Querverbindungen bestanden, die ein Herr Kommissar Escherlich nie sehen würde. Folglich war es völlig wurscht, ob er jetzt die Angehörigen von diesem Kaumann informieren und vernehmen würde oder nicht.

Auf der Straßenseite gegenüber befand sich ein heruntergekommenes einstöckiges Gebäude zwischen einer Tankstelle und einem Getränkemarkt. Über dem großen Fenster der Hütte stand: »Charlie Chaplin – Pizzaservice«, was Klotz ein wenig sonderbar fand. Dennoch beschloss er, dort erst mal seinen Hunger zu stillen. Alles andere konnte warten.

Der Laden war mehr als schäbig. Nachdem er sich an einen wackeligen Kunststofftisch gesetzt hatte, blickte er in eine verdreckte Glühbirne, die bedrohlich über seinem Kopf baumelte. An einer Wand klebte ein Poster von Che Guevara, dessen rechte obere Ecke sich abgelöst hatte und dem Revolutionsführer genau in das linke Auge hing.

Toller Laden, dachte Klotz und drehte sich erst mal eine. Dann nahm er sich die »Nürnberger Nachrichten«, die auf dem Tisch gegenüber lagen.

»Was darf ich Ihnen bringen?«, fragte die Bedienung, die irgendwie indisch aussah.

Klotz fragte sich für einen Moment, wie dieses Indische zu Charlie Chaplin und dem Che passte. Wurde sich bewusst, dass er in einer globalisierten Welt lebte, und schob seinen bornierten Gedanken beiseite.

»Einen Sauerbraten und ein dunkles Tucher bitte.«

Die Frau machte ein ratloses Gesicht.

»Sauerbraten, so etwas haben wir hier nicht.«

»Gut. Dann irgendwas in der Art halt.«

Das Bier kam pünktlich zum ersten Zug an der Zigarette. Klotz nahm drei ordentliche Schlucke und wandte sich der Zeitung zu. Nach ein paar Minuten kam eine Pizza con Würstel, und Klotz begann zu essen.

Gar nicht so schlecht, dachte er, als er in die Pizza hineingebissen hatte. Dann überlegte er, ob das der Kopf einer Kakerlake gewesen war, der da eben aus einem Schlitz zwischen zwei verdreckten Bodenfliesen geschaut hatte. Vielleicht nur Einbildung, beruhigte er sich und schob ein zweites Stück von der Pizza in seinen Mund.

Es klingelte. Er legte das Messer aus der Hand und stöberte in seiner Jackentasche herum. Als er das Handy gefunden hatte, sah er aufs Display. Escherlich. Er legte das klingelnde Handy auf die Zeitung und aß weiter.

Ihm fiel der kaputte Wagen wieder ein und dass er für dieses Problem eine Lösung würde finden müssen. Wenn er mit der Pizza fertig wäre, dann würde er sich noch einen Kaffee und eine Zigarette gönnen und dann vielleicht mal den polizeiinternen Pannendienst anrufen. Ja genau, so würde er es machen.

Das Handy hatte vielleicht zehn Sekunden geschwiegen, als es erneut zu läuten begann. Das Display zeigte eine unbekannte Nummer an, und Klotz überlegte, ob es Escherlich jetzt auf diese Tour versuchen wollte. Schließlich entschloss er sich, abzuheben, auch auf die Gefahr hin, dass der Herr Einsatzleiter dran sein konnte.

»Klotz ... ach, Frau Schulze ... können Sie vielleicht etwas langsamer reden? Ich verstehe Sie kaum ... Was? Zwei Polizisten sind bei Ihnen zu Hause? ... Was machen die? ... Warten Sie! Ja! Ich komme sofort vorbei. Machen Sie sich keine Sorgen. Ich bin sofort bei Ihnen!«

Er warf einen kurzen Blick auf den Che Guevara. Stand auf und lief auf die Straße. Als er bei dem Wagen angelangt war, überlegte er, ob er nach dem Motor sehen sollte. Der Qualm, der aus dem Motorraum entwichen war, war verschwunden. Er stieg ein und ließ den Wagen an. Nachdem er den Rückwärtsgang eingelegt hatte, gab er Gas und ließ die Kupplung kommen.

Der Opel stand schon halb auf der Straße, als es einen lauten Knall gab. Klotz sah nach vorn und sah nichts. Besser gesagt, er sah in eine dichte schwarze Rauchwolke.

Mit Hilfe eines Passanten hatte er das Auto zurück auf den Behindertenparkplatz geschoben. Von der Tankstelle her sah er eine drahtig aussehende Person im Blaumann auf sich zukommen. Der junge Kfz-Mechaniker brauchte keine zwei Minuten, um seine treffsichere Diagnose zu stellen.

»Kolbenfressä. Des konnsd vergessn.«

Der Kfzler warf Klotz einen geschäftigen Blick zu und fragte mit vorwurfsvollem Unterton: »Host du nedd nachm Öl gschaud?«

Klotz fühlte sich zu müde und zu resigniert, um jetzt sauer zu werden. Er hätte dem Mann natürlich die ganze Geschichte erzählen können, hätte dem Herrn aus der freien Wirtschaft die Schlampereien, die in einem staatlichen Betrieb namens Polizei gang und gäbe waren, im Detail aufdröseln können, aber er begnügte sich damit, auf das blaue Parkplatzschild mit dem weißen Rollstuhl zu deuten, und antwortete lapidar:

»Behindert.«

»Ach so.«

Die Miene des Mechanikers nahm einen schuldbewussten Ausdruck an.

»Miä känna den Wong aa nieber zu uns aff däi Tangstelln dou, wenns recht iss.«

Klotz schüttelte den Kopf, machte eine abwehrende Geste. Dann bedankte er sich für die Hilfe, und der Blaumann ging zurück zu seiner Tankstelle.

Der fragt sich jetzt bestimmt, was ich für eine Behinderung hab, dachte Klotz und sah dem Mechaniker hinterher. Ich bin ein unverbesserliches Bullenschwein, das ist meine Behinderung. Er kramte seinen Tabak hervor.

Was nun?, überlegte er nach ein paar Zügen. Er musste zu dieser Frau Schulze, das war klar.

Er beschloss, sich ein Taxi zu rufen. Also rief er bei der Taxizentrale an. Er nannte Ausgangspunkt und Zielort.

»Sie sind in Schafhof und wollen nach Stein? Vergessen Sie's! Am Westtor ist ein Lkw mit Gefahrengut umgekippt. Totalsperrung. Und an der Baustelle in der Schweinauer Straße ist alles dicht«, klärte ihn die Dame von der Taxivermittlung auf.

»Wie bitte? Das darf doch nicht wahr sein!«

»Ich kann Ihnen natürlich einen Wagen schicken, aber rechnen Sie mit einer Fahrzeit von mindestens zwei Stunden, bis Sie da sind, wo Sie hinwollen.«

»Machen Sie sich keine Mühe. Auf Wiederhören.«

Was war da los? Was zum Teufel noch mal hatte er verbrochen, dass ihn das Leben so hasste? Es half alles nichts. Irgendwie musste er zu Frau Schulze, koste es, was es wolle. Und wenn nicht er dorthin konnte, dann … Nein, das ging auch nicht. Schließlich war da ja dieser Maulwurf irgendwo im Apparat. Das Risiko wäre einfach zu groß.

Klotz saugte nervös an seiner Zigarette herum.

Wie er es auch drehte und wendete: Es würde ihm nichts anderes übrig bleiben, als jemanden zu schicken. Er würde seinen vor ein paar Stunden aufgestellten Grundsatz brechen müssen.

Und wenn er den Falschen, den Maulwurf, wählen würde? Bei seinem Glück wäre das durchaus denkbar. Ein bisschen Vertrauen in das Schicksal musste man schon haben, beruhigte er sich selbst. Und er dachte weiter, dass das angesichts dessen, was ihm heute so alles passiert war, ziemlich schwierig werden würde, das mit dem Vertrauen. Und dennoch.

Er zog sein Handy aus der Tasche und wählte Haevernicks Nummer.

»Ja, hallo, ich bin's. Werner. Wo bist du denn? ... Sehr gut ... Hör zu, ich brauche deine Hilfe. Du musst nach Stein rausfahren, Jagdweg 35. Da wohnt eine Frau Schulze ... Bitte frag nicht. Ich werde dir das schon noch alles erklären. Tu bitte einfach das, worum ich dich bitte ... Der Bericht? Der kann warten ... Was hat der Herr Einsatzleiter gesagt? ... Da scheiß ich drauf! Ich nehm das auf meine Kappe, klar? ... Also, du musst da unbedingt raus. Sprich mit der Frau. Sie braucht unsere Hilfe, und zwar sofort. Am besten du schmeißt die Flackerbirne aufs Dach ... Nicht genehmigter Einsatz? Hör mal, du tust jetzt, was ich sage. Irgendwann bin *ich* wieder Einsatzleiter, das ist dir hoffentlich klar ... Gut. Den Leuten in der Zentrale erzählst du einfach was von einer Autopanne. Und kein Wort zu irgendjemandem. Das Ganze muss unter uns bleiben, hörst du? ... Okay. Ich werd dir das nicht vergessen. Mach's gut.«

Er warf seine Kippe in den Rinnstein und sah auf die Uhr. Inzwischen war es halb zwei, und beim Pizzaservice Charlie Chaplin wartete eine angebrochene Pizza con Würstel auf ihn. Auch wenn die Pizza schon kalt wäre, auf sie verzichten wollte er nicht.

Gerade als er den Laden betrat, war die indisch aussehende Frau dabei, seinen Tisch abzuräumen. Klotz erhob Einspruch und bat die Frau, das Essen für ein paar Minuten noch mal in den Ofen zu schieben.

Als er endlich wieder auf dem weißen Plastikstuhl saß, bestellte er sich ein Bier. Griff nach der Zeitung. Die beste Zerstreuung lieferten diese kleinen vermischten Nachrichten: Er las von einem arbeitslosen Mann, der eine Woche lang unbemerkt tot in seiner Wohnung gelegen hatte. Erst als bei einer Zwangsvollstreckung die Wohnung geöffnet worden war, hatte man ihn entdeckt. Eine sechsundzwanzigjährige »Mutter« hatte ihr Neugeborenes aus dem zehnten Stock eines Hochhauses geworfen und versucht, die Tötung ihrem Freund anzuhängen. In Almoshof war eine Kuh ausgebrochen und hatte Vorgärten, Gartenzäune und mehrere Autos niedergetrampelt.

Wenn man das alles so liest, dachte Klotz, dann weiß man wieder, warum die Zeitung ein wahrer Segen ist. Sie teilt einem mit, was man sowieso schon die ganze Zeit wusste: Die Welt ist durch und durch schlecht, und eine Aussicht auf Besserung gibt es nicht.

Klotz nahm einen kräftigen Schluck von dem Bier, das gerade angekommen war. Dann las er weiter.

Nach anderthalb Minuten sah er auf, starrte mit weit aufgerissenen Augen durch die dreckige Scheibe apathisch nach draußen, durch parkende, vorbeifahrende Autos hindurch. Konnte das wahr sein, was er da gerade gelesen hatte? Er steckte seine Nase wieder in die Zeitung, sah wieder auf, faltete die Zeitung zusammen, steckte sie ein. Stand auf. Warf einen Zwanzigeuroschein auf die Theke und rannte aus dem Laden, ohne auf das Wechselgeld zu warten.

Als er auf dem Gehweg stand, blickte er aufgeregt immer wieder nach links und rechts. Er erspähte ein Taxi, trat ein Stück auf die Fahrbahn. Der Wagen kam näher, Klotz streckte die Hand aus, machte einen Schritt nach vorn, in die Fahrbahn hinein. Der Wagen bremste, die Reifen quietschten. Der Fahrer warf Klotz einen Blick zu, der Unverständnis, Missfallen und Wut ausdrückte. Bevor der Typ explodieren konnte, sprang Klotz zur Beifahrertür und riss sie auf.

»Zum Flughafen! Sofort!«

Er hatte sogar einen Fensterplatz ergattert. Klotz sah nach draußen und wunderte sich, dass da unten alles so klein und unbedeutend aussah. Dann fragte er sich, ob er das war, der hier so müffelte, und ließ sein Kinn langsam auf den oberen Brustbereich fallen, sodass sein Doppelkinn gut zur Geltung kam. Neigte den Kopf etwas zur Seite, um den Bereich um seine rechte Achselhöhle abzuschnuppern. Kein Zweifel, er roch nach altem, ranzigem Schweiß. Nun ja, er hatte natürlich ganz schön transpiriert, als er da am Flughafen rumgerannt war, um so schnell wie möglich noch einen Flug zu kriegen.

Er warf einen kurzen Blick zu seiner Nachbarin, einer attraktiven, dunkelhaarigen Frau, die in einem Armani-Nadelstreifen-Hosenanzug steckte. Kurz bevor der Flieger gestartet war, hatte die Dame ein Fläschchen Eau de Toilette aus ihrer Handtasche geholt, um Brust- und Halsbereich damit einzudieseln. Ob das ein dezenter Hinweis hatte sein sollen? Die Frau hatte Klotz bisher noch keines Blickes gewürdigt, und der Flug dauerte inzwischen schon fast eine Dreiviertelstunde.

Klotz sah nach draußen. Er hatte gehofft, ein paar Sonnenstrahlen erheischen zu können. Stattdessen zogen graue Nebelschwaden vor dem Bullauge vorbei. Ab und zu konnte er eine Düse und die dazugehörige Tragfläche aufblitzen sehen, das war's dann aber auch schon.

Er sah wieder auf den kleinen Bildschirm, der sich etwa einen halben Meter vor ihm befand. Dort war eine Übersichtskarte zu sehen, die das Gebiet zwischen Nürnberg und Paris zeigte. Man konnte ein weißes blinkendes Flugzeug erkennen, das sich gerade in der Nähe von Reims befand. Außerdem wurden Höhe und Außentemperatur angezeigt. Der Pilot gab bekannt, dass er nun seinen Landeanflug beginnen würde. Wegen des regnerischen Wetters sei mit kleineren Turbulenzen zu rechnen.

Während die Stewardessen damit begannen, die leeren Becher und Tabletts einzusammeln, spürte Klotz plötzlich ein leichtes Ziehen in der Stirn, das ihn an seinen festsitzenden Schnupfen erinnerte.

Um sich abzulenken, zog er die Zeitung aus seiner Innenseite und sah sich noch einmal den Artikel an, den er bei »Charlie Chaplin« gelesen hatte:

Kurioser Todesfall.
***Paris** (dpa) – Ein skurriler Todesfall ereignete sich am zweiten Weihnachtsfeiertag im achtzehnten Bezirk von Paris. Der Geschäftsmann Sven H. fuhr gerade über eine Brücke, als …*

Das Ziehen in der Stirn war von einem drückenden Schmerz abgelöst worden, Klotz steckte die Zeitung wieder ein und schloss die Augen. Je weiter das Flugzeug sank, desto stärker wurden die Schmerzen. Er warf einen kurzen Blick auf die Höhenanzeige und sah, dass sie bereits auf dreitausend Metern waren.

Es begann an den Schläfen und zog sich dann in Richtung Nasenwurzel. Es fühlte sich an, als würde jemand mit Tausenden von winzigen Nadeln immer wieder in seinen Kopf hineinstechen, und die Anzahl der Nadeln nahm von Sekunde zu Sekunde zu.

Schließlich hielt er es nicht mehr aus. Er winkte einer Stewardess. Die Flugbegleiterin sah Klotz ein paar Sekunden ratlos ins Gesicht. Dann fragte sie: »Haben Sie Schnupfen?«

»Ja, vielleicht«, Klotz bemerkte, dass er weinen musste, »ich weiß es nicht«, quetschte er zwischen seinen zusammengebissenen Zähnen hervor.

Die Stewardess riss den Notfallkasten, der sich über ihrem Kopf befand, auf. Griff hinein. Zog zwei Plastikampullen hervor. Knickte deren Köpfe ab.

»Nehmen Sie das! Schnell!«

Nach ein paar Minuten ließ der Schmerz langsam nach. Klotz wischte sich mit einem zerfledderten Taschentuch Tränenflüssigkeit und Schweiß vom Gesicht.

»Der Druckausgleich«, sagte die Stewardess, »wenn Sie Schnupfen haben, funktioniert der Druckausgleich nicht. Sie hätten eigentlich gar nicht fliegen dürfen.«

»Es war ein …«, Klotz spürte plötzlich einen unsanften Ruck, »… Notfall«.

Die Stewardess griff schnell nach einer Lehne. Dann holperte das Flugzeug und bremste scharf ab. Die Fluggäste klatschten, und Klotz wischte sich die Tränen aus den Augenwinkeln. Endlich waren sie gelandet.

Klotz trat auf den kleinen Balkon seines Hotelzimmers und drehte sich eine Zigarette. Er spürte den Unterschied der Luft, die wärmer und milder war. Auch die Geräusche, die Rufe der vielen Menschen und das Röhren der Motorroller erschien ihm näher, irgendwie intensiver.

Er steckte sich seine Zigarette an und sah in die Richtung, wo man den hell erleuchtenden Eiffelturm sah, und wünschte sich, er würde diesen Ausblick unter anderen Umständen genießen können. Er blickte durch eine Häuserflucht, die sich direkt vor ihm auftat, in eine enge, kopfsteingepflasterte Gasse, in der ein schwarzer herrenloser Hund gerade an eine Straßenlaterne pisste und sich einen Dreck um die vorbeilaufenden Menschen scherte.

Das Leben konnte so einfach sein, dachte Klotz, so leicht und ohne Widerstände. Und für den kurzen Moment von zwei, drei Zügen an seiner Zigarette geriet er ins Schwelgen und träumte von einem Leben, das ohne Brüche und Niederlagen verlief. Dass sein Leben weit davon entfernt war, das fiel ihm spätestens dann wieder ein, als er an seine überstürzte Reise vom Flughafen in diese Absteige hier dachte.

Nach seiner Ankunft am Flughafen Charles de Gaulle hatte er sich von seinen letzten zehn Euro eine Fahrkarte gekauft und war aufs Geratewohl Richtung Zentrum gefahren. Als die Bahn nach einer guten halben Stunde an einer Station haltgemacht hatte, die zu einem großen Bahnhof gehörte, war er ausgestiegen. Er hatte ja keine Ahnung, wo sich der achtzehnte Stadtbezirk befand, glaubte aber, dass ein Bahnhof kein schlechter Ausgangspunkt sei. Und er hatte recht behalten. Nachdem er zu seiner Freude festgestellt hatte, dass seine EC Karte auch hier in Frankreich funktionierte, war er in eines der Taxis, die vor dem Bahnhofsgebäude auf Kundschaft warteten, eingestiegen und hatte dem Fahrer das Wort »Montmartre« zugerufen. Trotz eines Volkshochschulkurses, den er vor vielen Jahren absolviert hatte, wollte ihm das französische Wort für Friedhof nicht einfallen. Durch eine Geste, die Klotz für international hielt, hatte er dem Fahrer klargemacht, dass er nicht viel Geld für ein Hotel ausgeben wollte. Er hatte einfach seine beiden Hosentaschen umgekrempelt. Der Fahrer hatte gelacht, und dann war er ins Rotlichtviertel gefahren, in eine vom Hauptgeschehen abseitsliegende Seitenstraße eingebogen, und schließlich war Klotz vor einem Hotel, das sich »Le Surcouf« nannte, ausgestiegen.

Nachdem er eingecheckt hatte, war er schnurstracks zum Friedhof gelaufen, der nicht weit entfernt lag. Leider musste er feststellen, dass der Friedhof schon geschlossen hatte. Er würde also bis morgen warten müssen.

Klotz wäre der Letzte, der sich über ein heruntergekommenes Hotel beschwerte. Die abblätternden Tapeten, die Brandlöcher auf dem PVC-Boden störten ihn herzlich wenig. Hauptsache, es gab fließend Wasser und die Möglichkeit, sich warm zu duschen. All das war hier kein Problem, und bei einem Preis von zwanzig Euro (ohne Rechnung, versteht sich) und dieser wunderbaren Aussicht durfte man nun wirklich nicht meckern.

Als er der Glut seiner Kippe nachsah, die den Gesetzen der Gravitation folgend lotrecht Richtung Straßenbelag fiel, erinnerte er sich wieder an Melanie und seine Verabredung mit ihr heute Abend. Scheiße. Das hatte er ganz vergessen. Er warf einen Blick auf seine Armbanduhr und stellte fest, dass es kurz vor halb sieben war. In einer halben Stunde hätte er an Melanies Wohnungstür klingeln müssen, am besten mit einem kleinen Blumenstrauß in der Hand, als Entschuldigung für das, was er sich in der Nacht zuvor geleistet hatte (beziehungsweise für das, was er nicht geleistet hatte), und als Zeichen für eine Art Neuanfang oder den Willen zur Weiterführung einer noch frischen Beziehung.

Klotz überlegte, was er machen sollte. Sein Handy funktionierte nicht mehr. Als er es nach dem Flug wieder hatte einschalten wollen, hatte er feststellen müssen, dass der Akku am Ende war. Und natürlich hatte er sein Ladegerät nicht dabei. Er entschloss sich, nach draußen zu gehen, er wollte sich sowieso ein wenig in der Gegend umschauen. Dabei könnte er ja einen öffentlichen Fernsprecher aufsuchen und Melanie anrufen.

30. Dezember

Während er auf dem Weg zum *commissariat de police* gewesen war, hatte er unentwegt an das missratene Telefonat mit Melanie denken müssen. Anfangs hatte er sich gar nicht getraut, ihr zu beichten, dass er sich in Paris befand. Hatte etwas von einer Magenverstimmung gefaselt und dass er das Bett würde hüten müssen. Aber nachdem Melanie im Hintergrund eine französische Polizeisirene und Fetzen einer fremden Sprache mitbekommen hatte, war sie stutzig geworden, und Klotz, der normalerweise die anderen zum Gestehen brachte, war mit der Wahrheit rausgerückt. Die Folge war gewesen, dass Melanie sich in Rage geredet und schließlich aufgelegt hatte. Irgendwie war er selten dämlich in Beziehungsangelegenheiten. Aber das Kind war nun einmal in den Brunnen gefallen. Das war jetzt auch nicht mehr zu ändern.

Lieutenant Jean-Marc Laurent, schwarzhaarig, schlank, Ende zwanzig, bestach vor allem durch sein Lächeln, das auf geheimnisvolle Weise eine unerschütterliche Ruhe und Überlegenheit ausstrahlte. Klotz war von dem jungen Polizisten beeindruckt. Nicht nur dessen Lächeln hatte es ihm angetan, auch die Tatsache, dass Laurent ganz passabel Deutsch sprach, empfand Klotz als sehr vorteilhaft.

Von so einer Uniform könnte sich die deutsche Polizei mal eine Scheibe abschneiden, hatte Klotz als Erstes gedacht, als er Laurent auf der Wache an der Place Jules Joffrin begegnet war. Irgendwie wirkte blau besser als grün, strahlte mehr Autorität aus. Dazu kamen die kantigen Schulterklappen in Schwarz und Gold und eine hohe, topfförmige Schirmmütze, die der Erscheinung des französischen Polizisten etwas Militärisches gab. Erinnert irgendwie an die Fremdenlegion, fiel Klotz auf.

Sie standen auf dem zentralen Platz des Friedhofs von Montmartre und inspizierten die unübersehbaren Spuren des Unfalls. Das türkisfarbene Geländer der Brücke, die über den Friedhof führte, war an der Durchbruchstelle notdürftig durch rot-weiße Holzplanken gesichert worden. Weiter unten, direkt vor ihnen, ragten die Ruinen einer Gruft empor, um die ein Viereck aus Absperrband gezogen worden war.

Irgendwie seltsam, dachte Klotz, der die Füße der abgerissenen Frauenskulptur betrachtete, zu deren Seiten zwei übrig gebliebene Flügelspitzen erkennbar waren. Da war mal ein Engel gestanden, dachte Klotz. Sieht aus, als sei er abgehoben, dachte er weiter, in diesen verführerischen, hellblauen Pariser Winterhimmel hinein.

Klotz sah sich die Namen auf den Grabstätten an. Auf der Gruft rechter Hand stand: »Docteurs Mixa et Graba«, links neben dem ruinösen Grab hatte eine Familie Couillon ihre letzte Ruhestätte. Klotz suchte nach einem Namen auf der beschädigten Grabstätte, konnte aber keinen finden.

»Weiß man, wem das Grab gehört? Wer hier begraben ist?«

»Natürlich. Das steht alles in der Akte. Außerdem existieren Fotos, die das Grabmal vor dem Unfall zeigen. Dies hier ist einer der berühmtesten Friedhöfe von Paris, Monsieur Klotz. Menschen aus aller Welt kommen täglich hierher, um die Gräber berühmter Persönlichkeiten zu besuchen.«

»Und Sie sind sicher, dass es ein Unfall war?«

»Also, wir haben den Wagen untersucht, die Leiche wurde obduziert. Es gab keinen Anhaltspunkt, der auf einen Mord hingedeutet hätte.«

»Hm. Gut.«

»Wenn *Monsieur l'Inspecteur* Lust haben, könnte ich Ihnen noch etwas zeigen. Etwas aus Ihrer Heimat.«

»Warum nicht.«

Klotz folgte Laurent durch ein Meer aus Grüften, eine Ansammlung von grauem, beinahe furchterregendem Stein. Dass da keine Blumen sind, das lässt den Tod noch trostloser erscheinen, fuhr es Klotz durch den Kopf, und bei näherer Betrachtung fand er, dass das eigentlich gar nicht so schlecht war.

Nach etwa fünf Minuten waren sie an einer Grabstelle angekommen, die mit einer Büste aus weißem Marmor abschloss. Der Kopf war nach vorn geneigt, hatte etwas Melancholisches, etwas Tieftrauriges an sich, was Klotz irgendwie anrührte. Laurent deutete erst auf eine Leier und einen Kranz aus Rosen, die aus dem Sockel herausgearbeitet waren, dann auf die quadratische Grabplatte. Zu Klotz' Verwunderung war dort ein dreistrophiges Gedicht in deutscher Sprache zu sehen: »Wo wird einst des Wandermüden/Letzte Ruhestätte sein?« Hätte in der Mitte des Grabes nicht ein Kranz gelegen, den die Stadt Düsseldorf ihrem berühmten Sohn Heinrich Heine gewidmet hatte, wäre Klotz nie darauf gekommen, vor wessen letzter Ruhestätte er sich gerade befand.

Es war wirklich ein schönes Grabmal und irgendwie so etwas wie ein Gruß aus der Heimat, wenn man nicht gerade aus Köln kam, dachte Klotz angesichts des Kranzes. Aber zum Glück bin ich ja Nürnberger, dachte er weiter und schmunzelte.

Kurz bevor sie das Tor erreicht hatten, fiel ihm zufällig eine Gruft ins Auge, die seinen Namen trug. »Klotz«, stand da in großen Lettern auf einem Giebel, der von zwei dorischen Säulen gestützt wurde.

»Einen Moment, *Monsieur le Lieutenant*«, sagte Klotz zu seinem Begleiter.

Er ging zu dem Grabmal hinüber. Durch ein kleines Fenster in der Tür blickte er ins Innere der Gruft. *Jules Klotz, né le 18 juin 1886, mort le 20 juillet 1942.* Und darunter: *Joseph Parrot, né le 3 décembre 1903, mort le 30 mai 1944.*

In Klotz' Kopf tat sich etwas, was man Nachdenken hätte nennen können, nur ohne Worte. Eher mit Satzzeichen, mit Ausrufe- und Fragezeichen, um genauer zu sein. Er blickte auf die Inschrift, die auf dem Glas in dem kleinen Rundbogenfenster stand, durch das das Licht in die Gruft kam. Vier oder fünf Zeichen waren da, die Klotz ziemlich sicher als Hebräisch identifizierte. Schade, dass er das jetzt nicht lesen konnte.

»Monsieur Klotz! Gehen wir? *On y va*?«

»*Oui.* Ich komme!«

»Wir müssen noch aufs *commissariat*. Die Akte.«

»Ach ja, genau. Die Akte.«

***

Astrid Haevernick starrte auf den Computerbildschirm. Irgendeine Auffälligkeit müsste es doch geben, dachte sie und entschied, die Lebensläufe und Daten von Barnikol und Kaumann noch ein viertes Mal durchzulesen. Doch da war nichts. Nicht der geringste Anhaltspunkt. Nichts, was irgendwie auffällig gewesen wäre. Innerhalb der deutschen Polizei gab es keine durchschnittlicheren Karrieren als die der beiden ermordeten Beamten Barnikol und Kaumann. Aber vielleicht war ja gerade das das Besondere. Die beiden waren einfach zu durchschnittlich. Aalglatt, ohne den geringsten Makel.

Möglicherweise enthielten ja die Berichte über die Befragung der Angehörigen irgendwelche neuen Anhaltspunkte. Da würde sie allerdings bis zum 2. Januar warten müssen, wenn es wieder ganz offiziell losgehen würde.

Noch einmal schlug sie das rote Notizbüchlein von Jürgen Schulze auf. Nachdem sie auf Veranlassung von Klotz zu Frau Schulze gefahren war, hatte diese ihr das Corpus Delicti kommentarlos zugesteckt. Heimlich und verstohlen. Ohne dass die Beamten, die dort vor Ort waren, etwas davon mitbekommen hatten. Die Herren hatten sich ihr gegenüber als Sonderermittler einer Spezialeinheit des Bundeskriminalamts vorgestellt. Irgendwie war ihr das Ganze doch reichlich dubios erschienen. Das BKA durchsucht das Haus einer alten, verängstigten Frau? Die Antwort musste in dem Notizbüchlein liegen. Mit Frau Schulze hatte sie nicht reden können. Die fragil wirkende Frau hatte sie schnell wieder nach draußen geschickt.

Sie sah sich Jürgen Schulzes Aufzeichnungen an. Elisa Morvan. Geboren am 1. Juni 1958, gestorben am 23. Juni 1988. Dann eine Skizze. Links das Wort »Täter«, daneben das Profil einer Art Mauer, hinter der Mauer, auf der rechten Seite, »Barnikol, Kaumann«. Darunter in Klammern: »Staatsschutz?«

Auf einer anderen Seite fand sie den Namen von Klotz' Vater. Welche Rolle spielte der Gerichtsmediziner in der Angelegenheit? Und welche Rolle sein Sohn, Werner Klotz? Wieder fiel ihr der Tag ein, an dem sie gemeinsam bei Fröhling gewesen waren. Diese seltsame Skizze mit dem Pyramidengrabmal. Und dann die Anschrift des Rochusfriedhofs. Klotz, dessen Familiengrab sich dort befand. Klotz, der vom Mörder bedroht wurde.

Sie steckte das Notizbuch ein und ging rüber in das Büro von Escherlich und Klotz.

Ein bisschen Überwindung hatte es sie anfangs schon gekostet. Aber als sie dann die erste Schublade geöffnet hatte, war es ganz leicht gegangen.

Der Inhalt dieses Schreibtisches ist mehr als skandalös, ging es ihr durch den Kopf, als sie zwischen einer zerfledderten Musikzeitschrift und einer abgelaufenen Packung Lebkuchen ein verschrumpeltes Etwas herauszog, von dem sie annahm, dass es sich um eine jahrhundertealte Bananenschale handelte. Sie überlegte, ob sie sich nicht lieber ein Paar Aidshandschuhe überziehen sollte. Wer konnte schon wissen, was sie hier noch erwartete? Vielleicht ein Pizzakarton, in dem sich eine Gruppe Kakerlaken versammelt hatte, oder vielleicht ein gebrauchter Slip? Ihr schauderte bei dieser Vorstellung.

Das einzig Interessante, was sie schließlich fand, waren zwei Phantombilder inklusive Täterbeschreibungen, von diesem Ehepaar Böhner und von dem inhaftierten Fröhling. Sie steckte die Papiere ein und verließ die Abteilung.

Im Treppenhaus des Hauptgebäudes begegnete ihr Huber, der von seinem Büro zu kommen schien.

»Guten Morgen, Frau Haevernick. Was führt Sie denn hierher?«

»Äh, der Tatortbefundbericht. Barnikol, Kaumann.«

»Schön, schön. Aber werden Sie mal nicht zu übereifrig. Ihr Mann zu Hause möchte sicher auch noch etwas von Ihnen haben.«

Huber lachte gekünstelt, warf dabei einen kurzen, lüsternen Blick auf Haervernicks Dekolleté, den die Oberkommissarin wohl registrierte.

»Also, Herr Polizeichef. Ich muss dann mal weiter. Wiedersehen.«

»Ja. Auf Wiedersehen.«

Haevernick saß in einem Café und starrte auf ihre Latte macchiato mit Karamell. Der Sirup bildete eine dunkle Schicht am Grund des Glases. Würde sich erst dann mit dem hellen Milchkaffee verbinden, wenn sie den langstieligen Löffel nehmen und umrühren würde. Sie überlegte, ob sie das tun sollte oder ob sie die Latte einfach, ohne umzurühren, trinken sollte. Das tat man nicht, das wusste sie, aber irgendwie hatte sie keine Lust, diese dunkle, in sich ruhende Schicht am Boden aufzurühren, durcheinanderzubringen. Worüber denke ich da bloß nach, ertappte sie sich selbst bei ihren abstrusen Gedanken. Es gibt da ganz andere Prioritäten. Und sie legte das rote Notizbuch vor sich auf den Tisch. Schlug es auf.

Sie durfte einfach nicht mehr aufs Geratewohl vorgehen. Musste sich endlich dazu entschließen, eine klare Annahme zu formulieren. Konzentrieren, verstehen, interpretieren.

Also. Im Jahre 1988 war eine Elisa Morvan umgebracht worden. Das war klar. Jürgen Schulze hatte offensichtlich angenommen, dass die beiden Beamten für den Staatsschutz tätig waren. Eine Mauer zwischen dem Staatsschutz und dem Täter – was konnte das bedeuten? Eine Grenze, eine Trennung? Das ergab keinen Sinn. Sollte diese Mauer eine Art Schutz symbolisieren? Hatte der Staatsschutz den Täter abgeschirmt? Vor dem Zugriff der laufenden Ermittlungen? Vor Kommissar Schulze, der auf sonderbare Weise bei einem Autounfall ums Leben gekommen war? Was hatten die zwei Personen, deren Namen ganz rechts standen, mit dem Fall zu tun? Reblein und Schrein. Hinter Rebleins Name war ein Kreuz gezeichnet.

Es musste einen Schlüssel geben, um diese Geschichte zu knacken, überlegte Haevernick, und der Schlüssel und das dazugehörige Schloss lagen in der Vergangenheit.

Haevernick spürte, dass sie auf dem richtigen Weg war. Einfach nur Schritt für Schritt vorgehen, sagte sie zu sich selbst. Sie war überzeugt davon, dass sich das Puzzle zusammenfügen und am Ende ein klares Bild ergeben würde. Man durfte nur nicht aufgeben.

Sie dachte darüber nach, wo man den Hebel als Nächstes ansetzen konnte. Ihr Blick fiel wieder auf die zwei Namen. Reblein ist tot, aber Schrein lebt noch, dachte sie und trank ihre Latte macchiato in einem Zug aus.

»Zahlen, bitte!«

***

Klotz saß in einem vietnamesischen Restaurant unweit des *commissariat de police*. Er hatte von Lieutenant Laurent die Akte zu dem »Unfall« bekommen und jetzt vor sich liegen.

Die Begehung des Friedhofs hatte nicht viel gebracht. Aber irgendwie war er sich sicher, dass die Sache mit diesem van der Heyd auf das Konto des Mörders von Bogendorfer und Gummler ging. Er konnte sich nämlich gut an eine Sache erinnern, die Fröhling beiläufig erwähnt hatte, als er ihn zusammen mit Haevernick in dessen Bildhauerwerkstatt befragt hatte. Dieser dubiose Kunde, der das Grabmal in Form einer Pyramide in Auftrag gegeben hatte, soll laut Fröhling einen französischen Akzent gehabt haben.

Außerdem war der Wagen von Sven van der Heyd in eine Grabstätte gekracht, welche die Form einer Pyramide hatte. Diese Sache kam ihm zwar reichlich unwahrscheinlich und absurd vor, trotzdem glaubte er an einen Täter, auch wenn es theoretisch möglich war, dass van der Heyd sich umgebracht hatte. Vielleicht hatte van der Heyd ja Bogendorfer und Gummler getötet. Reue nach der Tat? Irgendwie passte das nicht. Klotz glaubte nicht an diese Theorie. Sein Bauchgefühl sagte ihm etwas anderes.

Irgendetwas war mit dem Namen des Toten. *Van der Heyd.* Da hatte irgendetwas bei ihm geklingelt, er wusste nur nicht, was. Er strengte sich an, versuchte sich zu konzentrieren, aber er kam nicht drauf. Es lag ihm auf der Zunge. Da war ein Gedanke, der vielleicht nur noch eine Synapse weiter springen musste. Klotz war erfahren genug, um zu wissen, dass es in so einer Situation besser war, die Gedanken auszuschalten. Gerade dann, wenn man am wenigsten daran dachte, dann fiel einem das Gesuchte wieder ein.

Er nahm einen ordentlichen Schluck von dem Wein, holte seinen Tabak heraus und drehte sich eine. Zündete seine Zigarette an und blätterte in der Akte, die auf dem Stuhl neben ihm lag. Nichts, wirklich gar nichts, was auf einen Mord hindeutete. Man konnte den französischen Behörden nichts vorwerfen. Es gab tatsächlich keinerlei Anzeichen für ein Fremdeinwirken. Selbst das Kennzeichen des Wagens war nicht gefälscht, so wie bei den Mordfällen in Deutschland. Er sah auf die Nummer: *988 EIA 06*. Vielleicht hätte Laanschaf da was daraus machen können, aber der war jetzt ja mehr als siebenhundert Kilometer weit weg und hatte darüber hinaus auch noch frei wie alle anderen auch.

Er war gerade dabei, das Restaurant zu verlassen, als er wieder ein paar Brocken von dem Gespräch des alten Ehepaars am Nebentisch aufschnappte. *Mitterrand, Pompidou, ministre.* Er blieb stehen, sein Blick sah plötzlich in eine imaginäre Ferne, seine Augen flackerten kurz auf. Dann musste er lächeln. Am liebsten wäre er zu den beiden Alten hingesprungen und hätte sich für das letzte Wort bei ihnen bedankt. Der stecken gebliebene Impuls in seinem Gehirn hatte sein Ziel endlich erreicht: Van der Heyd war Ende der Achtziger, Anfang der Neunziger Staatsminister im Innenministerium gewesen.

***

Wie leicht es heutzutage ist, jemanden ausfindig zu machen, dachte Haevernick, nachdem sie das Internetcafé verlassen und sich die Adresse auf dem Ausdruck noch einmal durchgelesen hatte. In Nürnberg gab es laut Auskunft der Telekom zwei Leute mit dem Nachnamen Schrein: Eine Schrein, Brigitte, und einen Schrein, A. Schließlich hatte Haevernick ihre Suche bundesweit vorgenommen und war erstaunt gewesen, dass es in ganz Deutschland nicht mehr als fünfzig Menschen gab, deren Telefone auf den Namen Schrein zugelassen waren. Mit dem

Vornamen Paul kombiniert existierten lediglich zwei Anschlüsse. Einer in Karlsruhe und der andere in Wendelstein, einer Gemeinde, die direkt an Nürnbergs Süden anschloss.

Haevernick stieg in ihren Wagen. Sie öffnete ihr Haar, kontrollierte ihr Aussehen im Spiegel und stellte fest, dass sie dringend zum Friseur musste. Dann drehte sie den Zündschlüssel um und fuhr los.

In der Au, Hausnummer fünf, war ein niedriges, altes Bauernhaus mit einem Sandsteinsockel und Fachwerk. Haevernick klingelte zwei-, dreimal. Keine Reaktion. Dann hörte sie ein schabendes Geräusch, das von einem Husten unterbrochen wurde. Sie hatte den Eindruck, dass diese Geräusche aus einem Bereich kamen, der sich hinter dem Haus befand. Sie öffnete die metallene Gartentür und ging einen gepflasterten Weg an dem Haus entlang. Aus einer Fichte, die sie streifte, stoben ein paar Kohlmeisen auf. Wieder vernahm sie das schabende Geräusch.

»Hallo? Herr Schrein?«

Das Schaben hörte auf. Husten.

»Ja?«

»Herr Schrein?«

»Hier hinten bin ich!«

Haevernick bog um die Ecke und sah einen hageren alten Mann, der in einer grauen Arbeitsmontur steckte. Neben ihm stand eine Schubkarre mit Mörtelputz. Als der Mann Haevernick erblickte, legte er seine Kelle auf die Schubkarre und fuhr sich mit beiden Händen über den Kopf, um seine spärlichen Haare, die wie durcheinandergeratenes Gefieder in alle möglichen Richtungen abstanden, glatt zu streifen.

»Von Zeit zu Zeit muss das Fachwerk nun mal gerichtet werden«, sagte Herr Schrein, »und ein milder Winter wie der diesjährige eignet sich ganz besonders hierzu.«

Schrein lächelte und sah zufrieden auf eine frisch verputzte Fläche, die von alten Eichenbalken umrahmt wurde. Nach ein paar Sekunden wandte er sich wieder Haevernick zu.

»Wer sind Sie, und was wollen Sie hier? Wenn Sie mir irgendwas verkaufen wollen, dann können Sie gleich wieder gehen.«

»Nein, nein, keine Sorge. Ich heiße Haevernick, Kripo Nürnberg.«

»Kriminalpolizei? Hab ich irgendwas angestellt?«

»Es geht um eine Sache, die schon einige Zeit zurückliegt. Sagt Ihnen der 23. Juni 1988 irgendetwas?«

Schreins Gesicht nahm einen ernsten Ausdruck an. Er sah Haevernick für einige Sekunden tief in die Augen.

»Am besten, wir gehen ins Haus.«

Schrein schenkte Haevernick von dem frisch gebrühten Kaffee ein. Dann stellte er die Kanne zurück auf die Wärmeplatte und setzte sich an den Küchentisch. Aus einer Holzschachtel nahm er einen Zigarillo, steckte ihn in den Mund und entzündete ihn mit einem Streichholz.

»Tja. Der Fritz …«, fing Schrein an.

»Friedrich Reblein«, präzisierte Haevernick.

»Ja. Der Friedrich, der war unser Polier damals.«

»Was ist damals passiert?«

»Da war dieser«, Schrein hielt kurz inne, »Unfall. Auf der Baustelle. Ich hab's ja nicht wirklich mitbekommen. Der Fritz hat's mir nur erzählt. War immer der Erste auf der Baustelle. Musste er ja sein, als Polier.«

»Was hat Reblein Ihnen erzählt?«

»Er war auf die Baustelle gekommen, wie jeden Morgen. Da hat er diese Frau da liegen sehen. Alles war voller Blut gewesen, hat er gesagt. Und da war noch …«

»Was?«

»Dieses Kind. Vier oder fünf Jahre alt muss der Junge gewesen sein. Saß auf dem Schoß seiner toten Mutter. Hat nicht geweint, gar nichts. Saß nur stumm da. Völlig blutverschmiert. Hat in den Himmel gestarrt. Bis dann die Polizei gekommen ist und ihn mitgenommen hat. So hat's der Fritz mir erzählt. Als ich dann kam, war schon alles abgesperrt. Ich hab mit dem Fritz über die Sache abends am Telefon gesprochen. Da hat er mir das alles erzählt.«

Schrein stieß ein paar kurze, trockene Huster aus. Dann nahm er einen tiefen Zug von seinem Zigarillo.

»Am nächsten Tag war er tot«, fügte Schrein hinzu.

»Friedrich Reblein?«

»Ja, der Fritz war tot. Wir waren alle ziemlich geschockt, als wir von dem Unfall erfuhren. Konnten uns das gar nicht richtig erklären, wo er doch so ein guter Autofahrer war. Er ist gegen einen Laster geknallt. Soll schnell gegangen sein. Zumindest hat er nicht lange leiden müssen, hat man uns gesagt.«

Haevernick starrte auf die Kaffeetasse in ihrer Hand. Die Sache nahm plötzlich Konturen an, trat aus dem Dunkel heraus, aus einer nebulösen, undurchsichtigen Masse. Langsam, aber sicher.

Sie nahm einen ordentlichen Schluck, stellte die Tasse auf den Untersetzer zurück und kam zu ihrer nächsten Frage.

»Sagt Ihnen der Name Jürgen Schulze etwas?«

»Schulze?« Schreins Gesicht nahm einen ratlosen Ausdruck an.

»Der Kommissar, der damals in dem Fall ermittelt hat«, half Haevernick nach.

Schrein drückte den Zigarillo aus. Plötzlich erhellte sich seine Miene.

»Ach ja. Das muss der Kommissar gewesen sein, mit dem ich damals kurz telefoniert habe. Hat sich dann aber nicht mehr gemeldet.«

»Worum ging es in diesem Gespräch?«

»Er hat mich angerufen an dem Tag, an dem Fritz gestorben ist. Hat mich gefragt, in welcher Beziehung ich zu meinem Vorgesetzten stehe, und so weiter. Ich hab ihm erzählt, was ich wusste.«

»Auch, dass Reblein Ihnen von der toten Frau und dem Kind erzählt hat?«

»Auch das, selbstverständlich.«

»Gab es irgendetwas im Verlauf dieses Telefongesprächs, was Ihnen, nun ja, wie soll ich sagen, seltsam vorkam?«

»Seltsam? Eigentlich nicht, würde ich sagen.«

»Eigentlich?«

»Na ja, doch. Jetzt fällt's mir wieder ein. Da war schon was, was mich irgendwie stutzig gemacht hat.«

»Was?«

»Der Kommissar meinte, ich solle nur mit ihm über die Sache mit der toten Frau und dem Kind reden. Wenn andere Beamte mich danach fragen würden, hat er gesagt, dann dürfte ich auf keinen Fall irgendetwas sagen. Komisch, was?«

Kann man wohl sagen, dachte Haevernick, die nach und nach ein Puzzlestück zum anderen fügte.

»Da hab ich dann jetzt wohl einen Fehler gemacht«, fiel Schrein auf, während er aus seiner Holzschachtel einen neuen Zigarillo kramte.

»Herr Schrein.«

»Ja?«

»Ich kann Ihnen versichern, dass Sie mit Ihrer Aussage an die richtige Adresse geraten sind. Dennoch empfehle ich Ihnen, die Sache für sich zu behalten. Kommissar Schulze hatte mit seiner Warnung nicht ganz unrecht.«

Für einen kurzen Moment sah Schreins Gesicht etwas erschrocken aus. Dann zündete er sich seinen Zigarillo an, und seine Miene wurde wieder lockerer.

»Bin ich etwa in Gefahr?«

»Nein. Sicher nicht«, beruhigte ihn Haevernick, »aber behalten Sie die Sache vorsichtshalber für sich. Ist besser so, glauben Sie mir.«

***

Klotz war in die Tuilerien gegangen. Hatte sich an einem Stand ein Baguette-Sandwich mit Schinken und Käse gekauft. Hatte sich, während er das Sandwich in sich hineinstopfte, zu einem Brunnen etwas abseits begeben und auf einen dieser grün lackierten Stühle gesetzt, die kreuz und quer im Park verteilt waren. Klotz nahm an, dass diese Stühle der Bevölkerung zur freien Verfügung standen, und mit dieser Einschätzung lag er richtig.

Er fragte sich ganz ernsthaft, ob er langsam paranoid wurde. Dieser Orientierungsplan des Louvre. Er war mit dem Finger den Weg bis zum Ausgang nachgefahren und war auf dieses Pyramidensymbol gestoßen. Das Symbol auf den Abschiedsbriefen. Das Symbol von diesem Hotel in Fürth. Überallhin verfolgte ihn dieses Quadrat mit diesen beiden gekreuzten Diagonalen. Er fragte sich, ob das mit diesem Pyramidensymbol des Louvre Zufall sein konnte. Definitiv. Es musste Zufall sein. Woher sollte denn der Mörder wissen, dass er sich nach Paris begeben und sich dort den Louvre ansehen würde? Langsam hatte Klotz diese Inflation des Symbolhaften satt. Ärgerlich biss er in sein Sandwich.

Er glotzte auf die vor sich hin plätschernde Fontäne, die in der Mitte des Bassins in die Luft schoss. Als er den letzten Rest seiner Zwischenmahlzeit verschlungen hatte, fiel sein Blick auf drei Tauben, die auf einem alten Brett, das in dem Becken herumschwamm, wie die Hühner auf der Stange saßen. Seltsam, dachte er.

Plötzlich musste er die Augen zusammenkneifen, weil sich eine untergehende Sonne am Himmel zeigte und ihre letzten Strahlen auf das Wasser warf, sich spiegelte, um schließlich auf seiner müden Netzhaut zu landen.

Klotz beschloss, dass es erst mal das Beste sei, sich geschmeidig zurückzulehnen und die Augen vollständig zu schließen. Zuerst nahm er nur das Plätschern der Fontäne wahr. Doch nach einer Weile wurde er auf den monotonen Klang der Autos aufmerksam, der wie eine Glocke über die Stadt gestülpt war. Diese Kulisse wurde immer wieder überlagert, vom Aufheulen einer Sirene, dem Rattern einer Maschine, von den verschiedenen Sprachen der Touristen, die an dem Brunnen vorbeizogen, und besonders von dem Knirschen des Kieses, auf dem ein Jogger seine Runden durch den Park zog.

Seltsam, alles unglaublich seltsam, beinahe absurd, dachte Klotz, der nun, nachdem sich die Sonne verabschiedet hatte, die Augen wieder aufschlug. Das Brett mit den drei Tauben war an den Rand des Bassins gestoßen. Unter lautem Gurren hopste eine Taube nach der anderen auf den Beckenrand. Als die drei in einer Reihe nebeneinanderstanden, fingen sie an zu scheißen. Dann flogen sie weg.

Und wenn es doch kein Zufall war, dachte er plötzlich. Wenn der Mörder gewollt hatte, dass er nach Paris fährt? Dass er sich den Friedhof ansieht? Dass er in den Louvre geht? Wieder dieses Symbol findet? Was dann?

***

Astrid Haevernick rollte auf den Parkplatz neben dem Hallenbad. Als sie den Motor ausschaltete, hörte auch ihr Handy auf zu klingeln. Sie sah auf das Display. Fünf Anrufe in Abwesenheit, alle von ihrem Mann. Sie schaltete das Handy aus und legte es ins Handschuhfach. Dann verließ sie den Wagen.

Dass die Stimme, die sie da über die Gegensprechanlage erreichte, Lackner gehörte, war unverkennbar. Sie hatte nur kein einziges Wort verstehen können. Also noch mal läuten.

»Ich bin's, Haevernick. Ich muss dringend mit Ihnen sprechen!«

Dem kleinen Lautsprecher entwich ein unzusammenhängendes Lallen.

»Machen Sie auf, bitte!«

Der Türöffner summte. Haevernick betrat das Haus. Beinahe wäre sie auf der Treppe hingefallen. Die Stufen glänzten vor Bohnerwachs, vorsichtig ging sie nach oben.

Lackner stand in der Tür und hielt sich am Griff fest. Er hatte ein verwaschenes T-Shirt an, auf dem »Led Zeppelin« stand, und eine graue Jogginghose. Ansonsten war er barfuß.

Haevernick erkannte sofort, was mit dem Gerichtsmediziner los war. Hakte sich bei ihm ein und führte ihn in die Wohnung. Sie stützte ihn ab, bis sie ins Wohnzimmer kamen. Dort machte Lackner sich los, stolperte in Richtung Sofa, schlug mit seinem Schienbein an den niedrigen Glastisch, den er übersehen hatte. Ein paar leere Bierdosen schepperten, eine halb volle Flasche Korn verlor das Gleichgewicht, kullerte über den Tisch und fiel in den Übertopf einer Kunstpflanze. Langsam drehte sich Lackner nach der Tischplatte um, machte ein verdutztes Gesicht, hielt sich das Schienbein und sagte schließlich: »Aua.«

Haevernick fiel das flackernde Lichtspiel an der Decke der Wohnung auf. Lackner, der dies bemerkt zu haben schien, lallte ein paar unverständliche Worte und ließ sich aufs Sofa fallen.

Plötzlich gab es einen lauten Knall. Haevernick ging zu einer der Dachgauben und sah aus dem Fenster. Unter einer Straßenlaterne konnte sie ein paar Jugendliche erkennen, die mit Feuerwerkskörpern herumhantierten und laut lachten. Einen Moment lang überlegte sie, ob sie das Fenster öffnen und die Halbstarken zurechtweisen sollte, ließ es dann aber lieber bleiben.

Lackner lag auf dem Sofa und rührte sich nicht. Haevernick fühlte sich für ein paar Sekunden hilflos, dann ging sie hinüber in die Küche.

Nachdem sie einen letzten Rest Instantkaffee gefunden hatte, befüllte sie den Wasserkocher, aus dessen Schnorchel schon der Kalk nach oben kroch. Schließlich fand sie in einem der Hängeschränke eine gespülte Tasse. Wischte den Staub vom Rand und gab das Kaffeepulver hinein. Während sie auf das heiße Wasser wartete, erinnerte sie sich an ihren Bruder. Bevor das damals mit den Drogen angefangen hatte, hatte es diese Alkoholexzesse gegeben. Ihr fiel wieder die Nacht ein, als sie ihn bewusstlos im Flur gefunden hatte.

Der Kocher machte *klick* und hörte auf zu sprudeln. Haevernick ließ das Wasser und die Tasse stehen, ging zurück ins Wohnzimmer.

Lackner lag auf seinem verranzten Sofa und schnarchte. Entschlossenen Schrittes machte sich Haevernick auf, packte Lackner an der Schulter und schüttelte ihn kräftig. Lackner erwachte, lallte irgendetwas und schloss wieder die Augen. Haevernick stapfte ins Badezimmer, registrierte den Schimmel an den Wänden und die Silberfischchen am Boden, nahm schließlich einen eingestaubten Putzeimer, den sie mithilfe der Duschbrause befüllte. Ging zurück ins Wohnzimmer und klatschte Lackner das eiskalte Wasser ins Gesicht.

Haevernick kickte mit dem Fuß den leeren Eimer in die Ecke, mit dem anderen machte sie einen Satz nach vorn, in Richtung Sofa. Dann schlug sie Lackner links und rechts ins Gesicht.

»Aua! Aufhören! Das tut weh!«

»Das war erst der Anfang, Freundchen!«

Sie packte Lackners Unterarm, warf ihn auf den Rücken und wandte eine scharfe Drehbewegung an, von der sie wusste, dass sie so schmerzhaft war, dass sogar ein Halbtoter hätte aufstehen müssen. Lackner schrie wie am Spieß.

»So, und jetzt ab ins Bad!«

Lackner gehorchte. Irgendwelchen Widerstand zu leisten wäre ihm angesichts seiner Lage nicht im Traum eingefallen. Als die beiden im Bad angekommen waren, zwang Haevernick ihr Opfer unter die Dusche und drehte auf. Lackners Geschrei hatte sich inzwischen in ein weinerliches Jammern verwandelt. Plötzlich rutschte er aus, krachte gegen eine PVC-Wand, die Duschkabine wackelte heftig und fiel in sich zusammen. Lackner knallte mit seinem Kopf gegen den Rand des Waschbeckens. Jetzt lag er wimmernd am Boden und hielt sich die Stirn. Haevernick hatte die ganze Zeit nur an die Nacht gedacht, in der ihr Bruder bewusstlos im Flur gelegen hatte, und daran, was sie damals hätte tun sollen. Solch eine Situation würde sich nie mehr wiederholen, hatte sie sich damals geschworen. Sie hatte jegliches Gefühl von falschem Mitleid in sich ausgeschaltet, packte Lackner nun am Nacken und zog ihn nach oben. Als sein Kopf über dem Waschbecken hing, steckte sie Zeige- und Mittelfinger ihrer rechten Hand, so tief es ging in, Lackners Rachen. Er musste sich erbrechen, und Haevernick hörte nicht auf, bis sie merkte, dass nur noch Magensäure kam.

Lackner saß an dem Glastisch und befühlte den Verband an seinem Kopf. Er nahm einen kleinen Schluck Kaffee und zurrte seinen Bademantel fester zu. Haevernick saß ihm gegenüber. Sie hatte Schulzes Notizbuch herausgeholt und auf den Tisch gelegt.

»Ich werde nicht eher gehen, bis Sie mir gesagt haben, was Sie mit diesem Fall Elisa Morvan zu tun haben.«

Lackner starrte auf das, was um das Notizbuch herumlag. Zerknüllte, umgekippte Bierdosen, leere und halb leere Flaschen, ein aufgeschlagener Pizzakarton, in dem ein Viertel Calzone lag, ein Aschenbecher, aus dem die Kippen quollen, verrotzte Papiertaschentücher. Ein Schlachtfeld. Das Schlachtfeld eines Verlierers. Das Abbild seines vermurksten Lebens. Und das mit dem Notizbuch, diese Morvan-Geschichte, na, das musste ja eines Tages kommen.

»Ich rede mit Ihnen, Herr Lackner!«

Er sah jetzt auf die aufgeschlagene Seite. Sah seinen Namen.

»Woher haben Sie das?«

»Das tut nichts zur Sache. Also, was ist?«

Es hat keinen Sinn mehr. Letztendlich ist es ja sogar so etwas Ähnliches wie eine Erlösung, dachte Lackner, und nahm einen weiteren Schluck Kaffee. Schließlich war sein Leben ja schon im Arsch. Sehr viel schlimmer konnte es nicht mehr werden.

»Okay. Ich werde sagen, was ich weiß.«

»Gut.«

»Eigentlich habe ich mit der Sache nichts zu tun, aber ...«

»Aber was?«

»Ich habe unterschrieben. Ich weiß, das hätte ich nicht tun sollen.«

»Unterschrieben? Bitte der Reihe nach. Was ist damals geschehen?«

»Es ging um einen Mordfall. Morvan. Eine junge Lehrerin. Sie wurde an dieser Baustelle gefunden. Dieses Hotel Pyramide, Sie wissen schon. War fürchterlich zugerichtet. Reinhard Klotz und ich haben die Leiche obduziert. Es gab nicht den geringsten Zweifel daran, dass es sich um Mord handelte. Doch dann kamen diese Leute ...«

»Was für Leute?«

»Staatsschutz. Ich selber hatte keinen Kontakt. Reinhard hat mit denen gesprochen. Er war ziemlich aufgelöst nachher. Hat mir klargemacht, dass wir die Obduktionsakte manipulieren müssten, sonst ...«

»Sonst?«

»Sonst hätte das das Ende bedeutet. Das Ende der Karriere, mindestens, wenn nicht noch Schlimmeres. Wir haben dann einfach Fotos von einer anderen Leiche genommen und den Bericht gefälscht, damit das Ganze wie ein Selbstmord aussah. Sie müssen das verstehen, ich hatte Angst. Ich war damals noch jung, Klotz war mein Vorgesetzter. Was hätte ich tun sollen?«

»Wie wär's mit Zivilcourage?«

»Zivilcourage? Wissen Sie, was mit diesem Ermittler, diesem Schulze, damals passiert ist?«

Haevernick schwieg, und Lackner setzte hinzu:

»Ja, ich habe etwas unternommen, damals. Hatte wenig mit Zivilcourage zu tun, zugegeben, war aber einigermaßen wirksam. Zumindest bis zum heutigen Tag.«

Er deutete auf eine leere Flasche Wodka. Haevernick überlegte. Schließlich stand sie auf und verabschiedete sich.

»Was wird jetzt, Frau Oberkommissarin? Sie wissen schon, dass die Ermittlungen, denen Sie da nachgehen, brandgefährlich werden können.«

»Die Sache ist relativ einfach. Solange Sie Stillschweigen bewahren, werde ich das auch tun. Ich sehe keine Notwendigkeit, Ihre Aussage in irgendeiner Form amtlich werden zu lassen. Dieses Gespräch hat nie stattgefunden.«

»Ja. Hat nie stattgefunden. In Ordnung.«

***

Es war kein Problem für ihn, sich im Dunkeln zurechtzufinden. Natürlich hätte er das Licht anmachen können, aber das hätte alles zerstört. Er ging zum Waschbecken und ließ das warme Wasser über seine kalten Hände strömen.

Er trocknete sich die Hände ab und ging hinüber zum Schrank. Griff sich die P 2000, entlud die Waffe, entnahm das Magazin, legte es in den Schrank zurück.

Dann ging er hinüber zum Tisch, ließ sich langsam auf dem Stuhl nieder. Legte die Waffe auf den Tisch. Nach einigem Tasten hatte er den Kopfhörer gefunden. Zog ihn sich über und schaltete die Anlage ein. Er schloss die Augen. Die Musik hämmerte die Angst in ihm weg.

Er nahm die Waffe vom Tisch. Steckte den Lauf in seinen Mund. Dann drückte er ab.

Klick!

Er lachte.

31. Dezember

Haevernick sah aus dem Fenster. Der Tag war trübe. Graue Wolken zogen gelangweilt am Himmel umher, und es war wie immer viel zu warm für die Jahreszeit.

Sie hatte oft genug probiert, Klotz zu erreichen. Unter seinem Festanschluss meldete sich niemand. Wenn sie seine Handynummer wählte, war das Einzige, was ihr antwortete, die automatische Ansage der Mailbox, gefolgt von Klotz' Stimme, die den Namen aufsagte, und einem kurzen Husten, für das wohl seine übermäßige Raucherei verantwortlich war.

Niemand wusste, wo sich der Hauptkommissar herumtrieb, und es interessierte offensichtlich auch keinen. Dass er am Freitagnachmittag einfach verschwunden war, ohne sich ordnungsgemäß abzumelden, wurde zwar als etwas merkwürdig, aber auch als typisch für Klotz' rücksichtslosen Charakter empfunden. Und überhaupt war es ja sein gutes Recht, nach zwei Wochen harter Ermittlungsarbeit dem Laden den Rücken zu kehren, hieß es. Außerdem hatte er noch diese Kränkung zu verdauen, dass Escherlich zum Ermittlungsleiter in der Sache Barnikol und Kaumann ernannt worden war.

Das Telefonat mit Escherlich war alles andere als erbaulich verlaufen. Als Haevernick von neuen Erkenntnissen in den Mordfällen Gummler und Bogendorfer sprach, war sein Ton ärgerlich geworden.

»Die Sache ist ein für alle Mal vorbei, Astrid! Was fällt dir überhaupt ein, mich an Silvester mit diesem Unsinn zu nerven? Ich habe langsam den Eindruck, dass du in deiner Ignoranz einem gewissen Werner Klotz immer ähnlicher wirst! Wir sprechen uns im neuen Jahr! Tschüss!«

Aufgelegt.

Haevernick machte sich ernsthaft Sorgen. War Klotz vielleicht etwas zugestoßen? Was wäre, wenn der Mörder gerade dabei war, seine Drohung in die Tat umzusetzen? Sie musste jetzt an der Sache dranbleiben, und sie brauchte dringend jemanden, mit dem sie sich besprechen konnte. Jemanden, der mit dem Fall vertraut war. Jemanden, der ihr zuhörte und der fähig war, die Lage vorurteilsfrei zu beurteilen. Der Einzige, der ihr einfiel, war Anwärter Zebisch.

Sie hatten sich im Café Kröll am Hauptmarkt verabredet. Als Zebisch seiner Kollegin von hinten auf die Schulter tippte, schüttelte es Haevernick, die gedankenverloren auf einen der festlichen Lüster starrte.

»Na, da hat dich wohl der Tod angeschmeckt. Ich bin's doch nur!«

»Schön, dass du Zeit gefunden hast.«

»Keine Sache. Ich bin gern mal zu einem Ding außer der Reihe bereit.«

Zebisch lächelte gewinnend, und Haevernick lächelte zurück.

Sie erzählte ihm alles. Von Frau Schulze, den Ermittlungen ihres Mannes, dessen plötzlichem Unfalltod 1988, den Besuchen bei Paul Schrein und Gerichtsmediziner Lackner. Zuletzt legte sie ihm das rote Notizbuch von Kommissar Schulze hin, in dem die Namen der letzten beiden Opfer, Barnikol und Kaumann, vermerkt waren.

Sie fühlte sich erleichtert. Hatte den Eindruck, als sei eine tonnenschwere Last von ihr gefallen.

»Die Frage, die sich letztendlich stellt, ist doch, wer ist dieser Mörder, der hier jetzt quasi Amok läuft?«, schloss Haevernick ab.

»Ich denke, das liegt auf der Hand.«

»Ja. Und was denkst du?«

»Da will sich jemand rächen, für diesen Mord vor beinahe zwanzig Jahren. Jemand, der dieser Elisa Morvan sehr nahesteht. Ein Verwandter, ein enger Freund. Vielleicht dieses Kind der Toten.«

»So weit bin ich auch schon. Aber um diesen Jemand zu finden, wird eine weitreichende Recherche nötig sein. Wir müssten erst mal die Familie, die Verwandten, den ehemaligen Freundeskreis von dieser Morvan abklappern.«

»Hat das nicht Zeit bis nach Silvester?«

»Und was ist mit Klotz? Was ist, wenn er in der Gewalt des Mörders ist? Vielleicht ist er ja schon tot.«

»Klotz ist ein harter Bursche. Klotz – der Name ist Programm. Es wird schon nichts sein, glaub mir.«

***

»Alors, on va où, Monsieur? Where do you want to go?«

Klotz warf einen letzten Blick auf die unscheinbare Fassade des Hotels, an dessen Sockel gerade ein zerzauster schwarzer Hund pinkelte.

»Monsieur?«

»Pardon?«

»Où est-ce que vous voulez aller? La destination?«

»Gare de l'Est, s'il vous plaît.«

Der Taxifahrer fuhr los. Klotz sah nach draußen, sah die Obdachlosen, kaputte Junkies, schlendernde Passanten, einen Schwarm Tauben, der unter einem bewölkten Himmel flog. Seltsam, dachte Klotz. Hier an der Place Pigalle das Viertel der Ausschweifung, der Ungezügeltheit, der Sucht, und dort vorn diese Brücke, die über das Reich der Toten gespannt war. Eine Ansammlung aus grauem, vermoostem Stein, der keinerlei Hoffnung oder Trost versprach.

Und was war mit Melanie? Würde er das wiedergutmachen können? Und vor allem wie? Heute war Silvester, und er hatte keine Ahnung, mit wem oder wie er die Jahreswende begehen würde. Ein guter Zeitpunkt für einen Neuanfang vielleicht, mit Melanie und mit seiner Gesundheit, denn er hatte sich ja auch vorgenommen, mit dem Rauchen aufzuhören.

Es war wie immer. Er hatte wieder nur seine Arbeit im Kopf, diesen beschissenen Fall, der ihn nicht losließ. Und dabei hatte er die Menschen um sich herum vergessen. Die Menschen, denen er etwas bedeutete, die ihn vielleicht liebten. Er fragte sich, warum er es in all den Jahren, die er nun auf dieser Erde zugebracht hatte, niemals gelernt hatte, die nötige Rücksicht, den selbstverständlichen Respekt für sie aufzubringen. Wahrscheinlich war er ein gnadenloser Egoist. Ein fehlgeleiteter Typ, der sich immer nur um sich selbst und seine Arbeit drehte. Wahrscheinlich war es das. Aber er hatte keine Ahnung, wie er das hätte ändern können.

Sie hatten die Brücke erreicht. Klotz blickte auf die Gräber, die sich jenseits der türkisfarbenen Stahlbegrenzung befanden. Sah wieder das Stück, das bei van der Heyds Unfall herausgebrochen war, die rot-weiße Absperrung, das Schild, welches den Passanten vorschrieb, an dieser Stelle die andere Straßenseite zu benutzen. Plötzlich hatte er eine Eingebung.

»Pardon, Monsieur! Could you stop please? Could you turn back? Retour?«

»Si vous voulez. Pas de problème.«

»I would like to visit the cemetery. Le cimetière, s'il vous plaît.«

Klotz hatte sich auf eine Bank gesetzt. Er sah auf das Monument Central, eine Art Säule, die mit einem vasenartigen Gebilde abschloss. Fokussierte nach einiger Zeit das zerstörte Grabmal dahinter.

Er erinnerte sich wieder an die Fotos, die der Akte van der Heyd beigelegen hatten und auf denen das unbeschädigte Grabmal zu sehen gewesen war. Ihm fiel der Name ein, der auf der Pyramide gestanden hatte: *Famille Vernouillet.*

Sah weiter, auf die durchbrochene Stelle im Brückengeländer. Zog eine imaginäre Linie von der Brücke über das Grabmal bis zu der Stelle, wo der Wagen auf den Boden aufgeschlagen war.

Irgendetwas in seinem Bauch rumorte, und schuld daran war nicht dieses spärliche Frühstück aus zwei Croissants und einem schwarzen Kaffee. Was zum Teufel noch mal hatte er übersehen? Eigentlich hätte er jetzt Lust gehabt, eine zu rauchen. Aber er tat es nicht. Ihm war aufgefallen, dass er immer dann rauchte, wenn er nicht weiterwusste. Irgendwie muss man das aushalten, dachte er, dieses spannungsgeladene Gefühl, diese Mischung aus Erwartung und Angst. Eine neue Kippe würde da auch keine Lösung bringen.

Er ging zwischen den Gräbern hindurch, bis er unter der Brücke stand. Er sah nach oben, sah die vielen Streben und Querverbindungen aus Stahl, lauschte auf das Geräusch, das von den Autos kam, die über die Brücke fuhren. Plötzlich fiel ihm etwas ein, von dem er mit ziemlicher Sicherheit wusste, dass es vom Dalai Lama stammte: »Bedenke, dass Schweigen manchmal die beste Antwort ist.«

Er schloss die Augen. Atmete ein, atmete aus. *Schweigen.*

Als er die Augen wieder öffnete, war sein Kopf leer. Keine Gedanken, keine Nervosität. Er blickte zu dem Grabmal, das seinen Namen trug. Ging hinüber und sah ins Innere der Gruft. *Jules Klotz – Joseph Parrot.* Wieder sah er auf die hebräischen Buchstaben, die er nicht lesen konnte.

Zwei Namen, ein Grab, ging es ihm durch den Kopf.

Er ging zurück zu dem Grabmal, das durch den Unfall zerstört worden war. Sah auf den Sockel, der zum Teil von Efeu überwuchert war.

Nach einigem Suchen hatte er die Stelle gefunden und vom Efeu freigelegt. *Elisa Morvan, née Vernouillet, * le 1er juin 1958, † le 23 juin 1988.*

Und dann sah er noch einen zweiten Namen.

Als Klotz sich wieder zurück zu dem wartenden Taxi aufmachte, war sein Gesicht kreidebleich.

***

Astrid Haevernick saß in ihrem Wagen und blickte auf die Granitarkaden der Kongresshalle. In ihrem Kopf spielte sich etwas ab, was man nicht wirklich Überlegen hätte nennen können: Die Synapsen hatten Narrenfreiheit: Die verschiedensten Verbindungen wurden hergestellt und wieder aufgelöst. Haevernick erinnerte sich an Bilder, Gesprächsfetzen, vermengt mit den unterschiedlichsten Gefühlen. Angst, Lust, Geborgenheit, Leere, Freude, Wut. Alles geriet irgendwie durcheinander.

Sie fand keine Worte für das, was Frank Zebisch da getan hatte. War das die Wirklichkeit gewesen oder irgendein fürchterlicher Traum? Vor ihrem inneren Auge sah sie noch einmal diese feingliedrige Hand, mit der er sich auf dem Kaffeehaustisch abgestützt hatte, als er aufstand, um auf die Toilette zu gehen. Es war dieselbe Hand, die er ihr dann auf die Schulter gelegt hatte, als er wieder zurückgekommen war. Die Hand, mit der er ihren Nacken gestreichelt hatte. Seine Lippen an ihrem Ohr und diese Aufforderung zum Ehebruch. Sie war wie paralysiert gewesen. Schwindlig, verstört, vollkommen perplex. Dann, als sie diese Lippen sich auf ihren Mund zubewegen sah, war sie endlich wieder zu sich gekommen. Hatte ihn heftig von sich gestoßen. War aus dem Café geflüchtet. In ihr Auto gestiegen. Losgefahren. Ohne Richtung, ohne Ziel. Bis sie hier am Südring rechts abgebogen war, ohne Grund.

Sie hatte den Wagen zum Stehen gebracht. Lehnte sich zurück, schloss die Augen. Langsam beruhigte sich das Blitzgewitter in ihrem Kopf. Nach und nach gewannen Ruhe und Klarheit wieder die Oberhand.

Sie öffnete das Handschuhfach und nahm die beiden Phantombilder heraus. Sah sich zunächst das von diesem Ehepaar Böhner an. Schnell stellte sie fest, dass es völlig unbrauchbar war. Dann sah sie auf die Zeichnung, die auf Fröhlings Angaben basierte. Sie konzentrierte sich. Das mit dem Bart passte nicht, ganz klar. Auch die Backen schienen ihr zu breit, zu aufgebläht. Blaue Augen, las sie in der Täterbeschreibung.

Ein Bart konnte angeklebt werden, dachte sie. Und das mit den Backen … Hatte er ihr nicht mal gesagt, dass er früher einmal Schauspieler hatte werden wollen?

Haevernick legte die Phantombilder zurück ins Handschuhfach und ließ den Motor an. Als sie auf den Stadtring einbiegen wollte, erkannte sie Frank Zebisch im Rückspiegel. Offensichtlich war er ihr gefolgt. Er rannte auf ihren Wagen zu und winkte. Sie wusste selbst nicht, warum, aber sie hielt an. Ließ das Fenster herunter. Jetzt stand er vor ihr, abgehetzt, keuchend.

»Astrid, bitte!«

»Was willst du noch?«

»Astrid, du hast da was falsch verstanden!«

Sie sah in seine weit aufgerissenen Augen. Seine aufgerissenen blauen Augen.

***

Der Straßburger Bahnhof war ein Kopfbahnhof. Das war auch der Grund für die lange Wartezeit gewesen. Beinahe eine Viertelstunde hatten sie gestanden, bis es endlich wieder losging. Klotz, der jetzt entgegen der Fahrtrichtung saß, kaute auf dem letzten Stück seines Sandwichs herum.

Er blickte nach draußen. Sah das Ende des Bahnsteigs verschwinden. Sah an einer Mauer ein blaues Plakat, auf dem der Kopf eines jungen Mannes zu sehen war. Entschlossener Blick, harte Gesichtszüge. Er trug eine Kopfbedeckung, die der von Lieutenant Laurent nicht unähnlich war. Große weiße Lettern, mit denen das Plakat überschrieben war, verrieten, wofür hier geworben wurde: *La Légion Étrangère.* Das wäre nichts für mich, kommentierte Klotz für sich im Stillen. Strich sich langsam über den Bauch und schüttete einen letzten Rest Kaffee in sich hinein.

Draußen zogen kahle Bäume, nasse Wiesen und bröckelnde Häuserwände vorbei. Dann kam der Rhein. Klotz sah auf das Wasser und dachte wieder an den Fall.

Ihm fiel ein, dass er ganz vergessen hatte, Laurent das Handy zurückzugeben, das ihm dieser zur Sicherheit geliehen hatte. Er sah in der zerknitterten Plastiktüte nach, die sein einziges Gepäckstück darstellte. Nachdem er das Handy gefunden hatte, starrte er auf das Display. Schließlich wählte er eine Nummer. Nach wenigen Sekunden ertönte ein Freizeichen, und am anderen Ende wurde abgehoben.

Der Zug kam exakt um zweiundzwanzig Uhr dreißig am Nürnberger Hauptbahnhof an und hatte damit eine Verspätung von lediglich sechs Minuten. Nicht schlecht für die Bahn, dachte Klotz und stieg aus. Es nieselte, und sein Gesicht bekam ein paar Regentropfen ab. Er wischte sich mit einem Ärmel über

Stirn und Schläfen. Ging weiter. Stieg hinab in einen gefliesten, unterirdischen Gang. Erreichte schließlich die Haupthalle. Verschnaufte. Dann trat er hinaus auf den Bahnhofsplatz. So etwas wie das Gefühl von Heimat kam in ihm hoch, als er die mittelalterliche Fassade seiner Stadt sah. Die Mauer, der steinerne Königstorturm, der stumm und mächtig über diese Stadt wachte.

Er ließ seinen Blick schweifen und zündete sich eine von den Filterzigaretten an, die er im Zug gekauft hatte. Immer wieder hörte er vereinzelt irgendwelche Böller explodieren. Da und dort stieg eine Silvesterrakete verfrüht in den Himmel und verglühte. Als ob man das neue Jahr heraufbeschwören könnte, wenn man nur ordentlich Krach macht, dachte Klotz verächtlich. Niemand kann die Zeit manipulieren, denn alles hat seine Zeit, und er dachte an seine Verabredung.

Das Strandhaus am Dutzendteich war ja eigentlich ein tolles Restaurant. Besonders die Seeterrasse mit ihrem Ausblick auf das Wasser war großartig. Und trotzdem. Für mich und meinesgleichen, dachte Klotz, ist das doch alles viel zu schickimicki. Eine Bierstube oder Trinkhalle hätte es auch getan. Zugegeben, zu Anwärter Zebisch passte das edle Ambiente, in dem man den Silvesterabend verhalten feierte, ganz gut, aber er, Klotz, er kam sich hier irgendwie deplatziert vor. Wie ein Elefant im Porzellanladen, obwohl er ja eigentlich kein Porzellan zerschlug, ausnahmsweise mal.

Er stellte den Wasserhahn ab und ging zum Handtrockner. Während er seine Hände föhnte, sah er in den Spiegel. Dieser Ausflug nach Paris hatte ihn nicht jünger gemacht. Er betrachtete seine Augenringe. Vor ein paar Jahren war das noch anders gewesen, mit seinem Gesicht und den Falten. Aber jetzt …

Er dachte wieder an vorhin. An diesen Moment, als er aufgestanden war, um zur Toilette zu gehen. Da waren dieses Lächeln und dieser Blick gewesen. Dieses süffisante Lächeln. Hochmütige Vermessenheit, gepaart mit nonchalanter Indifferenz. Ein Lächeln, ein Blick, die sagen wollten: Sieh her, ich bin der Größte, der Beste, ich bin unschlagbar. Dieser Blick, dieses Lächeln.

Für einen kurzen Augenblick hatte sich Klotz nicht nur deplatziert, sondern auch minderwertig gefühlt.

Er sah wieder in den Spiegel. Sah sich für ein paar Sekunden in die Augen. Dann ging er zurück in den Gastraum. Beobachtete die Bedienung dabei, wie sie Zebisch einen Cocktail servierte. Setzte sich. Nahm einen langsamen Schluck von seinem Bier, das irgendwie schal schmeckte. Warf einen kurzen Blick aus dem Fenster, über den See, hinüber zur Kongresshalle. Er hätte jetzt gern geraucht. Durfte aber nicht.

»Und das schmeckt?«

Klotz deutete auf das orangerote Getränk, in dem zwei schwarze Strohhalme steckten, die Zebisch gerade aus dem Mund nahm.

»Geht so.«

Er fixierte die Augen seines Gegenübers und glaubte, noch einen Schimmer dieses hochmütigen Blickes von vorhin wahrzunehmen.

»Darf ich Ihnen eine indiskrete Frage stellen?«

»Nur raus damit.«

»Wo waren Sie eigentlich die letzten Tage? Kommissar Escherlich meinte, dass vielleicht ... weil er jetzt eben die Leitung in dem neuen Fall bekommen hat ... dass Sie deswegen ...«

Klotz antwortete nicht. Stattdessen legte er ein Foto auf den Tisch. Die Ablichtung eines Unterarms, dessen Vene geöffnet war. Zebischs Blick hatte sich merklich verändert. Er stellte seinen Drink auf den Tisch.

»Wie geht es eigentlich deiner Mutter?« Klotz machte eine Kunstpause. »So alleine in Paris.«

Für einen Augenblick zuckte etwas in Zebischs Gesicht.

»Oh, pardon. Sie ist ja gar nicht alleine. Dein Vater liegt ja bei ihr. Seltsam, dass du den Namen deines Vaters trägst und nicht den deiner Mutter.«

Schweigend nahm Zebisch seinen Cocktail in die Hand und trank ihn in einem Zug aus.

»Ich wusste, dass Sie die Wahrheit entdecken würden. Ich wollte sogar, dass Sie sie herausfinden. Sie sollten verstehen.«

»Verstehen?«

»Haben Sie sich niemals gefragt, warum plötzlich diese verschollene Akte auf Ihrem Schreibtisch lag? Der handschriftliche Vermerk, der auf die Akte meiner Mutter hinwies? Und dann die gefälschten Kennzeichen. Nachdem Sie jetzt in Paris waren, müsste Ihnen das mit den Kennzeichen eigentlich klar sein. Die Botschaft galt keinem Geringeren als Ihnen, Herr Hauptkommissar.«

Klotz dämmerte, dass er da wohl etwas übersehen hatte. Dann fiel ihm wieder ein, wie ihm diese Inflation des Symbol- und Zeichenhaften während der Ermittlungen auf den Geist gegangen war und dass er die Nase davon gestrichen voll hatte.

»Manchmal haben Sie mir sogar noch in die Hände gespielt. Erinnern Sie sich an den Tag, als sie mich zu dieser Betonfirma Breslauer in die Fränkische Schweiz geschickt haben?«

Klotz nickte. Er vermied es bewusst, irgendetwas zu sagen. Bei Zebisch waren alle Dämme gebrochen. Jetzt galt es, sein umfassendes Geständnis in all seinen Facetten wahrzunehmen. Später würde er den Anwärter festnehmen. Er würde eine Zigarette rauchen und mit Zebisch zusammen lässig aus dem Laden hier herausmarschieren.

»Am Abend bevor Sie mich zu Breslauer geschickt haben, war ich bei Fröhling gewesen, wo ich Ihr Grabmal in Auftrag gab. Da der Mann permanent seine Fingernägel abkaut, war es nicht besonders schwer, DNA-Material zu sichern und am Tag darauf am Tatort zu hinterlegen. Danach fuhr ich noch bei diesem Aussiedlerhof vorbei, wo ich die Modellpyramide von Thorsten Gummler entfernte. Das war eine völlig ungeplante Handlung. Ich wusste ja nichts von dieser Pyramide. Ich wollte einfach sehen, wie er gelebt hatte, dieser Gummler. Wie er mit seiner Schuld all die Jahre umgegangen war. Ein jämmerliches Leben. Durch und durch erbarmenswert.«

»Erbarmen. Das wäre ein anderer Weg gewesen. Warum hast du nicht den gewählt?«

»Warum sollte ich? Ich war vier Jahre alt, als meine Mutter von diesen Halbstarken umgebracht wurde. Sie kamen alle davon. Nur weil einer von Ihnen, dieser van der Heyd, einen Vater hat, der Staatssekretär im Innenministerium ist, zählt plötzlich Recht und Gerechtigkeit nichts mehr? Wie kann das sein?«

»Ich gebe zu, dass man gegen den Staatsschutz wohl kaum irgendeine Chance hat.«

Klotz musste an Jürgen Schulze denken. An die perfide Art und Weise, wie dieser aus dem Weg geräumt worden war. Und weshalb? Weil er ein aufrechter Mensch war, der an diesen Staat und seine Statuten geglaubt hatte.

»Wissen Sie, Herr Hauptkommissar, was das Schlimmste und Schrecklichste an dieser Geschichte ist?«

Klotz sah Zebisch in die Augen. Seine Maske war hinweggebrochen. Was er dort sah, war ein Kind, dem ins Gesicht geschrieben war, dass es alles verloren hatte. Ein Kind, das Trauer und Schmerz nicht überwinden konnte, wie sehr es sich auch anstrengte. Klotz schwieg.

»Es gab lange Zeit nur einen einzigen Raum auf dieser Welt, in dem die Wahrheit aufbewahrt war. Dieser Raum zwischen den Wänden meines Schädels. Und was dort war und ist, das ist nicht mitteilbar. Ich kann es immer noch nicht beschreiben. Aber das, was ich als Vierjähriger in dieser lauen Sommernacht mit ansehen musste, es hat sich eingebrannt, tief und heftig. Es holt mich immer wieder ein, macht mich zu einem Besessenen. Und um mich von diesen Bildern zu befreien und um den feigen, miesen, hinterhältigen Mord an meiner Mutter zu rächen, habe ich diesen Rachefeldzug gestartet. Ich habe ihm mein Leben gewidmet.«

Klotz überlegte kurz, ob er sich schon eine Zigarette anzünden durfte. Er sah über Zebisch hinweg und dachte, wie das denn sein konnte, dass sich inmitten einer fröhlichen, ausgelassenen Menschenmenge solch eine unvorstellbar tragische Szene abspielte. Und ihn beschlich die unangenehme Empfindung eines Zynismus, der so gar nichts mehr von einer humorvollen Ironie an sich hatte. Ihm wurde schlecht. Um diesem Gefühl zu entfliehen, musste er etwas sagen.

»Und es gab nichts anderes in deinem Leben? Du hast wirklich dein ganzes Leben nur dieser Rache verschrieben?«

»Ziemlich bald war mir klar geworden, dass ich meine Mission nur dann erfüllen konnte, wenn ich in den Apparat einstieg. Wie hätte ich denn überhaupt an die Identität derer herankommen können, die meine Mutter umgebracht haben? Erst durch den Polizeidienst erhielt ich Zugang zu den Akten. Und selbst das Aktenstudium gestaltete sich schwierig. Es dauerte eine Weile, bis ich die Mörder meiner Mutter ermittelt hatte.«

»Und wenn du die Ergebnisse deiner Untersuchungen dazu genutzt hättest, die Sache noch einmal offiziell aufzurollen?«

Zebisch lachte. »Ist das Ihr Ernst, Herr Hauptkommissar? Haben Sie nicht bemerkt, dass der Staatsschutz schon wieder seine Muskeln spielen ließ?«

Klotz fiel die Durchsuchung bei Frau Schulze ein.

»Barnikol und Kaumann.«

»Barnikol und Kaumann, exakt. Wahrscheinlich haben Sie gar nicht bemerkt, dass Sie von den beiden beschattet wurden. Das geht ganz schnell. Ihre Computerrecherche nach den Staatsschutzbeamten wurde durchaus wahrgenommen.«

»Und wie bist *du* auf die beiden gekommen?«

»Herr Hauptkommissar! Es gibt Programme, die alles aufzeichnen können, was jemand am Computer macht. Man installiert ganz einfach das Programm, und wenn der Betreffende, in dem Fall also Sie, außer Haus ist, lädt man sich die Ergebnisse herunter. Wie ich vorhin schon sagte, Sie waren mir in vielen Dingen hilfreich. Nachdem ich die Namen durch Ihre Mithilfe erhalten hatte, habe ich das Intranet des Staatsschutzes geknackt. Mit ein paar Grundkenntnissen im Hacken ist das ganz einfach. Außerdem gibt es da einen Kommilitonen, dessen Onkel für den Staatsschutz tätig ist. Es war also alles andere als schwierig, entsprechende Passwörter und Log-ins zu bekommen.«

»Aber warum Barnikol und Kaumann? Was hatten die mit dem Mord an deiner Mutter zu tun?«

»Ganz einfach. Die beiden hatten den Auftrag, die ganze Sache zu vertuschen. Sie waren die Männer fürs Grobe. Haben sich damals vor Ort um die Beseitigung von Spuren und potenziellen Zeugen gekümmert. Ohne Skrupel und ohne Gewissen.

Einzig und allein einem Kadavergehorsam verpflichtet, dem man blind folgt. Solange man pünktlich seine Bezüge überwiesen bekommt und die Beamtenpension in der Tasche hat, will nicht der leiseste Zweifel aufkommen. Schade nur, dass ich keine Zeit mehr für eine schöne Inszenierung hatte. Trotzdem bin ich Ihnen in dieser Angelegenheit sehr dankbar, Herr Hauptkommissar.«

»Die Inszenierungen, diese sonderbaren Szenarios.«

»Das musste sein. Das Absurde, das ihnen zugrunde liegt, sollte auf das Absurde hinweisen, das in dem Mord an meiner Mutter steckt, genauer gesagt in seiner Vertuschung. Ich gestehe allerdings auch ein, dass ich meine Opfer leiden sehen wollte. Dass sie bei Bewusstsein sind, kurz bevor sie sterben. Dass sie wissen, warum sie sterben. Bei Bogendorfer und Gummler ist mir das ganz gut gelungen. Nachdem ich sie betäubt hatte, habe ich Ihnen gesagt, wer ich bin. Habe ihnen die Geschichte erzählt, die sie ihr ganzes Leben lang verdrängt hatten. Ihre unverzeihliche Tat sollte ihr letzter Gedanke sein. Sie sollten wissen, dass es keine Entschuldigung für das gibt, was sie getan haben. Sie sollten sterben im Bewusstsein ihrer Schuld.«

»Und van der Heyd?«

»Das war schon schwieriger. Und trotzdem war diese Inszenierung ein Glanzstück. Ein bisschen Glück war natürlich auch dabei. Ich hatte gehofft und alles versucht, dass van der Heyds Wagen auf dem Familiengrab meiner Mutter landet, aber sicher sein konnte ich mir natürlich nicht.«

»Wie kann man so etwas planen? Wie funktioniert so etwas?«

»Ich hatte van der Heyd vor einem Vierteljahr längere Zeit observiert und dabei seine Gewohnheiten kennengelernt. Immer wieder fuhr er mit seinem Jaguar ins Rotlichtmilieu, wo er regelmäßig ein bestimmtes Bordell aufsuchte. Dabei überquerte er ausgerechnet die Brücke über den Montmarte-Friedhof, auf dem meine Mutter begraben ist. Man könnte diesen Umstand als einen schönen oder tragischen Zufall betrachten, je nachdem. Auf jeden Fall war er für meinen Plan ausschlaggebend. Die technische Seite war weniger komplex, als man annehmen möchte. Mit ein paar rudimentären elektrotechnischen Kenntnissen kann man die Steuerung eines Wagens leicht manipulieren. Ich habe diesem van der Heyd einfach eine neue Steuerungsplatine in seinen Jaguar eingebaut. Ich selbst war auf dem Friedhof, als alles passierte. Mit einer Fernsteuerung in der Hand. Versteckt in einer Gruft, die übrigens Ihren Namen trägt, Herr Hauptkommissar. Van der Heyd war letztlich an allem schuld. Ich bin mir bis zuletzt nie ganz sicher gewesen, wer von den vier damaligen Schülern meine Mutter tatsächlich umgebracht hat. Nach der Persönlichkeit zu urteilen tippe ich auf van der Heyd. Und ich bin mir ziemlich sicher, dass ich da richtigliege. Ein eiskalter Typ, berechnend, rücksichtslos, menschenverachtend. Ihm haben damals wohl die Noten nicht gepasst, die ihm meine Mutter erteilt hat. Dafür musste sie sterben. Wahrscheinlich war auch noch pure Mordlust mit im Spiel, ausgelöst durch ein diffuses Gefühl zwischen Neid und Wut. Wut auf eine schöne, junge Frau, die nicht das tat, was dem Sohn eines Staatsministers zustand.«

Klotz wunderte sich, wie Zebisch so ruhig bleiben konnte. Er erklärte ausführlich, der Ton seiner Stimme war entspannt, beinahe kaltblütig, ohne den Hauch eines Zitterns oder irgendeiner Erregung.

»Was ist mit Fröhling? Den hast du nicht umgebracht.«

»Tja, das ist wohl so. Einerseits wollte ich ja, dass Fröhling zum Tatverdächtigen wird, sonst hätte ich ja nicht die falsche Spur mit den Fingernägeln gelegt, andererseits war die Tatsache, dass er eingesperrt worden ist, hinderlich für mein Vorhaben. Solange Fröhling tatverdächtig war, konnte ich nicht in den Kreis der Verdächtigen geraten, das ist die Logik dahinter. Ich bin dann noch am Tag seiner Verhaftung ins Untersuchungsgefängnis gefahren und habe ihn dort besucht. Habe ihm ein Foto seiner dreijährigen Tochter gezeigt und einen Ledergürtel auf den Tisch gelegt. Ihm war klar, dass er sich umbringen musste, um sein Kind zu retten. Der Selbstmord hat dann aber leider nicht geklappt. Es blieb beim Versuch. Ich muss aber auch sagen, dass das Ganze nur ein psychologischer Trick gewesen ist. Ich hätte selbstverständlich niemals Hand an Fröhlings Tochter gelegt. Schließlich ging es mir um Fröhling. Hätte er nicht so einen dilettantischen Selbstmordversuch veranstaltet, dann wäre mein Werk vollendet gewesen, zumindest beinahe.«

»Es gibt da noch eine Sache, die ich nicht begreife.«

»Ja?«

»Wie konnte das passieren, dass dich niemand erkannt hat? Bei dem Mord an Bogendorfer gab es Augenzeugen, Fröhling hat dich gesehen, als du bei ihm in der Bildhauerwerkstatt warst. Er hat sogar ein Phantombild angefertigt. Ich selbst habe das veranlasst, und auch ich habe dich nicht erkannt.«

Die Bedienung kam gerade am Tisch vorbei. Zebisch bestellte sich einen neuen Cocktail und sprach dabei plötzlich mit einem französischen Akzent, der absolut glaubhaft wirkte. Klotz war erstaunt.

»Es ist ganz einfach. Erstens die Sprache: Inzwischen dürften Sie wissen, dass Französisch meine zweite Muttersprache ist. Wenn ich mit diesem Akzent spreche, bin ich ein anderer. Man wird völlig anders wahrgenommen. Und zweitens: Unterschätzen Sie nicht die Möglichkeiten, die es heutzutage gibt, um sein Äußeres zu verändern. Durch entsprechende Utensilien können Backenknochen verbreitert werden, ebenso wie die Nase. Ohren können mehr oder weniger abstehen. Perücken, ein falscher Bart und Haarfärbemittel tun ein Weiteres. Wenn man möchte, kann man sich mit gefärbten Kontaktlinsen eine neue Augenfarbe verpassen. Auf das Letztere habe ich allerdings verzichtet.«

Die gute alte Agatha Christie lässt grüßen, fuhr es Klotz durch den Kopf. Am liebsten hätte er jetzt geraucht. Er sah aus dem Fenster. Drüben, vor der Kongresshalle, explodierte ein Knallfrosch. Klotz atmete tief ein und spannte seinen Oberkörper an.

»Herr Frank Zebisch, hiermit nehme ich Sie fest wegen der Morde an Johann Bogendorfer, Thorsten Gummler, Sven van der Heyd, Torben Barnikol und Friedrich Kaumann. Weiterhin werden Sie beschuldigt, Herrn Patrick Fröhling aus niederen Beweggründen zu einem versuchten Suizid angestiftet zu haben.«

Zebisch lächelte. Wieder war diese herablassende Überlegenheit in diesem Blick zu spüren, den er schon zu Beginn des Gespräches aufgesetzt hatte. Klotz steckte sich eine Zigarette in den Mund.

»Glauben Sie wirklich, dass Sie mich festnehmen wollen, Herr Hauptkommissar? Sehen Sie mal hier.«

Zebisch hatte ein Handy aus seiner Hosentasche gezogen, auf einen Knopf gedrückt und das Handy vor Klotz auf den Tisch gelegt. Auf dem kleinen Bildschirm lief ein Video. Klotz nahm die Zigarette aus dem Mund.

Ihre grünen Augen leuchteten merkwürdig künstlich, was wohl an dem Kameralicht des Handys lag. Ihr blondes Haar hing strähnig ins Gesicht. Ihr Mund war mit einem Klebestreifen verschlossen. Ob Haevernick verletzt war, konnte man nicht erkennen. Die fünfunddreißig Sekunden, die das Video dauerte, sah man nur ihr Gesicht und ihre Augen, die sich darin angstvoll bewegten.

Klotz zitterte, als er die Zigarette zurück in die Schachtel steckte. Das Handy verschwand wieder in Zebischs Hosentasche.

»Herr Hauptkommissar, ich mache Ihnen einen Vorschlag.«

Klotz war in sich zusammengesunken. Er blickte auf die tanzenden Menschen, sah in ihre lächelnden Gesichter. Es war Silvester. In einer knappen halben Stunde würde das neue Jahr beginnen.

»Sie gegen Haevernick.«

Klotz war mit seinen Gedanken woanders. Erst als Zebisch sein Angebot noch einmal wiederholt hatte, reagierte er.

»Warum Haevernick? Ist das auch ein Teil deines perfiden Plans?«

»Nein. Nennen Sie es Zufall. Ich nenne es Glück. Haevernick hatte während Ihrer Abwesenheit weiterermittelt, auf eigene Faust. Dummerweise war sie der Lösung zu nah, als dass ich sie hätte weitermachen lassen können. Sie war zum Risikofaktor geworden. Da musste ich einschreiten. Aber ich kann Sie beruhigen. Ich bin nicht an Haevernick interessiert. Mit ihr habe ich keine Rechnung offen.«

Zebisch legte einen Zwanzigeuroschein auf den Tisch.

»Wir werden jetzt gehen, und Sie werden mir folgen. Wenn Sie flüchten oder irgendeine unkontrollierte Handlung begehen, ist Haevernick tot. Glauben Sie mir, niemand wird Haevernick finden. Sie wird jämmerlich zugrunde gehen.«

Zebisch und Klotz verließen das Lokal. Es war unglaublich, aber niemand in dem Club hatte ihre Unterhaltung bemerkt. Was begreifen Menschen schon, wenn sie in Feierlaune sind? Vermutlich alles Mögliche, aber alles, was mit Leid und Tragik zu tun hat, wird weit vom Bewusstsein weggeschoben. Und irgendwie war das ja auch verständlich.

Als sie draußen waren, holte Klotz seine Zigarettenschachtel heraus. Er schaute in Richtung Kongresshalle und warf die Schachtel auf den Boden. Zebisch schien irritiert.

»Was soll das?«

»Ach, nichts. Ich will nur mit dem Rauchen aufhören. Silvester. Zeit für gute Vorsätze.«

»Na ja, ist vielleicht besser so. Da soll doch sowieso bald so ein Rauchverbot kommen.«

Vor ihnen tauchte das Märzfeld auf, das den Nazis als Aufmarschgelände gedient hatte. Als sie an der Zeppelintribüne angelangt waren, wurde Klotz von Zebisch am Arm gepackt und auf die Tribüne gezerrt. Überall waren größere und kleinere Gruppen von Leuten versammelt. Zumeist handelte es sich um Jugendliche, die Alkohol tranken und grölten. Immer wieder gingen Raketen und Böller in die Luft.

Sie steuerten auf das Eingangsportal zu. Gegenüber dem wuchtigen quadratischen Bau, der sich in der Mitte der Tribüne befand, war das Rednerpult, auf dem Adolf Hitler und seine Schergen ihre unheilvollen Brüllreden gehalten hatten. Jetzt standen da drei Jugendliche herum. Feixten, pafften Zigaretten, spuckten auf den Boden, nippten an ihren Bierflaschen und machten den Hitlergruß. Klotz wäre am liebsten zu ihnen hinübergegangen, um sie ordentlich zu ohrfeigen. Aber leider ging das jetzt nicht.

Sie standen vor der dunklen stählernen Flügeltür in der Mitte des Eingangsportals. Zebisch zog einen Schlüssel aus seiner Jackentasche und öffnete die Tür. Dann drückte er Klotz dagegen, bis sich der massive Stahl so weit bewegt hatte, dass beide durch den Spalt passten.

Klotz wunderte sich. Er hatte nicht gewusst, dass sich unter der Nazitribüne ein riesiger, lang gezogener Raum befand. Er blickte zur Decke, über die sich ein Mosaik zog, in das ein Muster aus goldenen Hakenkreuzen eingearbeitet war.

Zebisch packte Klotz unsanft an der Schulter und schob ihn zu einer riesigen metallenen Schale, die am Ende des Raumes auf einem Podest stand. Er holte ein Paar Handschellen hervor, mit denen er Klotz an einem eisernen Reif fixierte, der sich an dem Podest befand. Klotz musste auf die Knie. Er spürte die Kälte des Marmorbodens.

Zebisch hatte ihn losgelassen. Klotz konnte hören, wie sich das Hallen seiner Schritte auf dem blank polierten Boden langsam entfernte. Als er am anderen Ende des Raumes angekommen war, begann er zu sprechen:

»Nun zu uns beiden, Herr Hauptkommissar Klotz.«

»Was ist mit Haevernick?«

»Machen Sie sich da keine Sorgen. Ich werde Haevernick freilassen, wenn ich mit Ihnen fertig bin.«

»Ich will wissen, wo sie ist.«

»Das spielt jetzt doch sowieso keine Rolle mehr.«

»Zebisch! Du hast mir einen Handel vorgeschlagen. Was soll das? Du kannst mich umbringen, das ist mir scheißegal. Aber glaube nicht, dass ich dir die Genugtuung geben werde, mich zu erniedrigen. Kein Wort mehr von mir, bevor du mir nicht sagst, wo sie ist. Ich will ein Lebenszeichen.«

Klotz war erstaunt über den Mut, den er in der Situation aufbrachte. Schnell kam Zebisch mit einer Pistole in der Hand auf ihn zu. Holte mit der Waffe aus und schlug sie Klotz gegen den Kopf. Klotz fühlte sich wie betäubt. Dann sah er, wie sein Blut auf den Marmorboden tropfte. Blut und Boden, dachte er und wunderte sich ein wenig darüber, dass er seinen ironischen Witz noch nicht verloren hatte. Blut und Boden, da sind wir ja an der richtigen Wirkungsstätte, hier in dieser Nazitribüne im Südosten der Stadt.

Zebisch war wieder an das andere Ende des Raumes gegangen. Er riss eine Tür auf und verschwand. Nach wenigen Sekunden kam er zurück. An einem Seil, das um ihre Arme gebunden war, zerrte er Haevernick aus der Tür und warf sie auf den Boden. Der Raum hallte, als Haevernick aufschlug. Klotz konnte sehen, wie ihr das Blut aus der Nase floss.

»Zufrieden, Herr Hauptkommissar?«

»Gut.«

Zebisch war wieder bei Klotz. Er ging in die Knie. Sah seinem Gegenüber in die Augen.

»Glaubst du an die Erbsünde, Klotz?«

Klotz antwortete nicht.

»Es ist ganz einfach. Dein Vater hat damals den Obduktionsbericht gefälscht, aber da erzähle ich dir vermutlich nichts Neues. Er hat es billigend in Kauf genommen, dass ein Mord vertuscht wird. Und wofür? Für eine Karriere als Gerichtsmediziner. Der große Doktor Klotz! Na, was sagst du dazu?«

Klotz spürte, dass da etwas in ihm vollends zerbrach. Diese Ahnung, die beinahe schon Gewissheit gewesen war, holte ihn jetzt ein. Der Vater. Dieser übermächtige, makellose Vater. Dieses unerreichte Vorbild. In Klotz' Seele bröckelte es. Ihm war hundeübel. Plötzlich schwappte eine Erinnerung in sein Bewusstsein. Er musste sechzehn oder siebzehn gewesen sein. Nach der Schule war er noch in der Buchhandlung gewesen. Von seinem gesparten Taschengeld hatte er sich ein Buch gekauft: »Der Fänger im Roggen«. Als er abends am Küchentisch las, kam der Vater herein. Sah das Buch, nahm es ihm aus der Hand, warf einen Blick auf den Einband. Packte den Sohn am Arm, schrie ihn an. *Das Buch hast du doch gestohlen! Woher hast du das Geld für so was?* Er war so geschockt gewesen, dass er nicht hatte antworten können. Der Vater schlug ihm ins Gesicht. In diesem Moment hatte er solch einen abgrundtiefen Hass gegen den Vater verspürt. Dieser Hass. Jetzt spürte er ihn wieder. *Der Versager bin nicht ich! Der Versager bist du! Ich hasse dich!*

Klotz musste sich übergeben.

Zebisch hatte ein kleines Etui hervorgeholt. Durch ein metallenes Röhrchen zog er sich das Kokain in die Nase. Nachdem er das Etui zurück in seine Hosentasche gesteckt hatte, nahm er die Pistole wieder in die Hand.

Zebisch setzte die Mündung der Waffe auf Klotz' Stirn. Klotz blickte auf, sah ihm in die Augen. Sah in die Augen eines Verlorenen.

Zebisch zog den Hahn der Pistole nach hinten. Es klickte.

Er drückte ab.

2007

Epilog

Es war der 18. Januar. Das Wetter war föhnig, die Außentemperatur betrug zwölf Grad. Es war noch wärmer, wenn man in der Sonne saß. Und das tat Klotz.

Vorhin noch war er auf dem Friedhof gewesen. Hatte vor dem Grab gestanden, in dem die sterblichen Überreste seines Vaters vor sich hin moderten. Er hatte überlegt, ob er nicht vielleicht doch diesen Stein, diese schwarze Marmorpyramide, Fröhling abkaufen und auf das Grab setzen sollte. Dann hatte er gefunden, dass dieses weiße Quadrat mit den zwei Diagonalen, die den Namen seines Vaters durchstrichen, völlig ausreichte. Das Friedhofsamt hatte zwar angemahnt, dass man die Schmiererei von der Grabplatte entfernen müsse, doch Klotz dachte nicht im Traum daran, diese Brandmarkung rückgängig zu machen.

Er hatte selbst nicht genau gewusst, was er sich von dem Friedhofsbesuch erwartet hatte. Hatte er Zwiesprache halten wollen? Mit einem, der verraten hatte, woran er zu Lebzeiten zu glauben vorgegeben hatte? Klotz wusste es nicht. Er wusste nur, dass das noch nicht das Ende war zwischen Vater und Sohn. Wahrscheinlich war es erst der Anfang. Der Beginn einer bitteren Aufarbeitung, falls so etwas überhaupt möglich war. Und doch fühlte Klotz sich irgendwie gelöster als früher, wenn er an seinen Vater dachte. Da ging ein Schnitt, ein unmerklicher, postmortaler Venenschnitt zwischen Reinhard und Werner Klotz hindurch. Und dieser Schnitt hatte etwas Befreiendes.

Er dachte an Haevernick und empfand so etwas wie Bewunderung. Diese Frau war doch wesentlich tougher, als er sich das gedacht hatte. Trotz der körperlichen und seelischen Blessuren, die sie in der Silvesternacht hatte erleiden müssen, war sie am 2. Januar wieder zum Dienst erschienen. Jeder verdaut seine Traumata halt irgendwie anders, überlegte Klotz, dem noch eine ganze Woche Urlaub bevorstand.

Er sah hinunter, auf die Pegnitz. Genoss das Glitzern und Flimmern auf den niedrigen Wellen und entspannte sich. Eine Zigarette wäre jetzt nicht schlecht. Ihm fiel aber gleich wieder ein, dass er seit der Silvesternacht nicht mehr rauchte. Vielleicht weil er es sich vorgenommen hatte, vielleicht auch aus Respekt vor einem zweiten Leben, das ihm in dieser Nacht geschenkt worden war. So genau wusste er das nicht, und letztendlich spielte es ja auch keine so große Rolle. Entscheidend war, dass er seit drei Wochen kein unnötiges Gift mehr in seinen Körper hineinpumpte.

Er blickte hinüber, auf die Museumsbrücke. Sah die Menschen, die die Brücke überquerten, manche hastig, manche ruhig und schlendernd. Vereinzelt hielt jemand kurz inne. Lehnte sich an die Sandsteinbrüstung und blickte hinab ins Wasser oder auf die anheimelnde gotische Sandsteinfassade des gegenüberliegenden Heilig-Geist-Spitals.

Er sah Paare, die Händchen hielten, sich küssten, zusammen einen Eisbecher aßen. Und das im Januar! Das musste man sich mal vor Augen halten. Wie würde da erst der Sommer werden?

Er dachte an Melanie, genoss die Vorfreude auf den heutigen Abend. Er hatte Karten gekauft für die Oper, »Der Rosenkavalier«. Ja, er, Werner Klotz! Konnte es sein, dass die zähmende Wirkung des weiblichen Geschlechts langsam Wirkung zeigte? Sogar bei ihm, einem hoffnungslosen Fall? Er lächelte.

Plötzlich spürte er einen stechenden Schmerz in der Brust. Schob das Stechen auf seine kaputten Lungen, aus denen sich langsam Schleim und Schadstoffe lösten.

So. Endlich die letzte, dachte er, als er die Kapsel, die das Antibiotikum enthielt, mit einem kräftigen Schluck Kaffee hinunterspülte.

»Herr Klotz? Darf ich mich setzen?«

Er drehte sich um und sah in ein bekanntes Gesicht. Leonie Zangenberg hatte eine Schale Bananensplit mit viel Sahne in ihrer Hand. Außerdem trug sie einen schwarzen Minirock und kniehohe Stiefel mit hohen Absätzen. Banane mit Sahne, dachte Klotz und sagte: »Leonie! Schön, Sie zu sehen! Setzen Sie sich! Wie geht's?«

Die Sekretärin hatte gerade Mittagspause. Sie begann zu erzählen, vom Wetter, von den Kollegen und den Genesungswünschen für den Hauptkommissar. Außerdem hatte sie ihr Freund verlassen. Klotz, der zwar zuhörte, aber den Sinn der Wörter nicht verstand, starrte in Leonie Zangenbergs Augen und fragte sich zum hunderttausendsten Mal, warum diese Waffe an seinem Kopf nicht geladen gewesen war. Hatte Zebisch alles geplant? Bis zum bitteren Ende? Hatte er gewusst oder geahnt, was geschehen würde?

Er fing plötzlich an, heftig zu schwitzen. Die Bilder dieser unseligen Silvesternacht schossen in sein Bewusstsein hinein. Zebisch, der abdrückte, und Escherlich, der im selben Moment hinter der Tür hervortrat, wo er sich verborgen gehalten hatte. Und dann der Schuss aus Escherlichs Waffe, der Zebisch exekutierte. Der genau zwischen die Augen traf.

Wieder machte er sich Vorwürfe, dass er die Situation unterschätzt, zu dilettantisch geplant hatte. Er erinnerte sich, wie er Escherlich noch im Zug angerufen hatte. Ihn nach kurzer, heftiger Diskussion hatte überzeugen können. Escherlich, der mit Fernglas und Nachtsichtgerät bewaffnet vor der Kongresshalle gewartet hatte. Der auf das Zeichen gewartet hatte. Wie dämlich sie beide das angestellt hatten! Sie hatten zwar ein Zeichen für den Zugriff vereinbart – Klotz sollte sich eine Zigarette anzünden –, ein Signal für einen eventuellen Abbruch war nicht ausgemacht worden. Glücklicherweise hatte Escherlich die Aktion mit den Zigaretten, die Klotz weggeworfen hatte, richtig gedeutet. Und Gott sei Dank war er dann ihm und Zebisch unauffällig gefolgt. Hatte sich im Aufgang der Zeppelintribüne versteckt und gewartet, auf einen günstigen Moment. Einen Moment, der leider nicht hatte kommen wollen. Nun war Zebisch tot und hatte ein letztes Geheimnis mit sich ins Grab genommen.

Das Leben ist doch letztendlich irgendwie so was wie ein Sommertag im Winter, dachte Klotz und bestellte sich ein Eis.

Danksagungen

Wem dankt man zuerst, zuletzt und mittendrin? Es soll sich ja keiner auf irgendwelche Füße getreten fühlen. »Ping-Pong / Ohne Hierarchie / Bitte oszillieren Sie!« Diese wenigen Liedzeilen der Hamburger Band »Tocotronic« fassen zusammen, was es zu diesem Thema zu sagen gibt. So und nicht anders ist das, was nun nachkommt, in seiner Wertigkeit zu verstehen.

Ich möchte mich bei Stephanie Kock bedanken, dafür, dass sie mich aus der Tinte geholt hat, als ich in selbiger saß. Durch ihr selbstloses Handeln hat sie einen erheblichen Teil des Romans, den die elektronischen Medien ein für alle Mal dahingerafft hatten, in mühsamer Schreibarbeit wiederhergestellt. Schuld war der Autor, der bis dato der Meinung gewesen war, dass ungehörige Computer genauso behandelt werden müssten wie störrische Kaffeeautomaten. Danke, Stephanie.

Vielen Dank an meine Testleserinnen.

Dank an Monika Wendel-Wittenberger, die den Roman in all seinen Entstehungsphasen stets kritisch kommentiert hat und mit ihren Verbesserungsvorschlägen nicht hinterm Berg hielt.

Dank auch an Corinna Mielke und ihre ehrliche Berliner Schnauze, die sie sich auch während der vielen Jahre in Nürnberg nicht abgewöhnt hat und dies hoffentlich nie tun wird.

Dank an Sara Dippold, die mit ihrem jugendlichen, kreativ-kritischen Kopf einen neuen Blick auf das Werk zu werfen vermochte.

Dank an Petra Erras, die sich trotz einer gefühlten Abgründigkeit des Autors nicht davon abhalten ließ, den Roman bis zum Ende durchzulesen.

Dank an Heri, Marc und Ronny Erras.

Dank auch an Jutta Spornitz, Petra Weiß, Josua Besmens und Thomas Rübel.

Dank an Hans Heinrich Häberlein, der mich hinsichtlich der Dialektpassagen kompetent und heiter beraten hat.

Dank auch an das Team vom Emons Verlag. Allen voran Sonja Erdmann, die als Erste von der Machart des Krimis angetan war und die durch ihren Einsatz letztlich dafür verantwortlich ist, dass der Roman verlegt wurde.

Dank an meinen Verleger Hejo Emons und an seinen Mut. Endlich ist Klotz eine Tür geöffnet worden, durch die er nun nach draußen gehen kann.

Dank an Dr. Marion Heister, meine Lektorin, die wie der Autor an den Rotstift glaubt und auch nicht vor eventuellen Bluthochzeiten zurückschreckt, wenn es der Qualität des Werkes dienlich erscheint.

Dieser Roman ist meinem Bruder Holger gewidmet. Er hat als Erster meine Entwürfe zu Gesicht bekommen und mich von Anfang an dazu motiviert, das Projekt nicht liegen zu lassen. Ohne dich hätte der Roman wahrscheinlich nie zu einer Veröffentlichung gefunden.

Danke, Holger!